PROSA E POI VIA

I MISTERI DELLA LIBERIA NEVERMORE, BOOK 5

STEFFANIE HOLMES

ISCRIVITI ALLA NEWSLETTER PER RICEVERE AGGIORNAMENTI

Vuoi una scena bonus gratuita dal punto di vista di Quoth e le regole del negozio di Heathcliff? Se ti iscrivi alla newsletter di Steffanie Holmes riceverai una copia gratuita di *Cabinet of Curiosities:* un compendio di racconti e scene bonus di Steffanie Holmes.

http://www.steffanieholmes.com/newsletteritalian

Ogni settimana, nella mia newsletter, parlo di vere e proprie infestazioni, strani avvenimenti, rovine fatiscenti e fatti inquietanti che ispirano le mie storie. Con la newsletter riceverai anche scene bonus e aggiornamenti esclusivi. Adoro parlare con i miei lettori, quindi unisciti a noi per un po' di spettrale divertimento:)

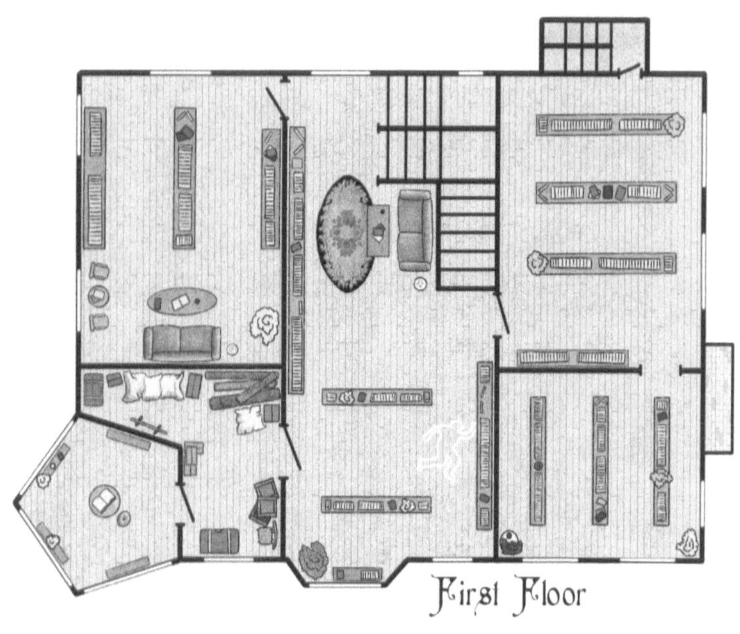

First Floor

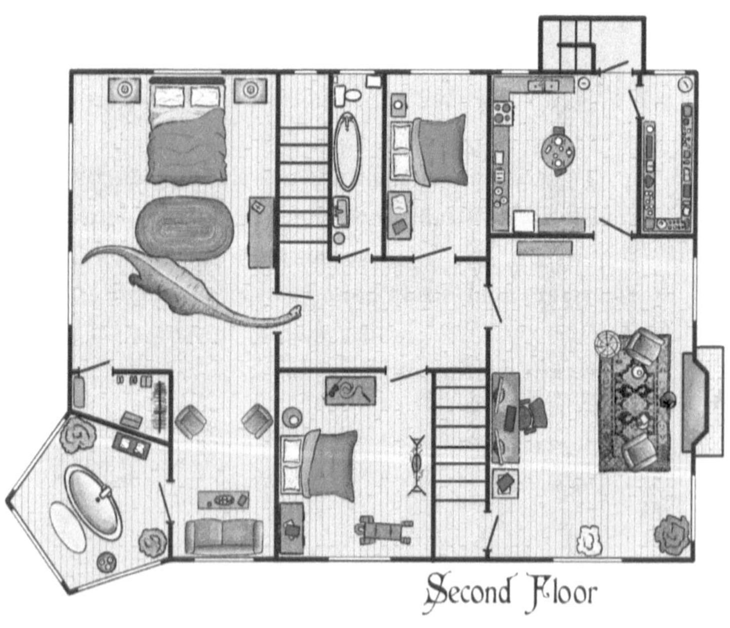

Second Floor

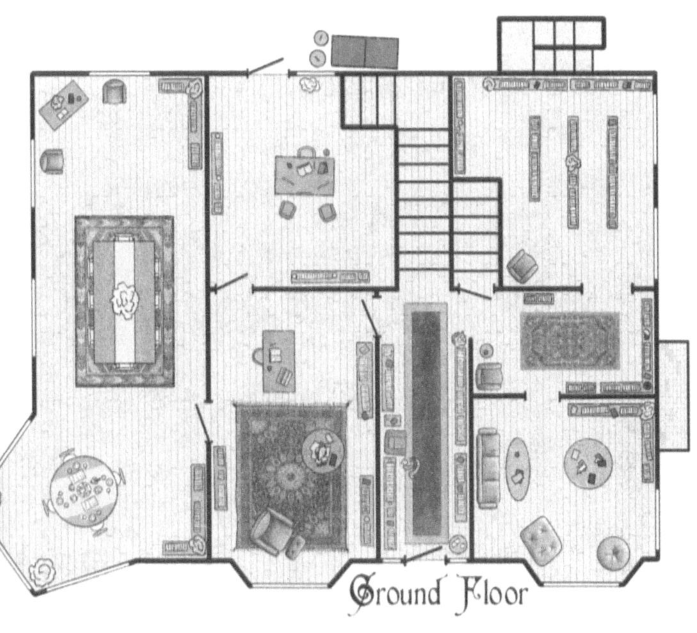

Ground Floor

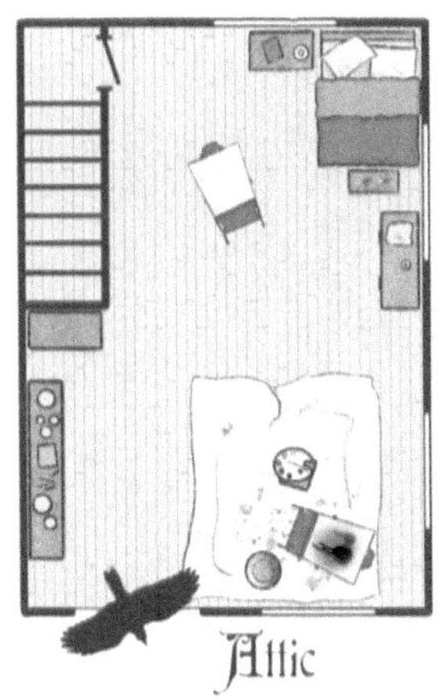

Attic

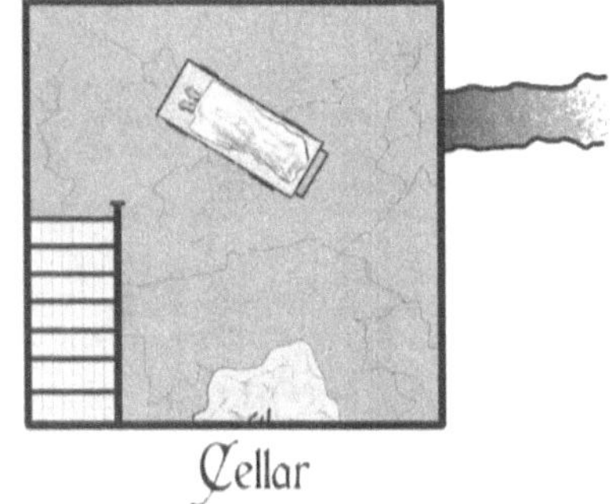

Cellar

*A tutti i miei amanti del mondo dei libri
che mi tengono sveglia la notte.*

«In vita sono ombre e sono luci, voi siete una delle luci, la luce di tutte le luci.»

    – Bram Stoker, *Dracula*

I

«Temo che non siamo qui per un libro, Mina.» Hayes fece un cenno alla sergente Wilson, la quale sollevò un paio di manette e le schiaffò con soddisfazione ai polsi di Morrie. «Siamo qui per arrestare James Moriarty perché sospettato di omicidio.»

«Cosa?» *Non è... possibile.* «Omicidio?»

Morrie guardò i due agenti. L'angolo della bocca gli si arricciò in un sorrisetto che non gli raggiunse gli occhi. «Nella mia stanza ho delle manette rivestite di velluto. Sono molto più *sensuali* di questi vecchi arnesi. Posso aspettare qui mentre le prendete e poi...»

La sergente Wilson lo spinse verso la porta. «James Moriarty, non è obbligato a dire nulla. Ma se poi vorrà usare in tribunale qualcosa che non ha menzionato durante l'interrogatorio, potrebbe andare a svantaggio della sua difesa...»

«Oooh, il giudice batterà il martelletto e mi dirà che sono stato un bambino cattivo?» Morrie parlò con voce suadente. «Perversa.»

«Non dire niente,» sibilai a Morrie. Io, Heathcliff e Quoth ci precipitammo giù per le scale e ci accalcammo nell'ingresso. Heathcliff bloccò la porta mentre io, abbracciando Morrie, lanciavo occhiatacce a Hayes, o a quella grossa chiazza dalle spalle larghe che ritenevo fosse Hayes. Non avevamo acceso nessuna lampada al piano di sotto, quindi ora che Heathcliff bloccava l'unica luce, tutto ciò che riuscivo a distinguere erano delle ombre. «Dovete dirci cosa sta succedendo. Abbiamo catturato lo strangolatore, quindi perché...»

«Non si tratta di strangolatori,» replicò Hayes con voce grave. «Il signor Moriarty è il nostro sospettato principale per la morte di Kate Danvers.»

«E chi diavolo è?» La voce di Heathcliff rimbombò nella stanza. Dal suo corpo si sprigionava tensione, una rabbia palpabile che ribolliva nella stanza. Sapevo che se non avessimo avuto presto delle risposte sarebbe diventato un Heathcliff in piena regola e tutto ciò che sarebbe rimasto degli ispettori sarebbero stati pezzi di organi attaccati al soffitto.

«Non siamo tenuti a dare nessuna spiegazione,» commentò la Wilson spingendo Morrie verso la porta. Mentre cercava di aggirare la mole di Heathcliff, finì per schiacciare Morrie contro uno scaffale. Le pile di libri ci crollarono addosso. «Per quanto vi piaccia immischiarvi negli omicidi, qui gli investigatori *siamo noi,* e noi diciamo che il signor Moriarty ci seguirà.»

Le spalle di Heathcliff si tesero e per un istante temetti sul serio per le nostre vite. Con un ringhio, si fece da parte, lasciando libero il passaggio per la Wilson. «È innocente, e lo dimostreremo.»

Le parole di Heathcliff grondavano minaccia e, malgrado la mia paura, ebbi un sussulto di speranza. Da dopo il loro bacio così inquieto, Heathcliff aveva preso le distanze da Morrie. Sapevo che Heathcliff provava qualcosa per Morrie, ma la sua *Heathcliffità* gli impediva di ammetterlo o di lasciarsi andare. Invece, si era arrabbiato, aveva tenuto il broncio e si era comportato da vero e proprio idiota, finché non aveva allontanato Morrie per non doversi più occupare della questione.

Ma in quel momento era pronto a combattere per lui. Forse non era in grado di articolare i propri sentimenti, ma ne era schiavo. Heathcliff non sapeva nulla su come controllarsi, o come nascondere le cose brutte, spaventose o scomode. *Lui era,* e basta. E in quel momento sprizzava furia omicida per conto di Morrie, e questo diceva più di tutte le dolci parole che avrebbe potuto sussurrargli all'orecchio.

Ma non bastava. Non eravamo in *Cime Tempestose.* Quello era il mondo reale. La polizia stava portando via Morrie e noi non potevamo farci nulla. Un brivido mi corse lungo la schiena. *Perché lo stanno portando via? Perché sono così sicuri che abbia ucciso lui questa Kate?*

Guardai il volto di Morrie mentre la Wilson lo spingeva fuori. La pallida luce del sole britannico faceva capolino tra le nuvole temporalesche in arrivo, illuminandogli i lineamenti fini e cesellati e l'inclinazione altezzosa del mento. Gli occhi di Morrie cercarono i miei e lui mi lanciò un sorriso rassicurante, tutto denti e spavalderia.

Un sorriso a cui avrei potuto credere, se gli avesse raggiunto gli occhi. Gli occhi blu ghiaccio di Morrie erano spalancati, oscurati dalle ombre.

Erano rassegnati.

Non sorpresi.

«Sono sicuro che si tratta di un malinteso, bellezza,» esclamò Morrie mentre dava dei calcetti ai gradini di pietra scheggiata con le scarpe lucide. «Non romperti quella bella testolina per me»

Ma lo sguardo di Morrie diceva il contrario. Chiunque fosse Kate Danvers, lui la conosceva. E che fosse morta non sembrava una sorpresa per lui.

Perché no?

La mia mente vorticava tra i ricordi degli ultimi due mesi. Morrie che guardava accigliato il telefono, i suoi beni congelati, il lavoro su un algoritmo per tracciare i movimenti di Dracula e volersi assicurare che io sapessi come usarlo. Ero preoccupata per lui, naturalmente, ma non avevo avuto il tempo di riflettere a fondo sul suo strano comportamento, troppo impegnata a capire chi avesse strangolato Danny Sledge, scoprire che Grimalkin, la gatta del negozio, era in realtà un'antica ninfa greca di nome Creteide, nonché mia nonna, e dare la caccia a un vampiro assetato di sangue intenzionato a ridurre in schiavitù il mondo. E ora...

... ora ha fatto una stupidaggine.

La Wilson lo spinse giù per i gradini, costringendolo a distaccare lo sguardo dal mio. Heathcliff allungò la mano per trattenermi, ma io gli scivolai dalle dita e seguii i detective lungo Butcher Street fino al parchetto della città, dove c'era in attesa una macchina della polizia con la portiera aperta, pronta a portare Morrie via da me. Hayes gli mise una mano sul collo e lo fece salire sul sedile posteriore.

«Vado con lui.» Mi precipitai verso l'altra portiera e mi infilai dentro prima che la Wilson potesse fermarmi.

Hayes sospirò. Ormai era abituato a me. «Bene. Ci vediamo alla stazione. Se James ha con sé il cellulare, gli consiglio di contattare il suo avvocato.»

L'agente al volante fece un cenno a Hayes e si allontanò dal parcheggio. Accese la radio e dalle casse uscì una musica di violino così forte che fece tremare il veicolo.

I sedili puzzavano di sudore e urina, un fatto che avevo già notato quando ero stata arrestata perché sospettata di aver ucciso la mia ex migliore amica, Ashley. Era difficile credere che solo pochi mesi prima fossi stata seduta in quella stessa posizione, a torcermi le mani e facendomi prendere dal panico per quello che sarebbe successo dopo. Sembrava un'altra epoca e ora ero una persona diversa.

La nuova Mina, quella seduta di fronte al suo fidanzato (il Napoleone del crimine), quella Mina non aveva paura. Era *incazzata nera*.

«Che diamine sta succedendo?» urlai per farmi sentire al di sopra della musica, e chinandomi in avanti per dare un pugno sul braccio a Morrie. «Chi è Kate Danvers e perché pensano che tu l'abbia uccisa?»

Morrie si strofinò un bicipite. «Perché l'ho uccisa io.»

«Sssh.» Lanciai un'occhiata all'ufficiale, ma lui stava agitando il braccio come un direttore d'orchestra, completamente ignaro della confessione di Morrie. «Non dire di queste cose. Non hai ascoltato quando ti hanno ammanettato?»

«Rilassati, bellezza. Con il suo Vivaldi non sente una parola. A me invece piacciono di più i compositori russi. Non hanno il senso della melodia, ma hanno abbracciato il caos...»

«Smetti di parlare per un attimo, così posso pensare.» Feci un respiro profondo. La mia mano cercò il conforto delle lunghe dita di Morrie. «Va tutto bene. Andrà tutto bene. Jo è nostra amica. Esaminerà quel corpo cinquanta volte, *cento volte*, finché non troverà le prove per scagionarti. Hai il telefono in tasca? Scommetto che tra i contatti preferiti hai un amico avvocato di lusso a Londra. Lo chiameremo e...»

Mi interruppi quando notai che Morrie non mi stava ascoltando. Aveva lo sguardo incollato al finestrino, oltre il quale case e campi ondulati sfrecciavano alla massima velocità. L'angolo della sua bocca si sollevò, ma non riuscii a capire se fosse un sorriso o una smorfia.

Strano. Avremmo già dovuto raggiungere la stazione di polizia. Era a pochi isolati dal centro di Argleton. Invece, le querce di Kings Copse Wood incombevano su di noi mentre l'auto della polizia usciva dalla città, passando accanto a caratteristici edifici rurali e siepi imponenti, verso le cime selvagge delle alture del Barsetshire.

«Morrie...» Gli diedi un colpetto sul petto. «Perché non andiamo alla stazione di polizia?»

«Non ne ho la più pallida idea.»

«Ehi!» Sbattei contro la griglia che ci separava dall'agente in uniforme. «Dove ci sta portando? Cosa sta succedendo?»

In risposta, l'agente alzò il volume della musica. Io urlai e scossi la griglia. Morrie si unì a me, ma nessuno di noi riuscì a suscitare la minima reazione da parte dell'agente.

La paura mi stringeva lo stomaco. *Non ha alcun senso. Hayes ci avrebbe detto se ci avessero portato da qualche altra parte. Che cosa sta succedendo?*

«Cosa dobbiamo fare?» chiesi a Morrie.

«Non ho il telefono,» mi informò tastandosi le tasche. «L'ho lasciato accanto al letto. Però ho una penna Montblanc che potrei trasformare in una specie di arma...»

«Può darsi che serva.» Tirai fuori dalla tasca il mio telefono e composi il numero di Quoth. Quando me lo portai all'orecchio, uno strano sibilo mi assalì il timpano, seguito da una serie di bip. «Che cos'è? Quoth? Mi senti?»

Morrie mi prese il telefono e provò a fare un'altra chiamata. «Non si connette. Il poliziotto ha una specie di dispositivo di disturbo. Non riusciamo a contattare nessuno.»

Fissai l'immagine di una cucciolata di cani guida sulla schermata blocco del mio telefono. Mi si offuscò la vista e poco alla volta i cuccioli divennero una chiazza indistinta. «Oh, ora ho ufficialmente paura.»

Morrie si avvicinò e provò la portiera e il finestrino. Entrambi bloccati. Mi rivolse un'occhiata, ma non disse nulla, il che non fece altro che aumentare la morsa che sentivo al torace. Morrie aveva sempre un commento intelligente per ogni situazione.

Intrecciò le dita alle mie e me le strinse. Quella presa salda mi disse più di quanto le parole avrebbero mai potuto dire: l'indomito James Moriarty era spaventato quanto me.

Proseguimmo per quelle che ci sembrarono ore, attraverso valli sempre più brulle. Affioramenti di calcare spuntavano tra ciuffi di erica piegati in due dal vento. Percorremmo strade tortuose e strette fino a quelle che nel Regno Unito sono considerate montagne (semplici "colline ripide" in qualsiasi Paese con della vera natura selvaggia). Superammo un piccolo villaggio chiamato Barset Reach (solo un insieme di cottage in pietra, un pub e una stazione di servizio) e uscimmo dalla strada principale per imboccare una pista tra i boschi.

Gli alberi si piegavano sulla strada, spazzando i lati e il tettuccio dell'auto, come dita di una strega della foresta che minacciava di trascinarci via per portarci nella sua casa di pan di zenzero. Man mano che gli alberi schermavano la luce, la mia vista veniva avvolta dall'oscurità e più i miei occhi si sforzavano per distinguere forme e ombre, più le tempie mi pulsavano per l'emicrania.

Arrivammo a un bivio. La macchina girò a destra e Morrie si chinò a leggere il cartello. «C'è scritto SCUOLA DI SOPRAVVIVENZA WILD OATS WILDERNESS, però a sinistra.» Aggrottò la fronte. «Riconosco quel nome.»

«Perché sei così accigliato? Ci sei andato per una giornata di team building aziendale e ti hanno fatto mangiare scarafaggi?»

«È lì che è stato trovato il corpo di Kate Danvers.»

Merda. Allora perché il poliziotto ci ha riportato sulla scena del crimine senza dirlo a Hayes? Strinsi la mano di Morrie mentre una fitta di emicrania mi trafiggeva il cranio. Davanti agli occhi mi danzavano luci fluo verdi e arancioni. Peggio della perdita della vista c'era solo il terrore.

Ci allontanammo dalla Wild Oats, dall'ultima traccia di civiltà, e proseguimmo sobbalzando lungo un sentiero sempre più brutto, finché non arrivammo a una radura tra gli alberi. L'agente spense l'auto e prese la pistola dal sedile. Alle portiere ci fu il rumore di uno scatto quando sbloccò la serratura.

«Scendete,» ringhiò, abbassandosi sul viso il cappello dell'uniforme per nascondersi gli occhi.

Le mie dita tremavano così tanto che mi ci vollero tre tentativi prima di riuscire a spingere la maniglia e aprire la portiera. Morrie era già arrivato al mio lato dell'auto e mi afferrò tra le braccia. Mi strinse come per volermi difendere e notai che si era posizionato tra me e l'agente, che ormai ero certa non fosse un vero ufficiale della legge. «Sono un uomo ricco. Non so chi vi stia pagando per fare questo, ma sono disposto a pagare il doppio. Se lasciate andare Mina, possiamo parlare di condizioni.»

«Tipico.» La voce dell'ufficiale grondava di derisione. «Presumi che io sia corruttibile come te. Ragazza, passami il telefono.»

Pensai di far finta di non averlo con me, ma non riuscivo a smettere di fissare la canna di quella pistola. Tirai fuori il telefono dalla tasca e glielo porsi. L'agente si chinò in avanti per prenderlo. Le sue dita sfiorarono le mie e, per un attimo, un calore malaticcio crepitò sulla mia pelle. Avevo voglia di schiaffeggiarlo, di cavargli gli occhi, di fare *qualsiasi cosa* che non fosse stare lì come un'inutile idiota.

L'agente gettò il telefono in una pozzanghera, dove sfrigolò tra mille scintille. Lo schermo si spense e i cuccioli affogarono nell'acqua fangosa.

Siamo qui soli con questo pazzo.

Morrie mi strinse più forte e io trassi conforto dalla sua presenza. Ci sarebbe voluto qualcuno di altrettanto pazzo per tirarci fuori da quel pasticcio, ma Morrie era proprio così. Lui non si infuriava come Heathcliff. Piuttosto, usava il suo considerevole intelletto per trovare una via d'uscita da ogni impiccio. Riuscivo già a vedere le rotelle che gli giravano nella mente, gli occhi che gli vagavano tra gli alberi e poi tornavano alla pistola mentre valutava le nostre opzioni. Ci riprovò. «Posso aiutarvi. Posso darvi i soldi e i mezzi per sparire per sempre, e nessuno dovrà sapere cosa è successo qui oggi.»

L'agente puntò la pistola in direzione di uno stretto sentiero che si snodava sul fianco della collina. «Avanti. Non fatemelo ripetere.»

2

«P erché lo sta facendo?» Le mie dita si aggrapparono al terreno mentre mi arrampicavo su un argine scosceso. «Dove ci sta portando?»

L'agente non rispose. Puntò la canna della pistola sulla schiena di Morrie, spronandoci a non fermarci. Morrie mi afferrò un braccio, il che era un po' scomodo vista l'angolazione della salita, ma non volevo assolutamente che mi lasciasse. Ogni pochi metri mi dava una stretta rassicurante.

Ma non c'era nulla di rassicurante in quella situazione.

Il fondo consumato dei miei anfibi scivolava nel fango morbido mentre lottavo per trovare un punto d'appoggio. La pioggia si era attenuata, ma grosse gocce cadevano ancora dalle foglie per arrivarmi sulle guance. Rabbrividii, i vestiti bagnati che mi si appiccicavano addosso: se avessi saputo che avrei fatto un'escursione nella natura selvaggia con due pazzi, non avrei indossato una felpa con cappuccio dei Misfits e dei leggings di nylon ricoperti di teschi. A ogni passo, ero sempre più certa che io e Morrie non ne saremmo usciti vivi. In breve tempo, i nostri cadaveri sarebbero stati sepolti nello stesso fango che ora ricopriva i miei leggings preferiti.

11

Non ho conosciuto il mio nuovo cane guida, né ho detto a mamma quanto le volevo bene, non ho neppure detto addio a Quoth e Heathcliff. Non scoprirò più nulla di mio padre. E Dracula... cosa farà senza di noi che gli diamo la caccia? Non riuscirò mai a risolvere il mistero della Libreria Nevermore né a finire di scrivere il mio romanzo...

Diamine, non avevo mai detto ai ragazzi che stavo scrivendo un romanzo. Essere circondata tutto il giorno da libri, omicidi e magia mi aveva ispirato. Avevo pensato che forse... se fossi riuscita a superare la mia timidezza nel far leggere agli altri il mio lavoro, fare la scrittrice avrebbe potuto essere una grande carriera per me, visto che stavo per perdere la vista. Avevo scritto un racconto su uno dei nostri casi e lo avevo regalato loro per Natale, ma vedere i miei amici che lo leggevano mi aveva fatto stare male fisicamente. Sapevo che mi sarebbe servito ancora molto tempo per portare il libro a un punto in cui sarei stata felice di condividerlo con loro. Ora... non lo avrebbero più fatto, e qualcuno avrebbe potuto trovarlo sul mio portatile e leggerlo ad alta voce al mio funerale...

Argh. Rabbrividii al pensiero. *L'unica buona notizia è che almeno non sarò lì a sentirlo.*

Quando mi avvicinai alla cima del pendio, mi guardai alle spalle, cercando di riconoscere il poliziotto. Ero entrata e uscita dalla stazione di polizia così tante volte con tutti gli omicidi che avevo aiutato a risolvere che conoscevo quasi tutti gli agenti in uniforme. Uno di loro era stato pagato da uno degli amici criminali di Morrie per rapirlo? Se quel tizio non era nemmeno un agente... si era davvero impegnato per portarci via da sotto il naso di Hayes.

Ma il poliziotto aveva il cappello abbassato sugli occhi. Tutto quello che riuscii a capire fu che era di mezza età, con qualche ruga intorno agli occhi e alla bocca, alto quasi quanto Morrie, con un'ossatura esile ma con spalle larghe e muscolose.

Nonostante io ansimassi e fossi madida di sudore per la camminata, lui procedeva senza nessuna esitazione. La pistola che aveva in mano sembrava abbastanza vera.

Le mie dita afferrarono una radice nodosa e la usai per issarmi fino alla cima del pendio. Sopra di noi, un altro pendio ancora più ripido, anche se nella roccia erano stati scavati dei rozzi scalini. L'ufficiale agitò la pistola e io e Morrie salimmo a fatica.

In cima alla collina si trovava una casetta, una minuscola baita con un tetto spiovente di ferro ondulato, un camino di pietra storto e una catasta di legna sotto una piccola tettoia accanto alla porta. Di lato, si scorgeva un piccolo gabinetto, con mosche che ronzavano intorno alla porta. Morrie mi cinse la vita con un braccio e mi tirò vicino a sé mentre il poliziotto infilava una chiave nella serratura e spingeva la porta della baracca per aprirla.

«Entrate.» L'agente agitò la pistola, facendoci cenno di entrare nell'oscurità.

Il mio stomaco si contorse. *Ecco. Adesso muoio.*

I miei anfibi strisciarono sulla soglia quando entrai incespicando. Allungai una mano per tenermi in equilibrio e notai la scritta sulle maniche lunghe della felpa: "Diseppellite le sue ossa". *Che cosa appropriata. Almeno, sarò un cadavere dall'aspetto spietato.*

Una risatina di panico mi scoppiò dentro. Mi trovai accanto a Morrie davanti al caminetto freddo. Le mie dita volevano le sue, alla disperata ricerca di un ultimo momento di conforto. *Vorrei avere il tempo per un ultimo bacio ardente, per avere l'ultima possibilità di dire a Morrie cosa significa per me. Vorrei...*

La risata di panico mi sconquassava il corpo mentre stavamo di fronte all'agente. Morrie rimase perfettamente calmo, con quel sorrisetto altezzoso ancora sulle labbra. Fischiettava una melodia sottovoce.

Il poliziotto accomodò il suo lungo corpo su una sedia a dondolo cadente. Invece di spararci, posò la pistola e si tolse il cappello, rivelando una testa di capelli scuri e ricci. Frugò in un astuccio di pelle alla cintura e ne estrasse una pipa di legno, che si mise tra le labbra per poi infilare una dose di tabacco nel fornello. Mentre si appoggiava allo schienale della sedia, si prese l'estremità del mento, e sollevò un lembo di pelle fino a quando si sfilò una maschera di lattice, che rivelò un viso più giovane e fresco.

Accanto a me, Morrie si irrigidì. La melodia che stava canticchiando gli morì sulle labbra. «Non può essere.»

Guardai Morrie. Il suo volto era diventato bianco come uno straccio. Il suo famigerato sorriso l'aveva abbandonato.

Il Napoleone del crimine sembrava... *terrorizzato*.

Quando guardai di nuovo l'agente, i suoi occhi avevano cambiato colore. All'inizio pensai che fosse uno scherzo delle mie retine che si stavano deteriorando. Mi sporsi in avanti e strizzai di più gli occhi. No, il colore delle sue iridi era decisamente cambiato. Quelli che un attimo prima erano stati dei banali occhi castani, ora erano di un grigio chiaro e luminoso. La lunga chioma era appoggiata sul tavolo: una parrucca che aveva nascosto dei riccioli scuri e corti.

Stavo fissando una persona completamente diversa.

Una persona davvero *sexy*, tutta zigomi e durezza e un sorriso crudele e intelligente. Labbra sode sotto un naso aquilino, ricurvo in uno sdegnoso diletto. Mi ricordava un po' Morrie: intimidatorio e affascinante in egual misura.

«Chi sei?» sussurrai.

L'agente si appoggiò alla sedia e sbuffò un perfetto anello di fumo. Con gli occhi grigi brillanti che mi osservavano il viso, mi tese una mano e abbassò il mento per fissarmi al mio livello. «Lascia che mi presenti, Mina Wilde. Mi chiamo Sherlock Holmes.»

3

herlock Holmes.

Sherlock Holmes.

Mi scappò di nuovo una risata isterica. Il mio corpo tremava mentre mi tenevo la pancia e ansimavo tra una risata e l'altra. «È uno scherzo. Non sei... non puoi essere...»

Morrie non rideva. «Ti assicuro che è lui.»

Morrie rimase impettito. Aveva riacquistato un po' di compostezza, ma fissava il poliziotto, *Sherlock,* come fosse stato un insetto che voleva disperatamente schiacciare, temendo però di ritrovarsi le scarpe preferite impiastricciate di budella maleodoranti. «Non dimentico mai il volto di un traditore.»

«Peccato che il mio travestimento ti abbia completamente ingannato.» Sherlock diede un colpetto al cappello dell'uniforme e rivolse a Morrie un diabolico sorriso compiaciuto che mi era dolorosamente familiare. «Troppo tempo in questo mondo ti ha reso molle, *Moriarty.*»

«Sapevo che eri tu, dal momento in cui sono salito in macchina,» ribatté lui. «Ho accettato per vedere cosa avevi in mente.»

Io soffocai la mia crisi isterica. Era una bugia palese, ma

sembrava che Morrie stesse cercando di salvarsi la faccia di fronte a Sherlock, il che era così ridicolo che non riuscivo a sopportarlo.

«Stai mentendo,» commentò Sherlock. «Me ne accorgo sempre perché ti si contrae il lobo dell'orecchio sinistro. Sei così prevedibile.»

«*Sei tu* il bugiardo.» La mano di Morrie scattò verso l'orecchio. «Hai detto che andavi a prendere il latte e invece hai cercato di buttarmi giù da una cascata...»

«Questo è il passato.» Sherlock agitò una mano. «Per rispondere alla tua domanda, Mina, ho appena messo in atto un audace salvataggio per assicurarmi la libertà di Moriarty, nella speranza di riuscire a scagionarlo, sempre che sia un'impresa teoricamente possibile.»

Mi girava la testa. Guardai la pistola appoggiata sul tavolo. «Quindi non ci ucciderai.»

«Non credo proprio. A meno che non intendiate diventare una seccatura.»

«Allora puoi togliere le manette a Morrie e mettere via la pistola?»

«*Morrie?*» Le labbra di Sherlock si ritrassero in un'espressione di disgusto. «Diamine, la propensione del ventunesimo secolo per i soprannomi non è stata gentile con te, amante.»

Amante. La parola mi riecheggiava nella testa. *Il vecchio amante di Morrie è qui, adesso, nel nostro mondo.*

Sherlock si frugò nelle tasche fino a trovare una chiave. Si alzò, con il corpo allampanato che si dispiegava come una fisarmonica e la testa che quasi andava a toccare le basse travi del soffitto della capanna, e venne verso di noi con due lunghe falcate. Sherlock avvolse le dita intorno al polso di Morrie, tirandogli il braccio così che i loro busti si toccarono. Si trovarono naso a naso, con gli occhi che bruciavano di parole non dette e la tensione che crepitava tra loro come fulmini. Avrei voluto allungare la mano e schiaffeggiare Sherlock, ma la ferocia nell'espressione di Morrie mi bloccò. Non l'avevo mai visto così coinvolto se non...

Se non da *me*.

E da Heathcliff, dopo il loro bacio.

Le dita di Sherlock indugiarono sul polso di Morrie mentre girava la chiave e faceva scivolare via le manette. Quando con le dita sfiorò la pelle di Morrie, le labbra del mio ragazzo si dischiusero e gli sfuggì un piccolo sospiro.

Beh, cazzo.

Fissai l'uno e l'altro ripassando a mente una conversazione di qualche mese prima. Morrie e io eravamo sul balcone di Baddesley Hall Manor nel corso della Jane Austen Experience e lui mi raccontava di come fosse stato innamorato una volta, di come quell'amante lo avesse tradito e avesse cercato di ucciderlo. Del fatto che quel tradimento avesse reso difficile per Morrie ammettere i propri sentimenti, e lo avesse fatto temere di innamorarsi di nuovo, di perdersi in un'altra persona per rischiare di essere di nuovo tradito.

Era stata la prima volta che avevo visto Morrie vulnerabile.

Ora si trovava di fronte all'amante che aveva avuto un effetto così devastante su di lui. Morrie sembrava avere il controllo totale della situazione, ma conoscevo abbastanza bene il mio genio criminale da capire quanto fosse scosso dall'improvvisa apparizione di Sherlock.

Avrei voluto sapere quante altre volte Sherlock avesse rimosso le manette dai polsi di Morrie, ma sospettavo che la risposta mi avrebbe fatto stare violentemente male.

Sherlock Holmes era nel mondo reale. Nel nostro mondo.

Sherlock Holmes era venuto a prendere il *mio* ragazzo.

Ma perché? E cosa c'entra tutto questo con questa Kate Danvers?

La stanchezza mi stava invadendo il corpo. Non desideravo

altro che tornare alla Libreria Nevermore, con Morrie e Heathcliff che bisticciavano e Quoth che sparava i Nine Inch Nails mentre dipingeva qualcosa di oscuro e tetro. Spostai una poltrona a brandelli e mi accasciai a terra, lanciando un'occhiata a Sherlock. «Allontanati da Morrie. Non mi fido di te vicino a lui. Voglio sapere tutto e *subito*. Perché sei qui, e perché questo elaborato piano per portarci in questa capanna remota?»

«Io volevo solo portare al sicuro Moriarty. Sei tu che hai insistito per venire.» Sherlock ridacchiò tra sé e sé. «Sono arrivato qui nello stesso modo in cui sono arrivati Moriarty, Heathcliff Earnshaw e tutti gli altri: attraverso la sezione Classici della vostra libreria. Il meccanismo esatto rimane ancora un mistero: mi sono addormentato che ero in una carrozza accanto al mio caro amico Watson mentre andavo a indagare su un accoltellamento molto stimolante nel Dartmoor, e mi sono risvegliato sul pavimento di quella polverosa libreria.»

«Quando è successo?»

«Oh... otto, nove settimane fa.»

Lanciai un'occhiata a Morrie. «Come mai non ti abbiamo visto allora? E come fai a sapere il mio nome?»

«Mia cara Mina, non mi hai visto perché ho scelto di non farmi vedere. Quando sono apparso per la prima volta su quella schifezza di moquette del negozio, sono andato in cerca di risposte e invece ho colto te, Moriarty e altri due uomini *in flagrante*. Ho scelto di non restare nei paraggi. Vi ho tenuto d'occhio fin dal mio arrivo. So tutto quello che succede ad Argleton e sorveglio il negozio in ogni momento.»

Incrociai le braccia. «Nel ventunesimo secolo si chiama stalking.»

«Infatti. Beh, il mio *stalking*, come dici tu, potrebbe aver salvato la vita a Moriarty. Sono stato io ad avvisarlo della morte di Kate Danvers.»

«Ma chi è questa Kate Danvers?»

«Ufficialmente, è una moglie fedele, nonché programmatrice senior in un'azienda tecnologica che produce sistemi di biglietteria per eventi, sul cloud. Dopo anni di lotta contro la depressione e l'ansia, Kate si è suicidata nel novembre dello scorso anno. In realtà, è una donna astuta che viveva nelle Filippine da novembre, quando ha simulato la propria morte, e solo di recente è stata ritrovata morta con un pugnale nello stomaco.»

Lanciai un'occhiata a Morrie. «Per caso tu hai qualcosa a che fare con questo?»

Morrie mi lanciò uno dei suoi caratteristici sorrisi. «Non con l'accoltellamento, ma *potrei* essere indirettamente implicato con la sua scomparsa iniziale.»

Incrociai le braccia. «Non è che per caso sei *indirettamente implicato* in ciò attraverso qualche schema altamente illegale e pericoloso?»

Morrie sembrava imbarazzato. «Ammetto che forse non ho rinunciato *del tutto* al mondo della criminalità. Ho cercato di giocare pulito, ma hai idea di quanto sia difficile mantenere il mio tenore di vita guadagnando legittimamente? Quindi sì, *forse* ho gestito una piccola attività commerciale a margine. È un servizio pubblico, in realtà, e totalmente legale, capisci... Beh, *per lo più* legale.»

Battei un piede a terra. «Che tipo di business è?»

Morrie spalancò gli occhi in quella che evidentemente pensava fosse l'espressione di una persona del tutto innocente. «Aiuto la gente a simulare la propria morte.»

Buttai la testa all'indietro e risi. O così, o dare un pugno in faccia a Morrie, e anche se ero incazzata con lui, era davvero splendido e non volevo avere la responsabilità di rovinargli quel suo naso perfetto.

«Tutto bene?» Sherlock mi indicò con un dito. «Questa è più instabile di quel Sebastian Moran che ti piaceva tanto.»

«Trovo che i sociopatici siano i dipendenti più devoti.» Morrie diede dei colpetti a terra con il piede. «Tutto quello che devi fare è dare loro un lavoro interessante da svolgere, tipo assassinare persone fastidiose o lanciare sassi ai tuoi *ex amanti*. Se ti ricordi, per un breve periodo avevo pensato anche di assumere *te*, prima che la tua incurabile pigrizia diventasse evidente.»

«Eppure, è stato proprio questo sfaccendato, che lavorava dalla parte del bene, che alla fine ha sconfitto il ragno più diabolico al centro della vasta rete criminale di Londra...»

«O, basta così, voi due.» Avevo le lacrime a forza di ridere. «Siete peggio di Morrie e Heathcliff quando bisticciate. Calmatevi entrambi per un attimo, mentre risolviamo questa questione. Morrie, è meglio che mi spieghi come funziona questa faccenda della morte simulata.»

«È semplice.» Morrie si frugò nella tasca della giacca e tirò fuori un biglietto da visita, che mi mise in mano. Nella baita c'era troppo buio e le parole erano troppo piccole perché riuscissi a leggerle, ma la carta era spessa e sembrava costosa, con le scritte in rilievo. «Le persone che vogliono scomparire vengono da me. Io uso le mie risorse per aiutarle a farlo. Nella maggior parte dei casi, non c'è bisogno di un corpo per simulare una morte: è tutta una questione di documenti, e io ho i contatti necessari e la capacità di fare pressione nelle situazioni giuste per ungere le ruote della burocrazia a favore dei miei clienti.»

«Quindi falsifichi i documenti.» Sollevai un sopracciglio.

«È *molto* più di questo.» Morrie mi fece un sorriso radioso. «Io offro servizi di consulenza. Non crederesti mai quante siano le persone che cercano di simulare la propria morte ma mandano tutto a puttane. Io ho anni di esperienza criminale a cui attingere, e posso impedire loro di commettere gli errori più semplici. Prendiamo Kate, per esempio. Sarebbe caduta dalla barca del suo capo e avrebbe finto l'annegamento. È ridicolo. La gente pensa sempre che il modo migliore per fingere la propria morte sia l'annegamento, ma in realtà è l'idea peggiore. Un corpo annegato di solito viene portato a galla da qualche parte, quindi gli annegamenti senza corpo risultano immediatamente sospetti per le autorità. Le ho consigliato un piano più sicuro.»

«Quale?»

«Si sarebbe addentrata nei boschi sulle alture del Barsetshire e non sarebbe più tornata.» Morrie sembrava soddisfatto di sé. «Su dieci morti simulate che vanno a buon segno, nove avvengono in mezzo alla natura. Spesso per i soccorritori è impossibile localizzare un corpo, quindi nessuno si insospettisce quando non lo si trova»

«Un piano eccellente,» intervenne Sherlock. «Come si addice a un cervello di prim'ordine.»

«Precisamente.» Era uno scherzo dei miei occhi che non riuscivano a vedere o le guance di Morrie si erano colorate per l'elogio di Sherlock? «E tutto si è svolto nel più liscio dei modi. A novembre Kate ha frequentato la Scuola di Sopravvivenza alla Wild Oats con un gruppo di suoi colleghi. Ogni anno, l'azienda offre un ritiro sontuoso a chi ottiene i migliori risultati. Quest'anno ho fatto in modo che fosse Kate a occuparsi delle prenotazioni, così ha potuto scegliere il luogo e le attività, e ha mandato il gruppo nel cuore della campagna del Barsetshire per imparare ad accendere fuochi e a bere la propria urina. Alla fine del corso, tutti i partecipanti, compresa Kate, hanno dovuto passare una notte nella foresta... da soli. Quando l'istruttore è andato a prenderla la mattina dopo, tutto ciò che rimaneva del suo accampamento erano le braci di un fuoco e un biglietto d'addio. Sono state chiamate delle squadre di ricerca, ma il corpo non è mai stato trovato.»

«Perché non c'era,» conclusi.

«Precisamente. Avevo già caricato Kate su un volo per le Filippine, dove le ho trovato un lavoro e fondi sufficienti per affrontare comodamente i prossimi anni.»

«Sei così bello quando parli di morti simulate,» disse Sherlock, allungando la mano per toccare la guancia di Morrie.

Lui gliela schiaffeggiò. «Non toccarmi più. Questa conversazione è tra me e Mina.»

Sherlock mi guardò male.

Gli feci una linguaccia. Maturità? No. Soddisfazione? Certo che sì.

Morrie proseguì. «Ho presentato i documenti di Kate, ho tenuto d'occhio il funerale e la famiglia in lutto, e tutto sembrava essere andato liscio, senza problemi. Non ci ho più pensato fino a qualche settimana fa, quando stavi preparando la libreria per il seminario di Danny Sledge e un messaggio anonimo mi ha avvisato che un escursionista aveva trovato il corpo di Kate vicino alla Wild Oats. Appena morta. Con un coltello nel petto.»

«Ma...» Avevo una montagna di domande. «Prima di tutto, come faceva a essere qui, se l'avevi portata sana e salva nelle Filippine? E poi: chi avrebbe voluto ucciderla? Aveva qualcosa a che fare con il motivo per cui aveva cercato di simulare la propria morte?»

«È esattamente quello che si sono chieste le autorità. Per loro fortuna hanno trovato il mio biglietto da visita ancora nascosto nella sua tasca, insieme al suo passaporto originale e alla carta d'imbarco con il nome relativo alla nuova falsa identità che le avevo creato, quindi hanno avuto un'idea abbastanza precisa da dove iniziare a cercare.»

Sprofondai la testa tra le mani. «Mor-rie.»

«Non guardarmi così. Il biglietto non punta direttamente a me. Non sono un sempliciotto. Il biglietto dice al cliente di mettersi in contatto con un numero irrintracciabile e di superare una serie di ostacoli per dimostrare la propria legittimità e segretezza. Il tutto prima che io possa prendere visione del caso. Purtroppo, ciò che il detective Hayes non ha in termini di cellule cerebrali, lo compensa in termini di connessioni con i migliori agenti dell'MI5. Si sono infiltrati nella mia rete e mi hanno trovato, come dice in modo eloquente Sherlock, al centro di una vasta rete di morti simulate. Mentre indagavano su di me mi hanno sequestrato i beni, ed è per questo che non ho potuto intervenire per salvare il negozio, e sapevo che era solo questione di tempo prima che mi trovassero. Naturalmente, quel pazzo di Hayes è giunto a conclusioni del tutto sbagliate sul mio coinvolgimento e se la prende con un uomo innocente.»

«Innocente?» Sherlock sollevò un sopracciglio perfettamente scolpito, unendo la punta delle dita. L'espressione mi ricordava così tanto Morrie da farmi star male. «Non è una parola che userei per descrivere te.»

Sherlock aveva ragione, ma non avevo intenzione di dirglielo. «Va bene, allora. So che non hai commesso tu l'omicidio, quindi dobbiamo solo capire chi è stato.»

Allungandosi all'indietro sulla sedia, Sherlock tirò una profonda boccata dalla pipa. «Ho già fatto qualche progresso sul caso. È il motivo per cui ho scelto questo luogo come nascondiglio: è vicino alla scena del crimine. È così che ho potuto dimostrare che le impronte trovate vicino al corpo corrispondono esattamente alle scarpe di Moriarty.»

«E come l'hai dimostrato?»

Sherlock raccolse da dietro la sedia un paio di scarpe eleganti dall'aspetto familiare e le gettò sul tavolo. «È stato elementare. Ho rubato queste dal pavimento della soglia davanti alla vostra libreria e ho visto che erano identiche ai calchi che avevo prelevato dalla scena del crimine.»

«Mi chiedevo dove fossero finite.» Morrie guardò perplesso le scarpe.

«Come facevi a sapere che mancavano?» mi lamentai, con la testa tra le mani. La situazione stava peggiorando. «Le lasci dove capita. Come ha dimostrato Sherlock, chiunque potrebbe entrare di nascosto e rubartele.»

E poi usarle per incastrarti.

«Non voglio mai trovarmi troppo lontano da un paio di scarpe decenti.» Morrie sollevò il mento. «Tutte le mie scarpe sono fatte su misura da un artigiano di Londra che ha il calco del mio piede, per realizzare la calzata perfetta.»

«Esatto.» Sherlock fissò le scarpe di Morrie. «La foggia elegante e la particolare forma della suola indicano che le impronte possono essere state fatte solo da te, o da qualcuno che indossa le tue scarpe. Il mio prossimo obiettivo è andare da questo artigiano e...»

«Come scusa?» Lo fulminai con lo sguardo. «Perché stai cercando di aiutare Morrie?»

«Elementare,» rispose Sherlock. «Ho tutte le intenzioni di riconquistarlo. Ma se fosse dietro le sbarre sarebbe un'impresa impossibile.»

«Tu...» Una nuova ondata di emicrania mi attraversò le tempie. *Non è possibile.*

«Riconquistarmi? *Tu* hai progettato di spingermi giù da una cascata.» Morrie attraversò a grandi falcate la stanza e andò a strappare la pipa dalle labbra di Sherlock. Ebbi un sussulto quando la scagliò contro il muro, dove si infranse con uno schianto e si ruppe in diversi pezzi, spargendo cenere e tabacco nell'aria già soffocante. «Non ci sarà mai più niente tra noi, Sherlock. Ora sto con Mina.»

«Se lo dici tu,» commentò Sherlock con un tono che lasciava

chiaramente intendere che pensava di avere ancora una possibilità.

No, non ci posso credere. Non ho intenzione di litigare su Morrie facendo a gara per chi piscia più lontano con il più grande consulente investigativo del mondo. Anche perché io mica piscio con il cazzo. «Sì, lo dice lui. Se sarai in grado di accettare e rispettare la decisione di Morrie, potremmo comunque utilizzare la tua esperienza per risolvere il caso. Mostraci quello che hai già scoperto.»

Sherlock si protese dietro la sedia e sollevò una cassetta di legno. La rovesciò sul tavolo e ne uscì una valanga di fogli, foglietti e fogliettini. Morrie rovistò in alcune scatole accanto al caminetto e tornò con delle candele, che distribuì in giro per la stanza in modo che io vedessi quello che facevo. Afferrai una manciata di fogli che sembravano dei moduli ufficiali e strizzai gli occhi per leggere i caratteri minuscoli. «Ma sono le cartelle cliniche di Kate Danvers? Come le hai avute?»

«Morrie non è l'unico in grado di ingannare le vostre autorità,» disse pavoneggiandosi Sherlock. «La documentazione di Kate mostra una storia di depressione e intenti suicidi.»

«Questo non ci dice nulla,» commentò Morrie. «Le ho dato istruzioni io per creare quel profilo, da lasciare nero su bianco. Era per insinuare che il suicidio sarebbe stata la causa più probabile della sua scomparsa. Se pianti il seme dell'idea nella mente di tutti, lo annaffieranno fino a farlo fiorire e a quel punto nessuno verrà a cercarla. L'ultima cosa che volevamo era che le autorità indagassero su una morte sospetta.»

«Se Kate non aveva davvero tendenze suicide, allora perché ha voluto inscenare la propria morte?»

Morrie si strinse nelle spalle. «Dovresti chiederlo a lei. Io non faccio lo psicologo. Non gliel'ho mai chiesto e lei non me l'ha mai detto.»

«Ma devi esserti fatto un'idea.»

«Ci sono tre ragioni per cui le persone vogliono simulare la propria morte: guadagno economico, fuggire con un amante o sottrarsi alla violenza. Gli uomini che fingono di morire per le prime due ragioni sono molto più numerosi, ma solo perché sono abbastanza stupidi da essere scoperti. Tutte le donne che ho aiutato a scomparire con successo stavano scappando da un marito violento, e sono rimaste tutte morte per finta, fino a Kate.» Morrie si accigliò. «Questa cosa farà davvero crollare la mia reputazione su yelp.com.»

«Sono felice di sapere che non ti stai preoccupando inutilmente. E questo chi è?» Sventolai la fotografia di un uomo basso con le guance arrossate, una coda di cavallo e una maglietta di Star Wars. Mi ricordava l'Uomo dei fumetti dei Simpson, solo che aveva un bel sorriso e degli occhi gentili.

«È Dave Danvers, il marito di Kate,» spiegò Sherlock. «È stata la prima persona su cui ho indagato, ma a detta di tutti era un marito affettuoso e fedele, e non ha legami con la malavita di Moriarty.»

«Sembrava che a Kate piacesse ancora,» rifletté Morrie. «Quando parlava di lui assumeva un'espressione trasognata. Credo che abbia detto che lo stava facendo *per* lui, quindi forse avevano problemi economici. Mi chiese di assicurarmi che dopo la sua morte lui incassasse i soldi della sua assicurazione sulla vita.»

«Questo non significa che sia innocente.» Mi rivolsi a Sherlock. «Ha un alibi?»

«Come faccio a saperlo?» si schernì lui. «La parte importante non è l'omicidio: il fulcro della mia indagine è il fatto che tutta questa storia sia stata inscenata per incastrare Moriarty.»

«Vuoi dire della *nostra* indagine. Ci siamo anche io e Morrie. Sono in gioco la sua vita e la sua libertà.»

Sherlock aggrottò le sopracciglia. Dei riccioli scuri gli ricaddero sulla fronte. *Sarebbe così maledettamente sexy se non fosse qui per rubarmi il ragazzo.* «Io lavoro da solo.»

Sbuffai. «No, non è vero. Ho letto i tuoi libri. Ti porti sempre dietro il dottor John Watson, in ogni avventura.»

«Tu, mia cara, non sei Watson. Oggi tornerai nel tuo mondo, e lascerai Moriarty al sicuro in mano mia.»

Mi sentii il sangue che ribolliva. «Non sono la tua *cara* un bel niente. Ho risolto con successo non meno di quattro omicidi e anche recuperato un albero di Natale rubato. E non lascerò Morrie qui con te.»

«Devi farlo, bellezza.» Morrie mi lanciò uno sguardo di supplica. «Sherlock ha ragione. Se sparisci, penseranno che io abbia favorito tutto questo per rapirti. E ciò renderà le cose cento volte peggiori per me. Se invece torni con una storia diversa, possiamo controllarne noi la narrazione e dare a me e a Sherlock il tempo di capire cosa sta succedendo davvero.»

Lo fulminai con lo sguardo. «Non vuoi il mio aiuto?»

Morrie si avvicinò e mi prese una ciocca di capelli tra le dita. «Chiunque abbia fatto questo sta cercando di scalzare la mia rete criminale. Sono persone brutali, niente a che vedere con gli assassini di provincia con cui ci scontriamo di solito. Non voglio che tu ti faccia male.»

Non posso credere alle mie orecchie. «Se devi nasconderti, è un motivo in più per cui dovrei aiutarti. Quanto pensi di essere efficace come segugio, se sei intrappolato in una baracca puzzolente?»

Sherlock attraversò la stanza con due lunghe falcate e avvicinò la candela a una parete, illuminando fotografie della scena del crimine, articoli di giornale e Post-it scarabocchiati, tutti collegati con uno spago. «Molto. Io ho studiato a fondo tutte le prove disponibili.»

Scrutai la parete e notai due cose. In primo luogo, Sherlock utilizzava esattamente gli stessi metodi impiegati nei racconti di Sir Arthur Conan Doyle. Le sue informazioni consistevano in disegni della scena del crimine, fotografie e studi di impronte di scarpe e tracce sulle cortecce. In secondo luogo, più di tre quarti della sua parete non erano dedicati al caso, bensì a Morrie. C'erano polaroid che lo ritraevano mentre usciva dalla libreria, seduto in metropolitana a Londra e mentre stringeva la mano a un tizio in abito elegante che potevo solo supporre fosse il suo banchiere o una specie di signore del crimine.

Cercai di non lasciarmi infastidire dal fatto che in soli due mesi Sherlock avesse scoperto più cose sul mio ragazzo di quante lui ne avesse mai rivelate a me. *Morrie ha una vita segreta di cui non faccio parte. E che potrebbe averlo messo in guai seri.*

«Chi è quello?» Indicai una fotografia che ritraeva Morrie alle prese con un uomo dall'aspetto curato, con i baffi a manubrio e un vestito bianco. Diversi pezzi di spago convergevano sulla testa dell'uomo.

«Aidan McFarlane. Secondo le mie deduzioni, l'unico possibile sospettato.»

«McFarlane è un nome importante della malavita. Era il mio braccio destro, ma da anni cerca di eliminarmi e di impadronirsi del mio territorio. Sono mesi che prova a indebolirmi, accusandomi di essermi rammollito solo perché ho chiuso alcune operazioni,» aggiunse Morrie. «Inoltre, ha dei baffi dall'aspetto sinistro. Deve essere il nostro cattivo.»

Sentire James Moriarty che chiamava "cattivo" un altro uomo era così assurdo che scoppiai a ridere. Mi rivolsi a Sherlock. «Allora, cosa ti fa essere così sicuro che sia lui?»

Lui si accigliò. «I miei metodi sono miei.»

«Non hai intenzione di considerare altre opzioni? Che ne dici del marito, o di qualcun altro che abbia preso parte a questo ritiro di team-building? Potrebbe essere successo che la cosa o la persona che stava cercando di evitare l'abbia raggiunta e...»

«Li ho esclusi tutti. Nessuno nella sua vita ha alcun legame con Moriarty. Come ho già detto,» sibilò Sherlock a denti stretti, «la vittima non è importante in questo caso. Era solo un mezzo per un fine. L'assassino ce l'ha con Moriarty, è lui la chiave.»

«Credo che dovremmo almeno prendere in considerazione...»

«Senza offesa per i tuoi pensieri, Mina, che sono certo non siano insignificanti, dovresti lasciare che se ne occupino i professionisti.»

«Nemmeno tu sei un professionista,» risposi piccata.

«Cinquantasei racconti, quattro romanzi popolari e una duratura eredità culturale pop suggerirebbero il contrario.» Sherlock mi diede una gomitata prima di raccogliere le fotografie nel palmo della mano e rimetterle nella scatola.

Stiamo girando in tondo. «Tu sei un prodotto del sistema giudiziario vittoriano. La tecnologia e la società sono andate avanti da allora. Dovremmo condividere le informazioni e lavorare insieme.»

«Non lavoro con chi è inferiore a me dal punto di vista intellettuale.»

Ah, ecco.

Non mi importa se sei il più grande consulente investigativo del mondo: stai per essere affondato.

Feci un passo avanti, ma Morrie mi afferrò una spalla. «Non puoi ucciderlo, bellezza. So che è un idiota fastidioso, ma abbiamo bisogno di lui. La sua folle trovata di oggi ci ha fatto guadagnare un po' di tempo.»

Inspirai, cercando di calmare il sangue che mi ribolliva nelle vene. Sherlock mi lanciò un mazzo di chiavi. «Ho modificato il GPS dell'auto. In questo momento la polizia ti sta cercando al confine con la Scozia. Tutto quello che devi fare è andare in auto fino ad Argleton, dire che sei stata rapita e abbandonata in mezzo al nulla, che non sai dove sia Morrie e che credi ancora che sia innocente.»

Scossi la testa. «C'è solo un difetto nel tuo piano. In realtà, ci sono un centinaio di difetti, ma sottolineerò il più importante. Io non so guidare.»

Morrie trasalì. «Ovvio. I tuoi occhi.»

Annuii. Avevo preso qualche lezione di guida con mia madre durante l'ultimo anno di liceo, che erano consistite per lo più in lei che mi urlava nelle orecchie dal sedile del passeggero e che prima di salire insisteva a voler cospargere la macchina di salvia per "eliminare la mia energia negativa" dal veicolo, perché a quanto pareva *era quello il* motivo per cui non riuscivo a parcheggiare a S. Ma c'era Ashley che aveva la patente, così io non avevo mai avuto bisogno di prenderla. Poi mi ero trasferita a New York, dove nessuno guida, e una volta tornata avevo esattamente lo zero per cento di incentivi a imparare.

«Ah, questo complica le cose.» Sherlock si sfregò il mento. «È chiaro che conservi ancora una certa capacità di visione, quindi ti propongo un nuovo piano. Torna in auto fino a Barset Reach. È improbabile che incroci altri veicoli su questa strada. All'officina troverai un vecchio. Dagli le chiavi del mezzo e vattene senza dire una parola. Non guardarti indietro. Si occuperà lui del resto. Fuori dal pub c'è una fermata dell'autobus e l'orario è dietro il bancone. Se la mia memoria è corretta, l'autobus dovrebbe riportarti ad Argleton prima di cena.»

Pensai alla lunga e scivolosa camminata fino alla radura e alla strada dissestata nella foresta che avrei dovuto percorrere. Morrie dovette percepire il mio disagio, perché mi prese tra le braccia, stringendomi al petto e fissandomi nell'anima con quel blu glaciale fino a farmi dimenticare che c'era Sherlock nella stanza.

James Moriarty aveva la capacità di fare quella cosa, di

catturarmi con un semplice sguardo prolungato. Le sue dita si allargarono sulla mia schiena, tirandomi contro di lui fino a quando non sentii il suo sesso guizzargli nei pantaloni. Inclinai la testa, godendomi il modo in cui si adattava perfettamente a me, mentre assaporavo ogni centimetro del suo corpo caldo e sapevo che mi sarebbe mancato da morire non appena fossi uscita dalla porta.

«Vorrei che venissi con me,» gli sussurrai appoggiata alla spalla.

Morrie mi prese il viso tra le mani. Il ghiaccio nei suoi occhi si sciolse in fresche pozze blu che riflettevano la luce della candela. «Anch'io, bellezza. Non sai quanto. Ma quel fastidioso bastardo ha ragione: devo restare. Non potrò dimostrare la mia innocenza, né sbarazzarmi dei problemi della mia rete da una cella di prigione.»

«Scappare dalla legge non ti metterà ancora più nei guai?»

«No, se riusciamo a scoprire chi mi ha incastrato,» sussurrò. «Conosco quel luccichio nei tuoi occhi, Mina Wilde. So che non hai intenzione di aspettare che Sherlock risolva la questione per noi. Darai tu la caccia a chi ha ucciso Kate e incastrato me.»

«Naturalmente.» Levai gli occhi al cielo. «Io non prendo ordini da Sherlock Holmes.»

Morrie mi strinse di più, infiammandomi il corpo con un bacio bruciante. «Bene,» sussurrò. «Ora riconosco la mia ragazza. Con voi due che lavorate per scagionarmi, ho piena fiducia nel mio ritorno alla civiltà.»

Le labbra di Morrie incontrarono le mie con tutta la spavalderia e l'impertinente sicurezza che lo rendevano ciò che era. Le sue dita mi strinsero la mascella, non da farmi male, ma quanto bastava per farmi sentire posseduta, desiderata, *necessaria*.

E anche quando ricambiai il bacio, assaporando il tocco del suo corpo, il passaggio della sua lingua, il modo in cui mi stringeva, quel suo *bisogno* mi travolse. Morrie non aveva mai ammesso di aver bisogno di qualcosa o di qualcuno. Quello che mi disse con il fuoco del suo bacio e la pressione della sua erezione contro la mia coscia fu che aveva bisogno di *me*. E c'era solo una ragione per cui Morrie poteva avere bisogno di me in quel momento.

Ha paura.

Se la più grande mente criminale dell'era moderna aveva paura, c'era da aspettarsi un mondo di guai.

4

Morrie mi riaccompagnò alla macchina della polizia, sapendo che la fitta copertura di alberi significava che avrei fatto fatica a vedere il percorso. Mentre camminava, mi parlò ancora un po' della sua attività di inscenare finte morti, e di tutti i modi in cui le persone venivano scoperte quando fingevano di morire senza la sua esperta assistenza. Ne parlava come se stesse svolgendo un servizio pubblico con grande sacrificio personale, ma credo che stesse cercando di convincere se stesso.

Lo ascoltai a metà. Un centinaio di pensieri mi frullavano in testa, ma non riuscivo a trovare le parole per esprimerli ad alta voce. A Morrie di solito piaceva riempire il silenzio con le chiacchiere, dato che aveva sempre un milione di cose da dire, di solito su se stesso. Però ora anche lui sembrava perso nei suoi pensieri.

«La tua carrozza ti aspetta.» Quando arrivammo alla radura Morrie fece un gesto teatrale con il braccio verso l'auto della polizia. La luce del sole filtrava attraverso un'apertura tra gli alberi, illuminando lo scintillio negli occhi e il pomo d'Adamo che gli andava su e giù quando deglutiva.

E deglutì di nuovo.

«Morrie.» Allungai la mano per toccargli la spalla. *Potrebbe essere l'ultima volta che lo vedo finché non sarà tutto finito.*

Se non riesco a capire chi lo ha incastrato, questa potrebbe essere l'ultima volta che lo vedo senza delle sbarre di ferro a separarci. E noi abbiamo bisogno di lui. Abbiamo bisogno di lui per combattere Dracula.

Io ho bisogno di lui.

Con una scrollata di spalle Morrie si allontanò a passo veloce verso l'auto, per aprire la portiera del guidatore. Poi si chinò a regolare il sedile. «Sarà meglio assicurarsi che tu sia in grado di guidare questa cosa. Io non sono mai stato appassionato di motori a scoppio, ma ai miei tempi ho avuto modo di giocare con qualche veicolo da fuga e posso mostrarti un paio di cosette.»

Raggiunsi la portiera proprio nell'istante in cui Morrie la sbatteva e faceva retromarcia. Con pochi e rapidi movimenti, girò l'auto nel piccolo spiazzo in modo che fosse rivolta verso la strada. Spalancò la portiera e scese, indicandomi di mettermi al volante.

«Non ho idea di come si guidi questa cosa,» mi lamentai mentre mi infilavo nel sedile.

«Il pedale di destra è l'acceleratore. Fa andare l'auto più veloce. Quello grande al centro è il freno.»

«Questo lo so, grazie.»

«Solo un ripassino.» Morrie si chinò su di me e afferrò la cintura di sicurezza. Mentre me la portava sul petto per inserirla nella fibbia, con la mano mi sfiorò il seno. Quel tocco fu *tutto*: mi attraversò la felpa inzuppata come un fuoco, arrivandomi al cuore fino a farlo diventare un inferno.

Morrie si irrigidì. Il suo sorriso capriccioso e indulgente mi immobilizzò, ma i suoi occhi si stavano concentrando su qualcosa dietro la mia testa. Ansimava.

«Morrie, guardami.»

Lui continuava a fissare quel punto e mi disse a fatica: «Non posso.»

«Perché no?» sussurrai.

«Perché se ti guardo ti trascino via da quel sedile e ti scopo contro un albero, e poi ti porto a prendere i passaporti falsi che ho nascosto in un armadietto a Londra e salto con te su un aereo per iniziare la nostra nuova vita a Monaco. E niente di tutto questo è una buona idea.»

Allungai una mano e gli strinsi il mento con le dita. La fresca brezza gli baciava la pelle. Io gli premetti le dita sulla pelle, costringendolo a ruotare la testa verso di me e a guardarmi, ad affrontare la realtà che aveva creato.

Gli occhi che incrociarono i miei brulicavano di emozioni così complesse e oscure che mi mancò il respiro. Mi tuffai in quelle profondità gelide e tutto il suo essere si chiuse su di me, trascinandomi in un oceano di dolore, desiderio, odio, voglia, paura e incredulità.

Dalle labbra di Morrie uscì una specie di ringhio, uno sfogo così lontano dalla sua solita padronanza delle emozioni che mi sembrò stesse imitando Heathcliff. Quel bisogno crudo e doloroso mi strinse il cuore e mi irradiò calore nelle membra.

Morrie mi sollevò dal sedile come se non fossi nulla. Io gli avvolsi le gambe intorno al corpo sinuoso mentre le sue labbra incontravano le mie in un bacio brutale. Tenendomi tra le braccia, fece il giro dell'auto con gambe malferme e mi appoggiò al cofano.

Trattenni per un istante il fiato quando il freddo del metallo mi attraversò i vestiti. Morrie mi coprì la bocca con la sua, inghiottendo il mio grido mentre mi schiacciava con tutta la furia del suo bisogno. In un istante le mani di Morrie furono dappertutto: intrecciate ai miei capelli, strette alle mie spalle, intorno alla mia schiena per stringermi a lui, avvolte alla camicia alla disperata ricerca di tirarla su e di abbassarmi i leggings fino ai piedi.

Non si stava comportando come al solito, stuzzicandomi e cercando di portarmi al limite per poi farmi tornare indietro. Quello non era un gioco. L'incertezza del nostro futuro mi avvolgeva, facendomi desiderare di più di lui, tutto di lui, in quel momento. Avrei voluto infilarmi sotto la sua pelle e togliergli il dolore dall'interno, a forza di baci.

Morrie mi alzò la gonna e mi infilò un dito nelle mutandine. Sussultai quando mi strappò via il brandello di tessuto e se lo gettò dietro le spalle tra i cespugli. Ma che cazzo? Quella era la mia biancheria intima preferita e non costava poco.

Ma nei polmoni non avevo fiato per lamentarmi, non con lui che mi baciava il petto, le costole, non con le sue labbra sul mio cuore sferragliante.

«Ho bisogno di assaggiarti un'ultima volta,» mi disse senza fiato, con le mani che mi stringevano le chiappe, e le spalle che mi premevano contro le cosce per allargarle, la sua lingua che entrava in contatto con le mie pieghe umide. Buttai indietro la testa e cercai di afferrarmi al cofano dell'auto mentre lui mi leccava.

Mi infilò dentro due dita, senza smettere di leccarmi. Sentivo già l'orgasmo in arrivo: il brivido di farlo nel mezzo di una radura, sopra un'auto della polizia, si univa alla sua lingua che faceva la sua magia e alla paura che quella potesse essere l'ultima volta che sentivo la sua pelle sulla mia. Il tutto era così tipicamente *Morrie* che era quasi troppo da sopportare.

Rabbrividii mentre gocce di pioggia cadevano dalle foglie, ma il fuoco che mi scorreva nelle vene con la lingua di Morrie che vorticava intorno al mio clitoride mi teneva al caldo.

Morrie infilò un terzo dito e mi risucchiò con forza il clitoride, portandomi al limite. Inclinai la testa in avanti quel tanto che bastava perché i nostri occhi si incontrassero e questo mi fece volare a capofitto nell'orgasmo.

Il mio corpo fu preso da scossoni, e quasi caddi dal cofano scivoloso, travolta dall'ondata di piacere che mi scorreva nelle vene. La mano di Morrie mi strinse più forte il culo, tenendomi sollevata, quasi a rivendicarmi come sua.

Tornai a sdraiarmi, il petto ansimante mentre lottavo per riprendere fiato. Morrie si chinò su di me, con quel suo sorrisetto depravato sulle labbra, perché era un bastardo compiaciuto e sapeva di esserlo. Spostò la mano da sotto il mio sedere per metterla accanto alla mia testa, con le dita ben distese sul cofano, usando l'altra mano per slacciarsi la cintura e abbassarsi i pantaloni lungo i fianchi.

Abbandonai le gambe, aprendole, nella speranza che lui mi reggesse. Le suole dei miei anfibi scivolarono contro il metallo e io scesi un po', ritrovandomi sul sesso di Morrie che era in attesa. Un gemito uscì dalle sue labbra nell'attimo in cui mi penetrò, quel ghigno presuntuoso che si apriva in una O di piacere.

Sollevai i fianchi e lui affondò, colpendomi con l'inclinazione giusta per eccitarmi fino a farmi tremare e poi, di nuovo, bramare. Il corpo di Morrie sussultò contro il mio mentre abbandonava il suo bisogno di controllo e cedeva al caos che regnava dentro di lui. Spingeva e colpiva, implacabile, brutale, e un suono crudo, a metà tra un gemito e un urlo, gli scoppiò dalle labbra.

Ero intrappolata nella sua furia e *mi piaceva*. Facevo del mio meglio per spingere i fianchi verso l'alto per andargli incontro, ma mi era impossibile muovermi sul cofano senza cadere. Morrie mi girò, trascinandomi i fianchi all'indietro, per affondare di nuovo dentro di me. Mi aggrappai allo specchietto in modo da tenermi ferma mentre lui mi penetrava da dietro, sculacciandomi un paio di volte. Lo schiaffo del suo palmo mi spinse con più forza addosso a lui, e la mia schiena si inarcò... e un altro delizioso orgasmo divampò lungo tutto il mio corpo.

Le unghie di Morrie mi artigliarono un fianco mentre veniva, spingendo ancora una volta più a fondo e più forte che poteva, con la testa rovesciata all'indietro, un suono disumano che proveniva da qualche parte in fondo a lui. Il suo sesso guizzò e si liberò, e l'uomo che amavo e che di norma era aggrovigliato nel suo bisogno di essere il dominatore, il padrone, colui che comandava, si abbandonò a me, in modo assoluto e completo.

Si sdraiò su di me, il petto ansante, il suo sudore sulla mia pelle. Alla fine si ritrasse e fu come se si fosse abbassato una maschera sul viso, a nascondere il suo lato vulnerabile dietro il Morrie arrogante e presuntuoso che conoscevo così bene e che amavo.

Poi si tolse la camicia e me la porse. «Usala per pulirti meglio che puoi. La porterò con me e la brucerò alla capanna. Questo eviterà che rimanga il mio DNA nella macchina.»

Le mie membra tremavano mentre mi tiravo su i leggings, mi abbassavo la felpa e mi rimettevo al volante. Avevo così tante cose da dirgli, ma sapevo che se avessi parlato sarei scoppiata a piangere. Percepii il suo sguardo penetrante mentre pigiavo il piede sull'acceleratore e facevo scendere l'auto lungo il sentiero finché lui non fu altro che un puntino nello specchietto retrovisore.

E poi, era sparito.

5

Ripresi a guidare lungo la strada sterrata, con il cuore in gola ogni volta che le gomme toccavano un dosso. Mentre mi avvicinavo al villaggio non mi superò nemmeno un'auto. Il vecchio che gestiva l'officina non batté ciglio quando entrai nel parcheggio con l'auto della polizia, ne scesi, lasciai cadere le chiavi nel suo palmo teso e me ne andai. Proprio come aveva detto Sherlock. Ero preoccupata del DNA mio e di Morrie sul sedile posteriore, soprattutto per ciò che un esperto di medicina legale come Jo avrebbe potuto scovare. Ma ormai non potevo farci nulla.

Mi incamminai verso il pub, consapevole del fatto che non avevo biancheria intima e che i miei leggings erano decisamente vecchi e consunti. Aspettai per due ore sotto la pioggerellina. Appena l'autobus si allontanò, vidi un pennacchio di fumo alzarsi dal campo e la sagoma di un'auto bruciata dietro il garage.

Credo che, dopotutto, non ci sia motivo di preoccuparsi del DNA.

Appoggiai la testa al finestrino, la mente confusa. La giornata era iniziata come una delle più felici della mia vita: i ragazzi mi avevano mostrato la nuova stanza che avevano progettato per me nell'appartamento, in modo che vivessimo tutti insieme. Poi, come ogni altra cosa nella mia vita, era andato tutto a puttane nel modo più ridicolo.

Morrie è nei guai.

È in fuga.

Devo aiutarlo.

Non mi piaceva aver lasciato Morrie con Sherlock. Neanche un po'. Probabilmente non era gelosia, soprattutto con le cosce che ancora mi facevano male per quello che avevamo fatto in quella radura. Ma sapere che il mio uomo era rintanato in una baita sperduta con il suo ex fidanzato stalker non mi riempiva di gioia. A giudicare dal modo in cui Sherlock aveva toccato Morrie nel togliergli le manette, la particella "ex" non era così rilevante.

Sherlock voleva riavere Morrie. E avrebbe usato la situazione per mettere in mostra le sue abilità. Voleva che Morrie vedesse cosa si era perso scegliendo me al posto suo.

Questo significava che dovevo essere io a risolvere il mistero per prima.

Sto mettendomi contro il più grande detective della storia della letteratura, e devo *vincere.*

Passai il resto del viaggio in bus a ripercorrere tutti i dettagli nella mia testa, cercando di elaborare un piano. Sherlock e Morrie stavano dando la caccia a quel McFarlane e ad altri della rete criminale di Morrie. Io non sapevo nulla di quel mondo e non sarei stata in grado di infiltrarmi come loro, quindi dovevo concentrarmi sulla vittima, Kate Danvers. Non conoscevo le informazioni che Sherlock aveva utilizzato per eliminare il marito e gli altri sospettati, però avevo un vantaggio fondamentale. E cioè il fatto che ero cresciuta nel mondo moderno. Sapevo come funzionavano i social media, i computer e la medicina legale. Sherlock usava metodi del diciannovesimo secolo per risolvere un crimine del ventunesimo secolo. Avrei potuto batterlo se avessi lavorato in fretta seguendo gli indizi giusti.

E poi, Sherlock lavorava da solo. Mentre io avevo un gruppo di amici intelligenti, belli e impegnati che avrebbero mosso cielo e terra per aiutare a scagionare Morrie.

Appena scesi dal bus ad Argleton, un corvo scese in volo dalle travi della stazione e mi si posò sulla spalla.

Dove sei stata? La voce di Quoth dentro la mia testa suonava allo stesso tempo sollevata e terrorizzata. *Eravamo così preoccupati per te.*

«È una storia lunga.» Gli diedi una grattatina sotto il mento. Lui mi accarezzò la guancia e fece un *niuu-niuu-niuu.* «Mi sorprende che tu non mi abbia seguito.»

Sono dovuto correre in negozio per tornare uccello. Una volta fuori, la macchina era sparita. Sono andato alla stazione di polizia, e quando ho visto che non arrivavi, sono tornato indietro e l'ho detto a Heathcliff. Ho volato dappertutto, ma non siamo riusciti a trovarti.

«Grazie per averci provato.» Gli accarezzai le piume setose mentre lo cullavo stringendolo al petto. «La polizia è ancora alla libreria? So che dovrò parlare con loro, ma per ora voglio solo una tazza di tè.»

La squadra della Scientifica ha finito di esaminare le cose tue e di Morrie, e Hayes sta conducendo una caccia all'uomo per l'auto rubata. Credono che tu sia diretta in Scozia. Ti porto a casa.

Casa. Sentire Quoth pronunciare quella parola mi fece venire le lacrime agli occhi. Per un po', nel bosco, avevo creduto davvero che non avrei mai più rivisto la Nevermore, Quoth, Heathcliff e Morrie. La libreria mi sembrava più "casa" di qualsiasi altro posto in cui avessi vissuto, compreso lo squallido alloggio popolare in cui ero cresciuta. E sapere che ora stavo per tornarci, e che Quoth la pensava allo stesso modo... beh, sbattei con furia le palpebre, per impedire di venire sopraffatta da tutte le emozioni che mi si agitavano nella testa a causa di quella giornata infernale.

«Sì, andiamo a casa.»

Più facile a dirsi che a farsi. Non appena misi piede sul prato del parco, fui assalita dagli abitanti del villaggio. Una folla di persone uscì di corsa dal pub e dall'ufficio postale per circondare me e Quoth, tempestandoci di domande.

«Mina, chi ti ha rapito?»

«Erano belli?»

«Hai dovuto sacrificarti e scappare?»

Porca miseria. Almeno non avrei dovuto preoccuparmi di informare Hayes: avrebbe saputo del mio ritorno da tutte le voci che si sarebbero sparse.

«Fate largo, fate largo!» Una familiare borsa di tessuto ricamato mi passò davanti. La signora Ellis mi mise una mano grassottella sulla spalla e mi strinse al suo ampio seno. «Dovreste vergognarvi. Mina ha passato un'esperienza straziante, e non la aiuterete standole così addosso. Scommetto che la poverina ha solo bisogno di una bella tazza di tè e di essere lasciata in pace a farsi un lungo bagno caldo.»

«Cra,» concordò Quoth.

La signora Ellis lanciò occhiatacce a tutta quella gente che mi stava intorno, finché non si allontanarono. Sentii Richard, il barista, borbottare sottovoce che i miei modi da "femminista prepotente" stavano influenzando la mia vecchia insegnante. Questo non fece altro che spingermi ad abbracciarla più forte.

«Grazie per avermi salvata.» Mi strinsi alla signora Ellis, schiacciando Quoth tra di noi.

«Cra!» Riuscì a liberarsi un'ala, e la sbatté in segno di sfida.

«Su, su. Ti daremo una sistemata.» La signora Ellis mi condusse per un braccio attraverso il parco e poi su per i gradini della Libreria Nevermore. Una volta insegnante, insegnante per sempre. «Ehilà, signor Heathcliff. Ho trovato qualcosa che le appartiene!»

Heathcliff si precipitò all'ingresso con le mani strette a pugno e il volto stravolto in un cipiglio assassino. «L'insegna dice chiaramente che il negozio è chiuso... Mina?»

Mi corse incontro, schiacciandomi Quoth contro il petto mentre mi stringeva in un abbraccio violento e bellissimo allo stesso tempo.

«Non abbandonarmi di nuovo in questo abisso,» mi mormorò tra i capelli, le parole un'eco di qualcosa che aveva detto una volta a Cathy. «Stai sempre con me. Fammi impazzire. Ma non spaventarmi mai, mai più in questo modo...»

«Heathcliff...» Per quanto volessi che continuasse a dire cose così tristi e meravigliose... riuscii a estrarre una zampetta di Quoth. Lui scalciò violentemente l'aria mentre lottava per liberarsi. «Quoth non riesce a respirare.»

«Non mi interessa,» mi ringhiò Heathcliff all'orecchio. «Io... ehi, perché mai?»

Heathcliff barcollò all'indietro, stringendosi la mano. Il sangue gli colava da un taglio sul dito. Quoth si liberò e cadde a terra.

«Craaaaaa!» Saltellò su e giù, tremante di rabbia e scuotendo la punta dell'ala in direzione di Heathcliff. Io scoppiai a ridere mentre lacrime di sollievo mi rigavano le guance. Solo poche ore prima arrancavo nella foresta sotto la minaccia di un'arma e credevo che non li avrei mai più rivisti. Fui invasa da una sensazione di sollievo. Mi afflosciai contro l'ampio petto di Heathcliff, con le gambe che non riuscivano più a reggermi.

Heathcliff guardò dietro di me. «Dov'è Morrie? Che cosa è successo?»

«Non preoccupatevi per me, cari.» La signora Ellis si diresse verso le scale. «Fate la vostra piccola riunione. Io vado a preparare il tè e il bagno per Mina...»

«Oh, no. Non riuscirà a origliare tutto quello che ha passato Mina.» Heathcliff indicò la porta. «Fuori.»

«Ma io...»

«*Fuori*. Altrimenti sostituirò l'*intera* sezione Erotici con un altro scaffale di libri di maglia.»

«Non oseresti mai.» La signora Ellis sapeva che le sue passioni in fatto di lettura erano uno dei motivi per cui il negozio resisteva ancora.

«Non mi metta alla prova, donna.» ribatté Heathcliff.

«*Bene.*» La signora Ellis serrò le labbra. Si mise la borsa ricamata in spalla e si avviò verso la porta. «Vado al pub. Non ho bisogno di sapere la verità per imbastire una bella storia per il villaggio. Mina, spero che non ti dispiaccia essere stata rapita da dei bei pirati, perché è quello che ho intenzione di dire a tutti.»

«Solo se uno di loro avrà dei baffi malvagi.» Acconsentii con un sorriso. Quando la signora Ellis fu fuori dal negozio, Heathcliff chiuse la porta e vi posizionò davanti uno scaffale, a difenderci da eventuali altri ficcanaso. «Il tè!» ringhiò a Quoth, che salì le scale gracchiando le sue proteste.

Con il supporto di Heathcliff, passai nella stanza principale e crollai sulla poltroncina di velluto sotto la finestra, strofinandomi le tempie dove mi stava scoppiando di nuovo una terribile emicrania. Pensai a cosa potesse star facendo Morrie in quel momento, intrappolato in quella baita con Sherlock, e mi si rivoltò lo stomaco.

«Che ti è successo?» La testa di Grimalkin spuntò dal bracciolo della sedia.

Spaventata, urlai e la colpii con un cuscino. «Cosa ci fai nascosta lì sotto?»

Le labbra di mia nonna si arricciarono in uno splendido

sorriso. «Due giorni fa ho nascosto la carcassa di un topo dietro gli scaffali. Volevo riprenderla per giocarci.»

Disgustoso. Da quando avevo pronunciato alcune parole in greco antico che avevano spezzato la maledizione che il dio Poseidone aveva lanciato su mia nonna, lei si stava dando da fare per abbandonare le abitudini feline con cui aveva vissuto per diversi secoli. Le avevamo concesso di vivere ancora nel negozio finché non fosse stata in grado di gestire abbastanza bene la sua forma umana da poter vagare liberamente. Per il momento preferiva dormire rannicchiata sulla poltrona di Heathcliff durante il giorno, però di tanto in tanto scendeva al piano di sotto, sotto forma di umano (o di gatto) per spaventare i clienti.

Grimalkin mi diede un colpetto sul braccio con la testa (una cosa molto sconcertante se chi lo fa è la propria nonna umana e nuda, lasciatemelo dire). Sospirando, le accarezzai i capelli e lei strofinò la testa contro il palmo della mia mano, con tutto il corpo che tremava di felicità.

«Apprezzo il conforto, nonna.»

Grimalkin mi lanciò un'occhiataccia. «Non chiamarmi così. Mi fa sentire vecchia.» Si accoccolò sulla sedia accanto a me, alzò una gamba in aria e cercò di pulirsi l'interno coscia.

«Grimalkin, ricorda quello di cui abbiamo parlato. Quando sei umana, non puoi fare le stesse contorsioni di quando sei gatta, altrimenti spaventi la gente. Per pulirsi c'è la doccia.»

Lei abbassò la gamba e aggrottò le sopracciglia. «Quell'armadio con la pioggia? Mi credi una selvaggia?»

«Scusa. Pensavo fossi una ninfa dell'acqua. Come un tempo.»

Grimalkin scalciò di nuovo il piede in aria, mancando per poco il vassoio da tè nelle mani di Quoth, mentre il mio uccellino entrava nella stanza nella sua forma umana, con addosso un paio di pantaloni cargo neri e nient'altro. *Mmh.* I miei lombi (parola volgare, ma in questo caso adeguata) mi facevano ancora male in quel modo così soddisfacente per ciò che io e Morrie avevamo fatto sull'auto della polizia.

Non c'è niente di meglio di un bel ragazzo a torso nudo con una luminosa e fluente chioma nera che porta tazze di tè caldo e biscotti. È il sogno erotico di ogni ragazza inglese che si rispetti.

Grimalkin si ritrasformò in gatta per gustare il piattino di panna che Quoth le aveva messo sul tappeto. Poi lui pose una tazza di tè fumante davanti a me e mi si accoccolò accanto. Aveva il viso ricoperto da una cortina di capelli neri mentre si appoggiava alla mia spalla. *Sono a casa, sono a casa.*

Heathcliff prese la sua tazza dal vassoio e si lasciò andare sulla sedia. Fece un cenno con il capo in direzione del mio tè. «Prima bevi, poi potrai parlare. Dovrai chiamare tua madre e anche Hayes. Possiamo farlo noi, se vuoi.»

«Lo apprezzerei molto.» Per quanto sapessi che sarebbe stata fuori di testa per la preoccupazione, l'ultima cosa che volevo fare in quel momento era parlare con la mia agitatissima madre.

Sorseggiai il mio tè, sentendo gli orrori della giornata che svanivano poco alla volta mentre lo stomaco mi si riempiva di calore. Anche le cose impossibili diventano chiare e semplici quando le si affronta con una tazza di tè.

Dopo una tesa conversazione in cui Heathcliff informava Hayes che ero arrivata a casa sana e salva e che l'avrei chiamato più tardi quando sarei stata in grado di rilasciare una dichiarazione, e un'altra conversazione ancora più tesa in cui Heathcliff dovette tenere il telefono lontano dall'orecchio mentre mia madre gli urlava contro, la libreria piombò in una silenziosa beatitudine. Rimanevano solo i miei pensieri tormentati, che mi urlavano nella testa. Quoth assunse di nuovo la sua forma di uccello e si pulì le piume. Grimalkin piegò le lunghe gambe sotto di sé e mi guardò con un'inclinazione regale del mento. Finii la tazza, la posai e feci un respiro profondo.

«Devo spiegarvi cosa, e *chi,* è successo a Morrie. È stato incastrato per l'omicidio di un'escursionista di nome Kate Danvers.»

«Ovvio, cazzo,» ringhiò Heathcliff.

«Cra!» Quoth lo zittì.

Annuii. «Morrie non ha nessuna colpa per quel crimine, ma qualcuno sta cercando di incastrarlo. Il suo biglietto da visita è stato trovato sul cadavere della vittima, e vicino al corpo sono state trovate impronte che corrispondono alle sue scarpe. La polizia ha ricondotto il coinvolgimento di Morrie a un'attività secondaria che sta gestendo. Un anno fa, Morrie aveva aiutato Kate Danvers a inscenare la propria morte, peccato che ora sia morta davvero.»

SBAM. Mi accasciai quando Heathcliff sbatté il pugno sulla scrivania. «Idiota,» mormorò.

«C'è di peggio. Morrie sapeva da tempo della morte di Kate. Indovinate come? Gliel'aveva detto Sherlock Holmes.»

«Sherlock Holmes?» Heathcliff colpì con il pugno l'antico registratore di cassa, che emise un trillo di protesta.

«Sì. L'ex amante di Morrie si è materializzato nel negozio un paio di mesi fa e da allora lo pedina in modo inquietante. È così che Sherlock ha saputo della morte di Kate prima di noi. Si è travestito da poliziotto, ha rubato una volante e ha trascinato me e Morrie in una baita tra le alture del Barsetshire dove intendono nascondersi mentre fanno luce sull'omicidio di Kate per scagionare Morrie.»

«Come facevamo a non sapere che Sherlock Holmes era in giro per il mondo?» chiese Heathcliff. «Quel bastardo impestato deve essere sgattaiolato fuori senza che ce ne accorgessimo.»

«A quanto pare, è stato quella notte in cui noi...» Misi le mani sulle orecchie di Grimalkin. «Sai, quando io, Morrie e

Quoth abbiamo giocato con le manette di Morrie, e poi io e te ci siano comportati come due cavernicoli in salotto.»

«Miao?» Grimalkin mi lanciò un'occhiata scandalizzata. Poi si alzò e uscì di corsa dalla stanza, con la coda che le guizzava di qua e di là. Sospirai. *La vita era molto più facile quando era solo un gatto.*

«Com'è?» chiese Heathcliff, riportandomi al presente.

«Sherlock? Alto. Capelli stilosi. Uno stronzo arrogante.» Feci una pausa. «*Esattamente* il tipo di Morrie.»

«Da come lo descrivi, sembrerebbe un idiota.» Gli occhi di Heathcliff si accesero. Vidi la tensione nelle sue spalle e un guizzo di preoccupazione che gli attraversò i lineamenti. Fu tutto così rapido che mi bastò sbattere le palpebre ed era già riapparso il solito cipiglio irascibile, nascosto sotto quei suoi baffi selvaggi. Sapevo che Morrie provava qualcosa per Heathcliff, ma Heathcliff non aveva mai dato segno di stare dall'altra sponda, tranne quella volta in cui aveva ricambiato il bacio di Morrie. Salvo poi allontanarlo spingendolo dall'altra parte della stanza e scappare via infuriato.

Io immobilizzata, il corpo bloccato in un impeto di desiderio, mentre le labbra di Morrie stuzzicano Heathcliff con un tocco leggero come una piuma. Heathcliff che socchiude gli occhi e lui che alza un pugno. Io che mi costringo ad alzarmi dalla sedia, pensando che stia per colpire Morrie...

Il ricordo mi baluginò nella memoria. Anche quando fossi diventata completamente cieca, l'immagine di Heathcliff che prendeva Morrie per la nuca con la sua enorme mano e gli spingeva il viso contro il suo, le loro bocche che si scontravano in un bacio caldo, violento e possessivo, mi sarebbe rimasta per sempre impressa nella memoria.

Ora Heathcliff si chinò in avanti, le sopracciglia scure aggrottate, gli occhi impenetrabili. Sollevò una mano ruvida per toccarsi i capelli e mi interrogai.

Perché Heathcliff è così interessato all'aspetto di Sherlock? Di solito è indifferente a tutto, a meno che non gli faccia perdere tranquillità, libri o alcol.

«Sherlock è un idiota. Non mi fido di lui,» dissi. «Sta cercando di riconquistare Morrie. Ecco perché ha scelto di rimanere nascosto da noi. Ci ha spiato per tutto questo tempo. Avrebbe potuto aiutarci durante gli altri omicidi, ma non l'ha fatto. Con Dracula in giro, ci sarebbe potuto essere utile... invece si fa vivo solo adesso, quando è *Morrie* a essere nei guai.»

Heathcliff mi fissò con i suoi occhi scuri. «Tu pensi che abbia a che fare con questo caso?»

«Non lo so. Ma so che non voglio che sia lui a risolverlo. Sarà anche il più grande consulente investigativo del mondo, ma non conosce Morrie come lo conosciamo noi.» Incrociai le braccia. «Questo mistero lo risolveremo noi, ripuliremo il nome di Morrie e dimostreremo al più grande detective della letteratura che non può mettersi contro la famiglia di Mina Wilde.»

6

«Chi sono i nostri sospettati?» Quoth era in piedi davanti a una grande tela che aveva trascinato giù dalla sua stanza e sistemato sul cavalletto accanto al fuoco. Picchiettava la tavola con la penna, mentre la falce di luna che riluceva dalla finestra aperta gli illuminava i capelli con riflessi di rosso corallo e rosa acceso. «Mina, tu hai parlato con Jo?»

Era strano vedere Quoth lì, a capo della nostra indagine, nella posizione in cui si sarebbe trovato Morrie se fosse stato presente. Dal modo in cui i bordi delle sue iridi rilucevano infuocati di arancio, ebbi la sensazione che Quoth fosse determinato quasi quanto me a risolvere la questione.

Dopo aver chiamato mia madre e la polizia per far sapere che stavo bene, passai il pomeriggio a leggere accoccolata contro Quoth, cercando (senza riuscirci) di non pensare a cosa potesse fare Morrie in quella baita con Sherlock. Heathcliff girava per il negozio, sbattendo libri e imprecando contro oggetti inanimati. Lui lo chiamava "lavoro", ma io avevo la sensazione che la sua agitazione avesse a che fare con l'assenza di un certo fastidioso maestro del crimine.

Cenammo con *fish and chips* davanti al caminetto mentre cercavamo di escogitare un piano per scagionare Morrie. Alzai il bicchiere, rovesciandomi un po' di vino scadente sul davanti della mia maglietta dei Distillers.

«Ho parlato brevemente con Jo. Stasera sta terminando il lavoro sull'autopsia di Kate Danvers, altrimenti sarebbe qui con noi. Ha detto che non può dirmi nulla sul caso oltre al fatto che la signora Danvers è stata pugnalata con una lama lunga, stretta e a doppio taglio, e che sicuramente non si è trattato di un suicidio.» La mia migliore amica, Jo Southcombe, era il medico legale della contea di Barchester, il che significava che quando ci incontravamo per un drink, aveva sempre le storie di lavoro più assurde da raccontarmi. Di solito non vedeva l'ora di spifferare tutto sui cadaveri che finivano sul suo tavolo, ma ora che aveva tra le mani la libertà di Morrie, era diventata stranamente taciturna. Non volevo pensare cosa ciò significasse per il caso.

Tutto si risolverà per il meglio. Morrie è innocente e le prove lo dimostreranno.

«Una lama lunga e a doppio taglio...» Heathcliff prese una manciata di patatine e le impilò sopra una fetta di pane imburrato. Poi ripiegò il pane e intinse l'estremità del panino di patatine nel ketchup. «Forse una spada?»

«Jo ha detto che hanno trovato quella che pensano sia l'arma del delitto in un bidone della spazzatura a Barset Reach, ed era una piccola lama decorativa, probabilmente un tagliacarte, come quello che c'è da qualche parte al piano di sotto. Forse il nostro assassino l'ha trovato. Ci vuole una persona forte per pugnalare qualcuno con un tagliacarte?»

«Non se la lama è affilata,» mormorò Heathcliff. «Si infilerebbe con facilità. Dopotutto, le lame hanno proprio questa funzione. Le cose diventano difficili solo quando si colpisce un osso.»

«Non capisco se mi piace che tu sappia questi dettagli, o se lo trovo strano.»

Heathcliff si chinò a baciarmi la guancia, la barba incolta che mi sfregò la pelle. «Ti piace.» sussurrò, lasciandomi una scia di baci sulla guancia e andando a mordermi il lobo dell'orecchio.

Io annuii. *Mmh.*

Grimalkin emise un conato di vomito. Quoth si schiarì la voce. «Devo aggiungere una nota sulla lama?»

«Sì.» Heathcliff appoggiò la schiena, anche se la sua mano indugiava sulle mie spalle. «Scrivi che l'assassino doveva sapere cosa stava facendo. La rilevanza di questo dettaglio dipenderà da ciò che Jo dirà sulla profondità e la brutalità del taglio.»

Mi si strinse il petto mentre bevevo un altro sorso di vino. Morrie mi mancava da morire. Se fosse stato lì, ci avrebbe comandato a bacchetta, raccontandoci fatti su vari omicidi e dicendoci quanto brillante fosse. Non avrebbe mai permesso a Heathcliff di aprire una bottiglia di vino da sei sterline e mezzo.

«Concordo. Aggiungi un'altra colonna per il corpo. La riempiremo con i dettagli quando avrò notizie da Jo. E i sospetti? Sherlock e Morrie stanno passando in rassegna gli amici criminali di Morrie, alla ricerca di rancori, ma credo che dobbiamo considerare il ruolo di Kate in tutto questo. Penso sia lei la chiave. Qualche idea?»

«Io credo che tutti voi dovreste passarmi il pesce che non mangiate,» intervenne Grimalkin con voce suadente, mentre accavallava le lunghe gambe e mi scrutava con occhi spalancati.

Lanciai a mia nonna il mio merluzzo impanato, che cadde dal bordo del tavolo e rotolò sul tappeto. Lei si avventò sulla preda e la strinse tra le unghie laccate di rosso, affondando i denti nella polpa. Non aveva ancora imparato a mangiare come un essere umano.

Heathcliff prese il vino dal tavolo e lo tracannò direttamente dalla bottiglia. Si notava come la tensione gli abbandonasse il corpo poco alla volta e mi chiesi se anche lui non sentisse l'assenza di Morrie più di quanto non lasciasse intendere. «Non so niente. Questa ragazza non la conosciamo.»

Presi il telefono di Heathcliff e scorsi gli articoli che avevo trovato sulla morte di Kate Danvers. L'insegnante di arte di Quoth, Marjorie Hansen, era cieca: mi aveva mostrato come usare la funzione "text-to-speak" del telefono: leggeva i menu di navigazione e il testo sullo schermo in modo che mi orientassi senza dover leggere. Era ancora un po' strano imparare ad ascoltare il telefono invece di guardarlo, ma stavo migliorando.

Grimalkin si annoiò a strappare la polpa del pesce e iniziò a sbatterlo sul tappeto, emettendo dei gridolini di gioia mentre lasciava una scia di briciole tra le fibre. Heathcliff le tirò un piatto e lei gli lanciò un'occhiata schifata.

«Tu hai i tuoi vizi, umano, e io mi tengo i miei.»

Mi schiarii la voce proprio nel momento in cui Heathcliff prese una forchetta per lanciargliela contro. «Ecco cosa ho trovato nei vari documenti. Kate lavorava per una grande azienda tecnologica chiamata Ticketrrr. Uno dei fringe benefits di Kate era stato la partecipazione a un incontro di una settimana insieme ad altri venti leader dell'azienda. L'anno prima, il Summit era stato un corso di sopravvivenza nella natura alla Wild Oats, che, a sentire Morrie, Kate aveva contribuito a organizzare. L'ultima sera, l'istruttore l'aveva portata in un campeggio prestabilito. Avrebbe dovuto costruirsi un riparo di fortuna, accendere un fuoco e cucinare una cena a base di scarafaggi, utilizzando tutte le nozioni che aveva imparato durante la settimana. Invece, quando erano tornati a prenderla al mattino, avevano trovato il suo accampamento abbandonato e un biglietto. Un biglietto di suicidio.»

«Solo che non si è trattato di suicidio,» mi ricordò Quoth. «Morrie l'ha portata via di nascosto.»

Annuii. «Esatto. Morrie ha detto che l'ha portata all'aeroporto e l'ha spedita nelle Filippine. A quanto pare, il posto migliore dove andare quando si vuole sparire. Ha lasciato il marito, Dave. Secondo Morrie, Dave avrebbe già incassato la polizza di assicurazione sulla vita di Kate.»

«Pensavo che le assicurazioni sulla vita non pagassero in caso di suicidio.» Heathcliff sollevò la testa.

«E io che credevo non fossi d'aiuto,» lo stuzzicai.

«Forse voglio solo che tutta questa storia finisca, così possiamo andare a letto.»

«Mmm-hmm. Ti credo. Comunque, ho fatto delle ricerche anche su questo. L'assicurazione sulla vita paga, a patto che la polizza abbia più di due anni e che di recente non ci siano state richieste di alzare i massimali. Morrie dice che sguinzagliano degli investigatori per i casi in cui la somma assicurata è enorme, quindi consiglia ai suoi clienti di mantenere dei livelli contenuti. Dice che quando si è troppo avidi si viene beccati.»

Heathcliff fece una risatina. «Un classico di Morrie. Gestisce un'attività segreta di morti simulate, in cui spilla migliaia di dollari ai clienti, e poi dice loro di non essere avidi.»

«Ha detto che il suo è un servizio pubblico. Forse non si fa pagare?»

Heathcliff sollevò un sopracciglio. «Morrie non fa mai nulla per pura bontà d'animo.»

Ripensai al dolore negli occhi di Morrie dopo che Heathcliff aveva rifiutato il suo bacio e mi chiesi se ora lui fosse così duro di proposito. «Comunque, io ritengo che il marito possa essere coinvolto,» dichiarai. «Prendi nota, Quoth.»

«Lasciate che me lo lavori io questo sospettato,» disse suadente Grimalkin, alzando lo sguardo dal pesce per ispezionarsi le unghie laccate. «Un bel vedovo in lutto per il suo grande amore, perdutamente cupo, desolato e vulnerabile. Gli farò rivelare i suoi segreti più oscuri e sporchi.»

«Tu non ti avvicinerai a lui,» la minacciai. «Non è il tuo tipo.»

«Come lo sai?»

«Ha due gambe e non si lecca il buco del culo. A quanto ne so.»

Grimalkin soffiò. Quoth scrisse "marito" sulla lavagna. «Chi altro?»

«Chiunque sia stato con lei durante il weekend nel parco potrebbe aver visto qualcosa. Non solo Kate è rientrata in Inghilterra, ma è tornata proprio nel luogo in cui aveva messo in scena la propria morte. Questo deve significare qualcosa. Forse qualche ex-collega la stava ricattando per tacere sulla sua presunta morte e lei è tornata per finirlo, per continuare con la nuova vita. Hanno lottato e lei ha perso.»

«Oppure lei ha rivelato la cosa a un amico che ha deciso di ricattarla,» suggerì cupo Heathcliff. «O ancora, era la sgualdrina di uno degli amici della banda di Morrie. Magari è andata a passeggiare nel bosco ed è scivolata cadendo sul suo stesso tagliacarte. Odio citare l'ex di Morrie, ma ci stiamo arrampicando sugli specchi cercando di fare delle teorie senza avere nessun fatto. Morrie è quello che scopre queste cose, e lo ha fatto entrando nei registri personali e scavando nel marcio. Noi non abbiamo niente di sporco.»

«Esatto. Il punto è che Morrie non è qui e io non mi fido di Sherlock. Quindi, tocca a noi. Forse non siamo hacker abili come Morrie.» Lanciai un'occhiata alla sua postazione informatica nella nicchia accanto alla cucina, dove i tre schermi erano ancora accesi e mostravano delle stringhe di codici. «Però abbiamo i nostri metodi. Io distraggo il marito mentre Quoth entra in volo da una finestra e ispeziona la sua stanza. Facile come mangiare la merenda a un bambino.»

Grimalkin alzò la testa da sotto il tavolo, leccandosi dalle labbra gli ultimi bocconi di pesce. «Si fa merenda?»

«E che mi dite della Scuola di Sopravvivenza?» chiese Quoth. «Come hai detto tu, è lì che questa cosa è iniziata e finita. Forse il responsabile è qualcuno che lavora lì. O per lo meno, potrebbero aver visto qualcosa.»

«Buona idea,» gli dissi con un sorriso. Quoth si rallegrò per il mio complimento. «Dobbiamo andare su quella scena del crimine.»

«Lo dici solo perché vuoi una scusa per tornare là a controllare Morrie,» fece notare Heathcliff.

«Terribilmente vero.» Il pensiero di ciò che Morrie e Sherlock avrebbero potuto fare stretti in quella minuscola baracca mi fece correre un brivido nelle vene. «Anche se questo significa che dovrò fingere che mi piaccia stare all'aria aperta.»

«Non contate su di me.» Heathcliff incrociò le braccia.

«Andiamo, ti piacerà. Scommetto che fanno ogni tipo di attività outdoor: escursioni, ricerca di cibo, tiro con l'arco... Dici sempre che ti manca la brughiera. Non è esattamente la stessa cosa, ma almeno è all'aperto.»

«Hayes e la Wilson ci staranno già tenendo d'occhio come potenziali complici,» sottolineò Heathcliff. «Non dovremmo fare nulla di insolito, come per esempio partire per la campagna, e precisamente per il luogo in cui Morrie avrebbe ucciso questa tizia.»

«Vero.» Mi picchiettai il mento con il dito, rendendomi conto solo dopo averlo fatto che era un gesto tipico di Morrie. «Diremo loro che stiamo andando da un'altra parte. Possiamo inventare una bugia convincente. Se ci assicuriamo di non essere visti alla Wild Oats, non sarà nemmeno necessario che sappiano che ci siamo stati.»

«E chi gestirebbe il negozio mentre noi gironzoliamo per i boschi in comunione con la natura?»

Sollevai un sopracciglio. «Che ne dici di mia madre? Al momento è disoccupata, da quando ha fatto esplodere il negozio di Sylvia con uno dei loro kit per la produzione di sapone, ed è in pausa tra uno schema piramidale e l'altro, quindi non penso che trasformerebbe l'aula di Storia del Mondo in un centro di reclutamento.»

«Stai davvero suggerendo di mettere *tua madre* a capo del negozio?» Heathcliff si schernì. «E la camera che viaggia nel tempo? E la stanza dell'occulto? E gli scaffali dei classici che riportano in vita i personaggi dei libri? E che dire del fatto che è pazza come un cavallo?»

«Semplice. Chiudiamo a chiave la porta della camera da letto e ammassiamo un mucchio di scatole davanti alla stanza dell'occulto. Questo la terrà lontana dagli angoli magici della Nevermore. Si è sbarazzata di tutti i kit per il sapone, quindi dubito che in un paio di giorni possa fare molti danni.» *E questo la aiuterebbe a sentirsi più vicina a me e alla mia vita.*

Mia madre stava facendo un lavoro davvero ammirevole nel lasciare che gestissi la mia vita e prendessi le mie decisioni, anche se questo la faceva impazzire. Era già in ansia per il fatto che mi ero trasferita a vivere con i ragazzi, soprattutto perché mi rifiutavo di dichiarare ufficialmente con quale dei tre stessi. Lasciare che ci desse una mano in negozio sarebbe stato un ottimo modo per farla sentire coinvolta.

«E se le facessimo fare una prova?» suggerì Quoth. «Domani hai l'appuntamento con l'addestratore di cani guida. Helen potrebbe tenere d'occhio il negozio mentre noi siamo a Crookshollow.»

«Oh, sì, il bastardino rognoso,» commentò Grimalkin con un sospiro. «Come hai potuto essere così crudele da introdurre una creatura tanto rozza in questa casa di cultura?»

Proprio così. Nella follia dell'ultima giornata, avevo completamente dimenticato che il giorno dopo avrei incontrato per la prima volta il mio nuovo cane guida. Avevamo fatto in modo che Morrie si occupasse del negozio, mentre Heathcliff e Quoth sarebbero venuti con me al centro di addestramento per cani guida nel villaggio di Crookshollow, nella contea vicina. A Cime Tempestose Heathcliff aveva sempre avuto dei cani, quindi era ragionevole che venisse a controllare il cucciolo in prima persona. E dovevamo scoprire se il cane scelto avrebbe potuto gestire la presenza di un corvo mutaforma.

Mi sentii scossa da un lampo di rabbia: andare a conoscere il mio cane avrebbe dovuto essere un'esperienza meravigliosa. Avevo sempre desiderato un animale domestico, ma nel nostro appartamento nel quartiere popolare non potevamo tenerne uno. Avere un cane guida era l'unico aspetto positivo dell'essere cieca, una cosa che mi entusiasmava davvero. Ma quel maledetto Sherlock Holmes aveva rapito Morrie, rovinando tutto!

Una parte di me sapeva che non era colpa di Sherlock, ma di chi aveva ucciso Kate Danvers. E che Morrie doveva comunque prendersi una parte di colpa per aver avviato quella stupida attività di morte simulata. Ma la parte di me che lo sapeva era dall'altro lato del villaggio, al pub. E la parte rimasta indietro avrebbe voluto spaccare il naso aquilino di Sherlock.

Annuii. «Far fare una prova a mia madre potrebbe funzionare. Tu che ne pensi, Heathcliff?»

Heathcliff sospirò. «Sei comproprietaria di questo negozio, Mina. Se tu pensi che sia una buona idea, non posso impedirtelo.»

«Io penso che sia un'ottima idea.» Non era vero che lo pensavo, ma avevo bisogno che Heathcliff venisse con me a Crookshollow. *La mamma sarà anche un po' stramba, ma è per lo più innocua. Sono sicura che andrà tutto bene.*

Benissimo...

«Oh, Mina, sono così felice che tu stia bene,» disse mia madre raggiante al telefono. «E sì, sarei felice di occuparmi del negozio. Ma sei sicura di voler lasciare di nuovo il villaggio dopo quello che ti ha fatto quell'uomo orribile?»

«Sono sicura,» esclamai. «Se lascio che quel tizio mi raggiunga, allora avrà vinto.»

«Sono orgogliosa di te, tesoro. Fagliela vedere a quel lurido bastardo. Quando la polizia lo prenderà, sarò la prima che si unirà al plotone di esecuzione. Come ha *osato* toccare mia figlia?» La voce di mia madre si alzò di un'ottava. «I rapitori hanno fatto qualche richiesta? Il tuo fidanzato è un uomo molto ricco. Oh, Mina, non devi permettere a quell'ispettore di convincerti a dar loro quello che chiedono. È troppo pericoloso e, con la tua vista, rischi di farti cadere un lingotto d'oro sul piede.»

«Per ora nessuna richiesta di lingotti d'oro, anche se ho preparato dei sacchi con il simbolo del dollaro sopra: non si sa mai,» le dissi sorridendo. Non avevamo raccontato a mia madre tutta la storia, e cioè che Morrie era sospettato di omicidio. Meno cose lei sapeva su... qualsiasi cosa, meglio era. «Sono sicura che Hayes troverà il colpevole e lo consegnerà alla giustizia.»

«Bah.» Si schiarì la voce. «Ora, finché sarò alla Nevermore, ho delle idee per qualche miglioramento. Porterò con me il mio kit di fai-da-te e...»

«No.»

«Oh, ma ho visto dei segnalibri all'uncinetto...»

«*No.*»

«Beh, che ne dici di qualche bella candela...»

«Candele in un edificio pieno zeppo di libri? Non se ne parla. Ricordati, mamma, che ti occuperai di questo posto solo per cinque ore, giusto il tempo di vendere qualche libro ai turisti in visita e di spettegolare con la signora Ellis sul mio rapimento. Non c'è abbastanza tempo per fare nessuno sconvolgimento.»

«Tranquilla, Mina. Mi sono già occupata del negozio di Sylvia. So quello che faccio.»

È esattamente quello che temo. Mentre immaginavo i resti di un incendio nella vetrina di Sylvia, strappai la tastiera dalle mani di Heathcliff e iniziai a pigiare i tasti fino a quando dal monitor non uscì un forte rumore di bip. «Oh, che seccatura. Ho un'altra chiamata. Devo andare, mamma. Scommetto che è la polizia con un aggiornamento sul caso.»

«Ma Mina, e il mio uncinetto...»

«Ciao, mamma.» Premetti il pulsante di fine chiamata e buttai giù il telefono con un sospiro.

Le dita di Heathcliff mi strinsero la spalla. «*Quella* è la donna che metteresti a gestire la nostra fonte di sostentamento.»

«Non voglio sentirlo.» Mi sfregai la tempia. «È solo per cinque ore. Andrà tutto bene.»

«Ma...»

«Andrà *bene*.» Presi il telefono e digitai il numero di Hayes. Com'era possibile che mi ricordassi il numero dell'ispettore?

Hayes rispose al primo squillo. «Mina? Tutto bene? È successo qualcos'altro?» *Probabilmente ormai ha il mio numero in memoria.*

Al telefono cercai di sembrare stanca e sconvolta, cosa che a dire il vero non era nemmeno molto lontana dalla verità. «No. Non ho sentito né Morrie, né i rapitori. Volevo solo sapere qualcosa dal mio detective preferito.»

«Vorrei avere buone notizie per voi, Mina. Ora sono nello

Yorkshire e non riusciamo a trovare tracce dell'auto da nessuna parte. Abbiamo setacciato la campagna e non riusciamo a trovare Morrie. Non ci sono state richieste, e io...» tossì. «A dire il vero, la cosa mi lascia completamente perplesso.»

«Voi... voi pensate ancora che Morrie sia l'assassino? Se è stato rapito...»

«Non posso escluderlo. Ci sono molte prove che conducono al signor Moriarty, e questo rapitore potrebbe essere un complice. So che è il tuo fidanzato, ma non è stato esattamente sincero con te riguardo ai suoi affari.»

No. Proprio per niente. «Se c'è qualcosa che posso fare per aiutarvi, fatemelo sapere. Volevo anche chiedere se io, Heathcliff e Allan possiamo andare a Crookshollow domani. È solo per qualche ora, per andare a vedere il mio nuovo cane guida. E forse poi dovremo tornarci: mi aspettano un paio di settimane di addestramento intenso. Forse dovremo anche dormire là.»

«Sì, sì, va bene.» In sottofondo, qualcuno urlò qualcosa a Hayes e si sentì una sirena suonare. «Dammi solo l'indirizzo del canile di Crookshollow. E qualunque cosa facciate, non ficcate il naso nel caso Morrie. Abbiamo una squadra di esperti che se ne occupa, Mina. Lo riporteremo a casa noi.»

Così potrete metterlo dentro, pensai.

Hayes riattaccò. Con ciò, andai a cercare i ragazzi nella loro consueta postazione serale. Heathcliff era sprofondato sulla sua poltrona, con Grimalkin spaparanzata sulle ginocchia. Pensavo che, ora che Grimalkin si era rivelata essere mia nonna, Heathcliff le avrebbe revocato il privilegio di stargli in grembo, ma erano stati compagni per molto tempo prima che arrivassi io, e quel tipo di amicizia disinteressata durava anche se Grimalkin poteva trasformarsi a suo piacimento in umano.

Un po' come il corvo Quoth che defeca su chiunque citi Poe ed è una cosa che fa ridere, invece che disgustosa.

Heathcliff chiuse il libro quando attraversai la stanza per andare a dargli un bacio sulla guancia. Feci per allontanarmi, ma il suo braccio scattò e mi afferrò il polso, poi mi tenne ferma. Girò lentamente il viso per guardarmi, con la luce del fuoco che gli danzava sui lineamenti e rifletteva la fiamma che ardeva negli occhi.

«Tutto bene?» La sua voce burbera mi risuonò nel corpo, scatenando un'ondata di desiderio. Tutto ciò che riguardava Heathcliff era così... primordiale.

«Io...» Non sapevo davvero come rispondere. «Mi manca Morrie.»

«Di cosa hai bisogno?» si sforzò di dire, mentre le dita stringevano sempre di più.

Ho bisogno di dimenticare. Solo per un momento.

Aprii la bocca per parlare, ma avrei dovuto sapere che tra me e Heathcliff non c'erano più parole. Mi lasciò cadere il braccio e si alzò, poi mi sollevò e mi caricò su una spalla. Feci per lottare, ma lui mi mise una mano enorme e rude sul sedere e io... io non volevo più lottare.

Heathcliff emise una specie di grugnito quando spalancò la porta della mia stanza, quella che loro tre avevano creato per me, riempiendola di bellissimi tessuti e di tocchi gentili a cui solo loro avrebbero potuto pensare. Mi gettò sul letto e salì accanto a me, e io notai che Morrie aveva conservato sul soffitto il gancio che usava per i suoi giochini bondage.

E poi smisi di pensare. Sarei stata disposta a sfidare qualsiasi donna (o uomo) dal sangue caldo ad avviare un pensiero coeso mentre l'eroe gotico più famigerato della letteratura affondava la lingua nella sua bocca o intrecciava le mani tra i suoi capelli.

Però no, io non avevo intenzione di condividere Heathcliff Earnshaw con nessuno.

Tranne con Morrie, forse, se mai fosse tornato tra di noi.

Mi persi in quel bacio e prima che me ne rendessi conto la mia camicia stava volando dall'altra parte della stanza e andò a colpire il muro. Heathcliff premette la bocca sulla mia per poi strapparmi via la gonna e, nella fretta, anche le mutandine che avevo sostituito.

«Porca miseria, non è che la lingerie cresca sugli alberi...» le mie proteste si trasformarono in gemiti mentre lui mi succhiava un capezzolo e mi tuffava la mano tra le gambe per farmi schizzare in un orgasmo quasi istantaneo. Il suo corpo mi schiacciò contro le lenzuola, e io mi persi nel suo profumo, nella sua... *Heathcliffità*, un concentrato di rabbia e desiderio selvaggio.

«La tua pelle profuma di Morrie,» mi disse roco appoggiato al mio collo mentre mi apriva le gambe con un ginocchio.

«Sì... beh, *forse* abbiamo fatto sesso sopra l'auto della polizia prima che la portassi in paese.»

Heathcliff mi trascinò i fianchi contro i suoi, mi si infilò dentro e ingoiò il mio sussulto. Le sue dimensioni mi tolsero il respiro, ma nel senso buono del termine. Insinuò un braccio tra di noi in modo da raggiungere il clitoride, e iniziò ad accarezzarlo finché non mi contorsi sotto di lui. Heathcliff non era dolce quella sera. A ogni spinta, mi scaricava addosso paura, rabbia e impotenza, e io gli andai incontro, ricambiando tutte quelle emozioni.

E colsi un accenno di profumo: il pompelmo e la vaniglia di Morrie appiccicate alle lenzuola, alle pareti, a ogni parte di noi. Perché lui era parte di noi.

Il gemito che sfuggì dalla gola di Heathcliff mi lacerò. Il suo dito mi martellava il clitoride mentre lui stava per esplodere. L'odore di Morrie era intrecciato a noi, al contempo straordinario e sfacciato, proprio come l'uomo in carne e ossa. Heathcliff sbatté contro di me finché le nostre gambe non tremarono insieme e non crollammo sulle lenzuola in un groviglio di arti, senza sapere dove finiva l'uno e iniziava l'altra.

Io sono Heathcliff.

Un altro orgasmo mi sommerse come un'onda, e la mia stretta sul suo sesso lo mandò oltre il limite. Buttò la testa all'indietro. Io gli morsi il collo, assaggiandogli la pelle salata mentre lui tremava dentro di me.

Heathcliff si staccò e mi raccolse tra le braccia, mentre un uccello nero scendeva dall'oscurità, e veniva a saltellare di fianco al letto. Abbassai le palpebre pesanti, e quando le riaprii vidi un bellissimo ragazzo con una cortina di lucidi capelli neri e occhi di fuoco. Quoth si infilò sotto le coperte, spense la luce e i due mi abbracciarono. Respirai i profumi che si mescolavano. La torba terrosa di Heathcliff. L'aria fresca di primavera e i fiori di campo di Quoth. E il un minuscolo accenno di pompelmo e vaniglia di Morrie che ancora aleggiava nell'aria: il fantasma del mio terzo amante.

Morrie, ovunque tu sia stasera, sappi che ti amo. Che... combatterò per te. E che mai e poi mai ti spingerei giù da una cascata.

7

RASH. BANG. SMASH.

«Cazzo!»

Mi alzai di scatto, con il cuore che batteva all'impazzata. La pioggia colpiva la finestra e un fascio di luce grigia proveniente dalle tende aperte illuminava un quadrato di stanza che non riconoscevo. Mi ci vollero alcuni istanti per ricordare dove mi trovavo: nella camera da letto della Libreria Nevermore che i ragazzi avevano preparato per me, la *mia* camera da letto.

«Bastardo impestato! Disonorevole bastardo!»

E qualcuno al piano di sotto stava distruggendo il negozio.

Un braccio caldo mi strinse la vita, trascinandomi di nuovo giù. Sfiorai con le dita i capelli di Quoth, sparsi sulle lenzuola. Lui alzò il viso verso il mio e incontrò le mie labbra con un bacio languido. Io sprofondai di nuovo nel letto, dimenticando ciò che mi aveva spaventata, mentre le dita di Quoth mi tracciavano dei disegni sulla pelle.

SMASH.

Sembra un vetro che va in frantumi...

Con un sospiro, buttai via le coperte. Quoth prese la sua

forma di uccello e mi saltò sulla spalla, io indossai la vestaglia, infilai i piedi nelle mie soffici pantofole a forma di teschio per poi scendere le scale. Quando fui vicina al fondo, scoprii la causa di tutto quel caos.

Heathcliff era in piedi su una scala sgangherata, con le braccia cariche di minuscoli animali imbalsamati. Ai suoi piedi erano sparse cornici e altre cianfrusaglie che usavamo per decorare il negozio. Quando mi vide alzò una mano.

«Non avvicinarti. Ho fatto cadere quella maledetta lampada. Ci sono vetri dappertutto.»

Accesi la luce che avevo posizionato in fondo alle scale e notai dei frammenti di vetro che scintillavano sul tappeto. «Tranquillo. Tra qualche mese non ne avrò nemmeno bisogno. Cosa stai facendo?»

«Non è ovvio? Sto rendendo il negozio a prova di Helen.» Heathcliff saltò giù dalla scala e prese una montagna di roba tra le braccia. «Tutto ciò che lei potrebbe vendere o decorare, o che potrebbe scatenare una delle sue pericolosissime idee, andrà nel magazzino.»

«Non serve. Non credo proprio che toccherà i nostri animali imbalsamati...»

Heathcliff mi guardò come se fossi impazzita. «Se ti ricordi, l'ultima volta che è stata qui ha portato dei lustrini per "abbellirli".»

«Giusto. Che sciocca. Certo, è necessario. Dovresti rimuovere anche tutti i libri della sezione Business.»

«Già fatto.» Heathcliff indicò gli scaffali vuoti in fondo al corridoio. «Poi ho pensato di dare una sistematina anche alle sezioni Occulto e Auto-aiuto.»

«Dammi un minuto per prenotare alla Wild Oats e poi sono a tua disposizione.»

Heathcliff tornò indietro, raccolse il tappeto e gettò i frammenti di vetro nella pattumiera. Mi sedetti sotto la finestra, aprendo le spesse tende per far entrare la luce naturale. Il sole che filtrava mi dava visibilità su un buon terzo della stanza, ma nonostante ciò le tempie mi pulsavano per lo sforzo di strizzare gli occhi sullo schermo del telefono mentre cercavo il sito web della Wild Oats.

Dovreste usare il software vocale.

Il mio oculista, il dottor Clements, mi aveva detto che quella fase di adattamento sarebbe stata difficile perché avevo ancora un po' di vista residua e avrei continuato a usarla per abitudine, anche quando costava fatica. «A volte le persone trovano più facile aspettare di essere completamente cieche prima di prendere in considerazione l'apprendimento del braille o delle tecnologie adattive. Si tende a cercare di usare sempre la propria vista, per quanto limitata, con l'unico risultato di una maggiore frustrazione.»

Al diavolo la frustrazione. Devo imparare come si usano queste cose. È l'unico modo per evitare di impazzire.

Accesi lo screen reader e navigai sul sito web della Wild Oats. Secondo la loro homepage, la Scuola di sopravvivenza Wild Oats offriva una serie di corsi diversi durante l'anno. Il corso successivo era in programma per il fine settimana e si concentrava sulla ricerca di cibo commestibile. Era previsto un pernottamento. *Questo andrà bene. Indagheremo sul centro e poi andremo a trovare Morrie di nascosto, quando tutti dormiranno.*

«Ehi, Heathcliff,» gridai. «Che ne dici di imparare a procurarti il cibo?»

«Indifferente,» mi urlò di rimando. «Basta che ti sbrighi a fare la prenotazione. Tua madre sarà qui a momenti e dobbiamo ancora mettere i cartelli FUORI SERVIZIO su tutti i bagni. L'ultima cosa che voglio è tornare a casa e scoprire che ha trasformato il nostro bagno in un allevamento di tartarughe.»

Non avrei mai dovuto raccontargli di quando avevo sette anni e mia madre aveva cercato di allevare tartarughe nella nostra vasca da bagno per rivenderle come animali domestici, finendo per allagare l'appartamento sotto il nostro.

Mi premetti il telefono all'orecchio. Al secondo squillo rispose una voce maschile roca. Si presentò come Sam e sembrò felicissimo di sentirmi. Me lo immaginai come un vecchio hippy brizzolato con la barba lunga, ma mi sentii subito in colpa per aver usato uno stereotipo.

«Certo, abbiamo spazio per altri tre intrepidi avventurieri nel corso del weekend. Vuoi pagare subito con carta di credito o...»

«C'è solo una cosa...» Feci una pausa, ricordandomi del mio stato. «Sto diventando cieca. Ho una malattia rara chiamata retinite pigmentosa e la maggior parte della mia visione periferica è scomparsa. Ho anche difficoltà a vedere al buio. Pensi che possa frequentare ugualmente il corso?»

Trattenni il respiro, sorpresa per quanto desiderassi che accettasse la mia presenza, preparandomi al contempo a protestare se avesse detto di no. Sapevo che parte del mio futuro significava essere esclusa da cose che gli altri davano per scontate, ma non avevo intenzione di accettare la cosa con leggerezza.

«Non me l'hanno mai chiesto prima.» Immaginai Sam che si accarezzava la lunga barba hippie. «Non vedo alcun problema. Forse non sarai in grado di vedere tutto, ma la maggior parte della ricerca di cose commestibili in natura si basa su sensazioni e profumi, e penso che potresti persino essere avvantaggiata. Se le tue papille gustative funzionano, credo che l'esperienza ti piacerà.»

«Grazie, Sam.» Abbassai lo sguardo sulla fotografia del sito web, dove un istruttore sorridente teneva in mano qualcosa che assomigliava a una larva viscida e guizzante, e mi chiesi in che cosa ci fossimo cacciati esattamente. «Non vediamo l'ora.»

«Anch'io, Mina,» disse Sam con una risatina. «Sono

entusiasta di conoscerti. Avere uno studente cieco è una novità per me, ma non vedo l'ora di farti conoscere le gioie dei cibi che si trovano nella foresta. Sarà un fine settimana interessante per tutti.»

Sì, ma probabilmente non per le ragioni che pensi tu. Non ero sicura di come prendere il personaggio di Sam, ma apprezzai il suo entusiasmo. Già speravo che non fosse lui l'assassino di Kate.

Riattaccai il telefono e feci una seconda telefonata, questa volta a Dave Danvers, di cui avevo cercato i dati la sera prima. Ero piuttosto orgogliosa di essere riuscita a trovarlo senza l'aiuto di Morrie. I giornali avevano detto che Kate Danvers viveva a Crookshollow e che suo marito era un idraulico. Bastò una rapida ricerca online per trovare Danvers Plumbing con un numero di telefono. Da lì trovai la pagina Facebook di Dave Danvers, mi feci un'idea di chi fosse e dei suoi insoliti hobby ed escogitai un piano.

Chiamai Dave come avevo pianificato e lui accettò di incontrarci al termine della nostra visita al centro per cani guida, il che significava che stavamo per fare i primi passi per aiutare Morrie.

Fatto questo, mi alzai per aiutare Heathcliff, e qualcuno bussò alla finestra.

«Argh!» Saltai in piedi, facendo cadere Quoth dalla mia spalla.

«Cra.» Guardò la finestra, poi svolazzò nel corridoio per dirigersi al piano di sopra.

Io mi girai e mi trovai faccia a faccia con il detective Hayes al di là del vetro. Urlai a Heathcliff di spostare la libreria dalla porta d'ingresso per farlo entrare.

«Non sapevo che foste già tornati. Stavo per andare alla stazione di polizia per fare la mia deposizione ufficiale prima di andare a Crookshollow.» *E poi andare a conoscere il mio cane guida e a intervistare Dave Danvers, ma questo non è necessario che tu lo sappia.* Feci un sorriso incerto. «Sono ancora un po' scossa.»

«Ovvio che tu lo sia. Questo caso... io sono stato rimandato all'ufficio, mentre la polizia dello Yorkshire prosegue la caccia.» Hayes prese una sedia al lato opposto della scrivania. «Penso che sia meglio così: se vuoi puoi fare la tua dichiarazione da qui. Possiamo parlare dove ti senti più a tuo agio.»

«Quindi non avete ancora trovato il rapitore?» Sapevo che non l'avevano trovato perché Sherlock mi aveva assicurato che lo stavano cercando nel posto completamente sbagliato, però volevo che Hayes pensasse che non sapevo nulla.

Lui scosse la testa. Mi avvicinai alla scrivania e accesi le due lampade che tenevo lì, illuminandogli il viso quel poco che bastò a farmi vedere le sue occhiaie e le spalle ingobbite. «Non abbiamo niente. Anche il GPS dell'auto di servizio che il rapitore ha rubato ha smesso di funzionare. È come se il veicolo fosse svanito nel nulla. L'ipotesi più accreditata finora è che ti abbiano lasciata lì apposta per depistarci. Mentre noi cincischiamo senza arrivare a nulla, Morrie e il suo complice hanno già lasciato il Paese.»

Fui presa dal panico. «Non credo che questo tizio sia il suo complice. Morrie sembrava piuttosto spaventato.»

Hayes mi rivolse uno sguardo d'intesa che mi fece ribollire il sangue. «Non sei la prima ragazza che si lascia abbindolare da un affascinante artista della truffa. Uomini come Morrie possono essere ottimi attori. Per ora teniamo aperte le menti e tutte le opzioni.»

Quoth scese con un vassoio di tè e focaccine per tutti. Uscì dalla stanza e un attimo dopo un corvo nero svolazzò dentro e si posò sopra la porta della camera.

Sono qui se hai bisogno di me, mi disse la sua voce nella testa.

Lo apprezzo, pensai.

Mentre Hayes mi puntava contro un registratore e prendeva appunti, gli spiegai la storia che avevamo escogitato: io ero stata bendata e condotta a un grande edificio, forse un fienile, a giudicare dall'odore. Io e Morrie eravamo stati soli per ore, legati, prima che i nostri rapitori decidessero di lasciarmi libera. Mi avevano messo un sacco in testa, poi mi avevano gettata nel bagagliaio di un'auto e condotta nel bel mezzo del nulla. Poi mi avevano fatta rotolare fuori e lasciata su un sentiero di campagna. Mi ero trascinata verso la civiltà ritrovandomi a York, dove avevo preso il bus per tornare ad Argleton.

Hayes mi fece un centinaio di domande, una più difficile dell'altra. *A che ora era il bus? Che aspetto aveva la fermata? Ricordavo qualcosa del rumore dell'auto o del bagagliaio? Morrie aveva detto qualcosa ai rapitori? Perché non ero andata alla polizia a York?* Raccontai bugie su bugie, facendo di tutto per far sembrare Morrie innocente, come effettivamente credevo.

«Vorremmo mettere sotto controllo il tuo telefono.» Hayes mi mostrò l'attrezzatura che aveva portato con sé. «Se Morrie o la persona che l'ha preso cercano di contattarti al negozio, saremo in grado di capire dove si trovano. Faremo lo stesso con il tuo cellulare.»

«Va bene, solo che i rapitori hanno distrutto il mio telefono. Le farò sapere quando lo sostituirò.» Sapevo che Morrie non sarebbe stato così ingenuo da chiamare la libreria, così spinsi il vecchio telefono fisso verso Hayes. «Ha idea di come il rapitore sia riuscito a infiltrarsi nella stazione di polizia?»

«Stai tranquilla, stiamo indagando su ogni aspetto.» Dopo qualche altra domanda, Hayes ci lasciò, prendendo una delle focaccine di Quoth per il viaggio. Sulla porta incontrò mia madre.

Lei lo spinse contro gli scaffali e si lanciò in un'invettiva. «Come *osa* lasciare che mia figlia venga rapita sotto i suoi occhi? È vergognoso. Dovete tenere in custodia quello zotico, subito.

Lasciate fare a me. Gli do io una bella lezione. Nessuno si mette contro la mia Mina. Conoscerete la furia dell'ira di una madre...»

Hayes cercò di aggirarla. «Posso assicurarle, signora Wilde, che stiamo facendo tutto il possibile per...»

Mia madre gli tolse la focaccia di mano. «Oh, davvero, allora perché sta sporcando di briciole il mio negozio invece di essere là fuori a dare la caccia al rapitore di mia figlia?»

Heathcliff per poco non si strozzò. «*Il suo* negozio?»

Mia madre avanzò verso Hayes, mentre con il braccio tirava indietro la borsa come se volesse colpirlo. Hayes, ragionevole, abbandonò la sua focaccia e uscì dalla porta. «È meglio che torni alla stazione di polizia. Ci sono molti delinquenti da consegnare alla giustizia. Mina, grazie per il tuo tempo. Ti terrò aggiornata.»

«Grazie, detective Hayes,» gli dissi ad alta voce mentre la sua figura passava davanti alla finestra, fuori dalle sgrinfie di mia madre per un altro giorno.

Lei si sporse dalla porta e agitò il pugno in aria. «È meglio che corra!»

Sopra la porta, il corpicino di Quoth tremolava. Fece un *yuh-yuh-yuh*, che significava che stava ridendo.

Heathcliff entrò di corsa e fissò mia madre con uno dei suoi terrificanti sguardi. «È presto.»

«Ho pensato di fare il dipendente responsabile e di arrivare con congruo anticipo.» Gli scrutò le mani. «Che stai facendo con l'armadillo?»

«Oh, ha... ha le pulci.» Heathcliff si mise dietro la schiena l'armadillo impagliato. «Lo metto in un armadio, così non infetterà i clienti.»

«Che peccato.» Mia madre rovistò nella borsa. «Avevo portato degli occhi nuovi da mettergli. Quelli di vetro fanno un po' paura. Terrorizzano i bambini, così ho preso questi. Sono molto più divertenti.»

Appoggiò sul tavolo un sacchetto di occhietti di plastica. Heathcliff strabuzzò gli occhi, che divennero praticamente identici a quelli sul tavolo.

Io soffocai una risata. «Credo che Heathcliff preferirebbe che tu lasciassi il negozio com'è, mamma.»

Dimenticati gli occhi ballonzolanti, mia madre fece di corsa il giro del tavolo e venne ad abbracciarmi. «Mina, sono così felice che tu stia bene. Quegli esseri perfidi non ti hanno fatto del male, vero?»

«No, no, come ho detto ieri, sto bene.» Cercai di divincolarmi dalla sua presa, ma lei mi strinse ancora di più. «Sono un po' scossa, ma ci vorrà ben altro che un rapimento per farmi crollare. Sono preoccupata per Morrie, però. È ancora in mano ai rapitori, e la polizia pensa che sia tutta una trama per scagionarsi!»

«Stai parlando di quel corpo trovato nelle alture del Barsetshire?» La voce di mia madre si alzò con orrore. «Ho sentito che avevano un sospetto. Non potranno pensare che un professionista rispettabile come Morrie abbia a che fare con un crimine così efferato!»

«Invece è proprio quello che pensano.» Rabbrividii. «A me interessa solo sapere che è al sicuro. Ma sto impazzendo a stare qui ad aspettare che il telefono squilli. Ho bisogno di distrarmi, quindi grazie mille per badare al negozio. Non sai cosa significa per me, per noi.»

«Sono sempre disposta a dare una mano, lo sai.» Mi diede un bacetto sulla guancia, liberandomi finalmente dalla presa. «Divertiti, Mina. Sono orgogliosa di te.»

Divertirsi. All'inizio non riuscivo a capire perché mi stesse dicendo di divertirmi mentre intervistavo un potenziale assassino, ma poi mi ricordai. In tutta l'eccitazione per il caso di

Morrie, avevo quasi dimenticato il vero motivo per cui stavo uscendo: dovevo andare a incontrare il mio nuovo cane guida.

Mi vestii, mi passai la spazzola tra i capelli e chiusi la zip del giubbino in pelle. Avevo lo stomaco sottosopra per la tensione. Quel cane sarebbe diventato i miei occhi. Avevo riposto tante aspettative nella possibilità di continuare a lavorare in libreria e di vivere una vita normale, e quel giorno avrei scoperto se era possibile.

8

Il canile si trovava a Crookshollow, uno dei villaggi più grandi del Loamshire, la contea vicina. Scendemmo dal treno e passeggiammo per la strada principale, ammirando il kitsch di Halloween. Crookshollow era conosciuto come uno dei villaggi più infestati d'Inghilterra, quindi c'era la statua di una strega in mezzo al parco e ogni negozio era in tema. Passammo davanti a una pasticceria chiamata *Morsi stregati*, che a giudicare dai cupcake a forma di teschio in vetrina avremmo sicuramente visitato per pranzo, e a una serie di negozi di cristalli e librerie sull'occulto. Mi fermai davanti a un'esposizione di tarocchi.

«Mia madre li adorerebbe,» sussurrai. Ce n'era anche un mazzo dipinto con dei gatti a colori vivaci che danzavano su tutte le carte.

Heathcliff mi incitò a muovermi. «Non abbiamo tempo per...»

Troppo tardi. Il campanello del negozio tintinnò mentre entravo, gli occhi spalancati per tutte quelle cose. Cristalli pendevano da ogni centimetro del soffitto, riflettendo prismi danzanti di luce arcobaleno nella stanza buia. Statue di draghi, piramidi di cristallo e incensieri a forma di teschio riempivano ogni superficie e l'aria puzzava di patchouli e candele di cera. Dietro il bancone c'era una giovane donna con capelli corti e tinti, con una frangetta rosa, che leggeva uno spesso tomo.

«Questo posto è meraviglioso.» Le sorrisi, mentre mi guardavo intorno. Il negozio, che si chiamava *Astarte*, mi ricordava il negozio di magia di uno dei miei film preferiti, *Giovani Streghe*. Era molto più colorato e meno intimidatorio della stanza dei libri occulti della Nevermore.

«Oh, non è mio.» La ragazza girò il libro per mostrarmi il titolo. *La dinamica di un asteroide*. «La proprietaria, Clara, è in visita al figlio, a Raynard Hall, quindi io mi occupo del suo negozio per farle un favore. Mi chiamo Maeve.»

«Piacere di conoscerti, Maeve. Io mi chiamo Mina e vorrei prendere questo mazzo di tarocchi, per favore. Inoltre...» Mi chinai per ispezionare le scatole di cristalli colorati allineate sul bordo del bancone. «Quali cristalli sono adatti ad attrarre la ricchezza?»

«Ehm...» Maeve si passò le dita tra i capelli corti. «Il fatto è questo. Io non credo in queste cose. Sono tutte sciocchezze. La vera magia non consiste nel portarsi dietro delle pietre in tasca. È tutto qui dentro.» Si batté la testa, poi si toccò il petto. «Nel tuo cervello. O nel cuore.»

«Sono d'accordo. È che si tratta di un regalo per mia madre, e lei crede in queste cose. Oh, in questo caso...» Frugai nella scatola e ne selezionai un paio che erano un turbinio di colori. «Questi sono belli. Le dirò che servono per trovare la fortuna.»

«Questo è lo spirito giusto, e non è un gioco di parole.» Maeve guardò oltre le mie spalle facendo il conto. Mi voltai per vedere cosa stesse guardando. C'era Quoth che si aggirava intorno alla porta, con gli occhi di fuoco ipnotizzati dai colori vivaci dei cristalli, mentre fuori Heathcliff camminava su e giù e sbraitava. Maeve si chinò sul bancone, inarcando un sopracciglio perfetto. «Dimmi, quale di quei bellissimi uomini è tuo?»

«Oh... ehm...» Armeggiai con la mia borsetta fatta a pipistrello.

«O sono *entrambi* tuoi amanti?»

Mi sentii avvampare e questo diede a Maeve la risposta di cui aveva bisogno.

Le scintillarono gli occhi. «Nessun giudizio. Ti dirò un segreto. Io vivo con i miei *cinque* fidanzati in un grande castello che domina il villaggio. A loro piace scherzare dicendo che sono il mio harem.»

«Cinque?» Le sorrisi. «Hai tutta la mia comprensione. Io riesco a malapena a sopportare i battibecchi dei miei tre.»

«Tre, eh?» Maeve strappò una pagina da un taccuino con il ciclo lunare e scarabocchiò qualcosa. «Questo è il mio numero. Studio a Oxford, ma sono a Crookshollow nei fine settimana. Chiamami se vuoi parlare dei nostri... harem rovesciati.»

«Mina,» mi chiamò Quoth dalla porta. «C'è Heathcliff che grida.»

«Arrivo.» Pagai i miei acquisti, salutai Maeve e scappai via. Quoth infilò la mano nella mia e mi trascinò lungo la strada. Naturalmente, grazie al suo istinto aviario per l'orientamento, sapeva esattamente dove stavamo andando senza nemmeno dare un'occhiata alla mappa del telefono.

Il canile dei cani guida era ospitato in un piccolo cottage all'angolo della strada principale, di fronte a un negozio di tatuaggi chiamato *Resurrection Ink*. Heathcliff e Quoth mi affiancarono mentre ci inerpicavamo lungo il sentiero, con il dubbio che mi trafiggeva il cuore. *E se non funzionasse?*

Mi aggrappai al braccio di Heathcliff mentre un lampo verde brillante mi attraversò la vista. Ora i lampi di luce erano più frequenti di prima e, dato che la mia visione periferica era praticamente inesistente, quando arrivavano mi accecavano.

Mentre mi incamminavo verso l'ignoto, il rumore di guaiti e latrati eccitati mi giunse alle orecchie e la fitta di dubbio e dolore che mi aveva trafitto il cuore si ritirò, sostituita dall'eccitazione che mi svolazzava nello stomaco.

Sto per incontrare la creatura che sarà i miei occhi, nonché il mio nuovo amico.

Entrammo in una piccola sala d'attesa con sedie di plastica, ciotole per l'acqua e giochi per cani sparsi ovunque. Mi avvicinai alla parete per ammirare i grandi poster di cani dagli occhi vivaci che stavano seduti o in piedi, oppure camminavano, tutti con i loro caratteristici cappottini e pettorine.

«Mina?» Una voce sconosciuta mi chiamò da dietro.

«Edie.» Mi girai e scorsi la sagoma dell'addestratrice di cani guida dall'altra parte della stanza. Ci abbracciammo calorosamente. Edie era venuta a trovarmi alla Libreria Nevermore qualche settimana prima, quando avevo fatto domanda per un cane guida, per valutare le mie esigenze, la mia autonomia e l'ambiente in cui il cane avrebbe lavorato. Non credevo che sarei stata abbinata a un cane così presto, ma quando la settimana prima mi aveva telefonato per dirmi che aveva quello perfetto per me, feci un balletto scatenato, come quelli che fa Snoopy, proprio lì in mezzo al negozio.

«È un piacere rivederti. Sono Edie.» Tese la mano a Quoth, che quando era venuta da noi era nella sua forma di uccello. Lui le strinse la mano e notai come era rigido mentre si concentrava per rimanere umano. Sapevo che tutti gli odori dei cani lo avrebbero spaventato: pregai velocemente Iside, Hathor e tutte le dee, affinché riuscisse ad abituarsi, altrimenti non avrei potuto avere un cane in negozio. «Siamo felicissimi di assegnarti un cane guida.»

Da vicino, vedevo che Edie stava sorridendo, uno di quei

sorrisi che le illuminavano tutto il viso. *Probabilmente ha il lavoro migliore del mondo.*

«Sono entusiasta di conoscerlo.» Le farfalle fecero un eccitato salto mortale. «È incredibile quello che riuscite a fare al centro. Ho letto quanto costa addestrare un cane guida e pensavo che avrei dovuto pagarlo io.»

«No,» sorrise Edie. «Crediamo che l'indipendenza sia un diritto che tutti dovrebbero avere. Per coprire i costi dell'allevamento e dell'addestramento di ogni cane, che si aggirano intorno alle trentamila sterline per animale, ci affidiamo a sponsor e donazioni da parte di benefattori. Solo nel Regno Unito circa due milioni di persone soffrono di perdita della vista e circa centottantamila di queste persone raramente escono di casa, perché non possono farlo in autonomia. Questi cuccioli sono un modo per restituire alle persone la loro libertà.»

Libertà.

Mi salì un groppo in gola che non mi sarei aspettata. Era per il modo in cui Edie usava quella parola. Libertà. Per me significava più di quanto lei potesse immaginare.

Accanto a me, Quoth mi strinse la mano. Lui sapeva fin troppo bene quanto preziosa fosse la libertà.

«Il tuo pupo è fuori con i fratellini e sorelline, che ti sta aspettando.» Edie mi offrì il gomito. «Vuoi che ti faccia da guida?»

«Non serve.» Però mi aggrappai al braccio di Quoth mentre scendevamo da un'ampia rampa e attraversavamo due porte scorrevoli in vetro per entrare in un recinto all'aperto. I latrati aumentarono quando una fila di golden retriever eccitati ci venne incontro, al recinto.

Edie aprì un cancello e ci fece passare. Cinque corpicini pelosi e dorati ci saltarono addosso, balzando, zampettando e inondandoci di baci bavosi.

«Ehi, ehi, calmatevi, voialtri. Mina, questo è Oscar.» Edie si chinò e agganciò un guinzaglio al collare del retriever più piccolo. Oscar non era più un cucciolo, perché aveva appena finito il secondo anno di addestramento, ma nei suoi intelligenti occhi scuri c'era un guizzo di birbanteria che mi ricordò Morrie, e il mio cuore si sciolse.

«Ehi, piccoletto.» Mi chinai alla sua altezza, porgendogli una mano. Oscar agitò le orecchie e si avvicinò per leccarmi il viso, scodinzolando eccitato mentre mi annusava dappertutto.

Io gli avvolsi le braccia al collo e non volevo più lasciarlo andare.

«Come vedi, è molto vivace,» affermò Edie. «Ti abbiamo abbinata a Oscar perché sei giovane e attiva e passerai il tuo tempo in libreria. Oscar è un esserino socievole: ama stare in mezzo alla gente e agli altri animali, ma quando lavora è molto concentrato. Ama anche gli spazi bui e i tunnel.»

«Sembra perfetto,» riuscii a dire mentre lottavo per trattenere le lacrime. Malvolentieri, tolsi le braccia dal collo di Oscar e mi rimisi in piedi.

«Questa è la sua imbracatura.» Edie mi mostrò come tenere aperta la pettorina. Non appena la vide Oscar vi entrò, e poi Edie mi aiutò a trovare le fibbie per sistemarla. «Oscar è stato addestrato a sapere che quando indossa la pettorina sta lavorando, e deve fare il bravo. Devi tenere il braccio in questo modo, con il dito indice infilato nella pettorina e nel guinzaglio. In questo modo hai il massimo del controllo, ma puoi anche mollare facilmente la presa in caso di emergenza. Ora ripassiamo insieme i gesti e i comandi per farlo camminare, sedere, girare e via dicendo.»

Oscar e io facemmo il giro del percorso a ostacoli: lui individuò i gradini e una rampa e poi mi portò a una sedia per farmi sedere. Edie rimase al mio fianco, ripetendo i comandi e aiutandomi a perfezionare i gesti che avrei dovuto usare per far capire a Oscar cosa volevo. Dopo un paio d'ore, avevo la testa che mi girava per tutte le nuove informazioni, ma non volevo restituire il guinzaglio a Edie.

«Lo amo davvero tanto.» Armeggiai con l'imbracatura mentre Oscar se la lasciava togliere. Una volta liberato, lo presi di nuovo tra le braccia e lo strinsi. Oscar si appoggiò a me e con la coda scodinzolante mi colpiva la coscia. Il mio cuore batté forte e tra di noi si creò un legame istantaneo, una promessa tacita che ci saremmo sempre presi cura l'una dell'altro. «Quando posso portarlo a casa?»

Edie rise. «Sono davvero felice: anche lui è innamorato di te. Dovrete completare l'addestramento prima che te lo possa dare, ma non ci vorrà molto. Vorremmo che venissi tutti i giorni per un paio di settimane, per imparare con lui. Faremo un po' di addestramento qui al centro, ma anche in comunità e in situazioni in cui potresti trovarti normalmente. Riuscirai a liberarti dal lavoro?»

«Sì,» intervenne Heathcliff prima che potessi rispondere.

Lo guardai allarmata. E il caso di Morrie? Ma non potevo dirlo davanti a Edie, così mi costrinsi a sorridere. «Sì, ci sarò. Non me lo perderei per niente al mondo.»

Oscar mi toccò la gamba con il naso, mentre la coda mi batteva sullo stinco. Mi prese l'ansia appena riconsegnai il guinzaglio a Edie. Oscar doveva venire con me. Lui era mio e io ero sua. Mi scrutò con quei suoi occhi castani e pieni di vita, e sapevo che anche lui lo percepiva.

Quando uscimmo dal centro per cani guida, Quoth mi strinse la mano. «Stai sorridendo.»

«È adorabile, non credi?» Ero raggiante, anche se cercavo di ricacciare indietro le lacrime.

Heathcliff ci precedette. Mi sarei aspettata che avrebbe fatto spallucce o borbottato qualcosa. Ma quando si girò verso di me, aveva un enorme sorriso sul volto. «Sarà bello avere quel piccoletto in giro per il negozio.»

Io sgranai gli occhi. «È proprio Heathcliff Earnshaw che esprime il desiderio di avere la compagnia di un animale?»

Heathcliff si strinse nelle spalle. «Mi piacciono i cani. Sono molto meglio dei clienti.»

«Sei davvero entusiasta,» mi disse Quoth appoggiandomi la testa su una spalla. «Sei mesi fa avresti dato di matto in questo momento.»

«Non sono la stessa persona di sei mesi fa,» replicai.

Era vero. Ero tornata ad Argleton da New York in preda alla vergogna. Pensavo che la mia vita fosse finita. Le ultime parole famose. Riscoprire la Libreria Nevermore e stare con i ragazzi aveva riacceso in me qualcosa che pensavo fosse andato perduto per sempre. Certo, forse c'era stato qualche omicidio in più rispetto a quello che avrei voluto, ma ora sapevo che avrei continuato ad avere una vita fantastica.

C'erano ancora dei momenti in cui temevo di perdere completamente la vista, in cui piangevo per le cose che avrei perso, ma non mi portavo dietro quel terrore come un sudario funebre. *Io non sono i miei occhi, e perdere la vista non è la fine, ma solo un altro inizio.*

«Vuoi che veniamo con te all'addestramento tutti i giorni?» mi chiese Heathcliff. Forse me lo stavo immaginando, ma sembrava lo volesse.

«Credo che dipenda da cosa ha combinato mia madre al negozio.» Presi a braccetto Heathcliff. «Ma abbiamo un paio d'ore prima di dovercene preoccupare. Forza, andiamo a raccontare qualche balla a un vedovo, per salvare il nostro amico.»

9

«Mi ricordi come funzionerà il tuo folle progetto?» borbottò Heathcliff mentre ci sedevamo su una panchina del parco di fronte al misero appartamento di Dave Danvers, nella zona peggiore di Crookshollow. Di sicuro non stava vivendo alla grande con i soldi dell'assicurazione.

«Non è un folle progetto.» Frugai nella borsa e ne estrassi il costume che mi ero portata. «È geniale e infallibile. Gli account di Kate sui social media sono stati tutti cancellati e sono mesi che Dave non aggiorna il suo, a parte un avviso sul funerale. Ma scorrendo le vecchie foto si vede che lui e Kate erano dei veri fanatici della tecnologia. Partecipavano a convention di cosplay su e giù per il Paese.»

«Cosplay?» Heathcliff storse il naso. «È una specie di malattia venerea?»

Risi mentre mi spingevo giù le spalline del reggiseno e me lo sfilavo dalla manica della maglietta dei Joy Division. «No, anche se può essere una garanzia per non fare mai più sesso. È l'abbreviazione di "costume play" ed è quando le persone si vestono come i loro personaggi preferiti di libri, TV, film o fumetti. Ecco, tieni questo.»

Heathcliff mi tenne un asciugamano davanti mentre io mi toglievo la maglietta e i jeans attillati e indossavo il costume. Non riuscivo a credere di essere riuscita a trovare nel mio guardaroba tutto il necessario per un costume da Principessa Leia che fosse almeno un po' decente. Una volta indossato l'abito, presi il telefono di Heathcliff dalla sua tasca e caricai un video tutorial trovato sul sito di Kate Danvers, dove insegnava come ricreare gli iconici chignon ai lati della testa. Quoth mi aiutava a infilarmi le forcine tra i capelli mentre Heathcliff ci fissava come se fossimo due alieni.

«E tu ti unisci alla loro schiera perché... non vuoi mai più fare sesso?»

«Ehi, per alcune persone questo vestito è un sogno erotico che prende vita. Comunque no, io sono qui per proporre a Dave di tenere un seminario alla prima Convention Annuale di Fantascienza e Fantasy promossa dalla Libreria Nevermore.» Gli feci l'occhiolino. Heathcliff rabbrividì. «E già che ci siamo, Quoth andrà a fare un'ispezione in casa sua, mentre tu aspetti qui fuori nel caso uno di noi due finisca nei guai.»

Heathcliff sospirò. «Questo è esattamente il tipo di piano strampalato che avrebbe escogitato Moriarty.»

Mi strinsi nelle spalle. «Che dire: sono stata contagiata dal Napoleone del crimine.»

Mi lisciai il davanti del costume e attraversai la strada. Quoth mi precedette in volo e scomparve nel giardino della villetta a schiera. Fissai il numero argentato sulla porta, rimuginando su ciò che stavo per fare. Dave Danvers aveva appena perso la moglie per la seconda volta e non volevo aggravare il suo dolore mentendogli.

Però avevo bisogno di risposte, e lui le aveva.

E poi, un convegno di fantascienza alla Libreria Nevermore potrebbe essere divertente. Farà uscire fumo dalle orecchie a Heathcliff, il che, da solo, vale quasi tutta la fatica. Chissà se riuscirò a fargli indossare un costume da Han Solo...

Per Iside, parlo davvero come Morrie.

Bussai.

Per un tempo lunghissimo non sentii nulla. Nel momento in cui alzai il pugno per bussare una seconda volta, sentii dei passi strascicati sulle piastrelle e la porta si aprì a rivelare un uomo basso, sulla trentina, che indossava una maglietta dell'Uomo Ragno. Lo riconobbi subito dalla foto che Sherlock aveva nella baita. Si passò una mano robusta sul viso, portandosi dietro l'orecchio una ciocca di capelli unti e fissandomi con gli occhi castani più grandi e gentili che avessi mai visto.

«Salve, lei è Dave?»

«Mina?» Dave mi tese la mano e io la strinsi. Mi aspettavo che fosse umida, perché ero una persona terribile che non aveva nessun rispetto per i fanatici della tecnologia, invece era calda e salda. Dave spalancò la porta e mi fece cenno di entrare. «Entra pure. Mi piace il tuo costume. Mi dispiace che ci sia un po' di disordine.»

Ogni superficie del breve corridoio era piena zeppa di cimeli nerd. Mentre mi toglievo gli stivali, guardai da vicino un paio di fotografie appese al muro e vidi che ritraevano Dave e Kate in vari costumi, in piedi su palchi o impegnati in finte battaglie. Una di esse li ritraeva in abiti e giacche di Hogwarts che combattevano contro un Mangiamorte, fuori da uno dei college di Oxford. *Sembra che si siano divertiti molto insieme.*

Dave mi condusse in un salotto pieno di oggetti. Statuette di plastica di orchi e robot affollavano gli scaffali ai lati del camino. Altri scaffali dietro il divano erano straripanti di libri, scatole di fumetti e cofanetti di DVD. Un groviglio di cavi della console video erano in agguato sotto il televisore, giusto per intrappolare un eventuale incauto visitatore. Dave spostò una pila di romanzi horror dal divano per farmi sedere.

«Gradisci una tazza di tè?»

«Certo, grazie.» Mentre Dave era indaffarato in cucina, vidi un'ombra nera che saltellava lungo il corridoio. *Quoth è entrato.*

Dave tornò con una tazza fumante a forma di calderone. «Ho pensato che avresti apprezzato la tazza,» mi disse con un sorriso, e a me si spezzò il cuore. Non potevo nemmeno immaginare di passare quello che aveva vissuto lui, eppure era lì che faceva l'ospite cortese.

«Assolutamente.» La tazza era davvero fantastica. Dovevo chiedergli dove l'aveva trovata. «Grazie mille per avermi ricevuto. So che non deve essere un momento facile per lei, ho sentito delle chiacchiere su sua moglie...»

«*Voglio farlo.* Kate amava i cosplay. Diceva che fingere di essere qualcun altro per un giorno la faceva sentire potente.» Dave si voltò per un attimo, con le spalle ingobbite. Notai un'enorme chiazza di calvizie sulla nuca. «Penso che sarebbe felice di sapere che sto aiutando altre persone a uscire dal loro guscio vestendosi in costume. Continuo a pensare che forse, se fosse entrata prima in questo gioco, non avrebbe fatto quello che ha fatto.»

«In che senso? Pensavo fosse stata uccisa.»

«Non ho molta voglia di parlarne,» replicò Dave.

Maledizione. «Mi dispiace essere stata indiscreta. Ma parliamo della convention. Sarà più piccola rispetto al tipo di convention a cui è abituato, ma ho un paio di autori di fantascienza straordinari che posso invitare, e ci sarà una grande esposizione di libri. Forse potrebbe mostrare alcune diapositive dei costumi che avete fatto con Kate, e poi parlare di come costruirsi i travestimenti, e magari potrebbe anche fare da giudice alla gara di costumi.»

Dave era raggiante. «Mi piacerebbe molto. A volte la gente

pensa che creare maschere elaborate richieda molto denaro, ma non è così. Kate era bravissima a scovare le occasioni nei negozi di beneficenza e a creare dettagli e armi realistiche con materiali decisamente economici. Ma se si ama davvero un personaggio, magari si è disposti a spendere un po' di più. C'è un vecchio castello sulla strada che si chiama Briarwood: ci vive un giovane irlandese, un artista con un'officina da fabbro. Fa delle sculture incredibili e ha realizzato delle armature fantasy per alcuni membri della nostra comunità.»

Mmm. Chissà se l'artista è uno dei fidanzati di Maeve.

Discutemmo su alcuni dettagli, poi Dave si offrì di mostrarmi alcuni dei costumi a cui lui e Kate avevano lavorato. Lo seguii nel corridoio. Dave si fermò davanti alle fotografie. Riconobbi Kate dalle foto sul giornale. In una, era vestita come un personaggio popolare degli anime, con una gonna corta a pieghe, calze bianche al ginocchio e con un complicato bastone magico in mano. «Ecco Kate nel giorno più felice della sua vita. Qui aveva vinto la coppa per il miglior cosplay alla London FanCon. È successo sei mesi prima che...» Si interruppe.

«Dave, tutto bene?» Sentivo dei fruscii dal piano di sopra, mentre Quoth cercava nelle stanze, ma Dave non sembrò accorgersene. Aveva gli occhi lucidi e fissava la foto di Kate come se potesse dargli le risposte che cercava.

«Non ha alcun senso,» mormorò.

«Che cosa?»

«L'anno scorso, quando la polizia ha trovato quel biglietto...» Il pomo d'Adamo di Dave si mosse più volte su e giù. «Mi fece molto male, però almeno aveva un senso. Kate si era ritirata dalla vita, da me. Da quando aveva iniziato a lavorare in quella società, la Ticketrrr, aveva avuto problemi di salute mentale. Io avevo fatto di tutto per renderla felice. Avevamo persino investito tutti i nostri risparmi per avviare una società di eventi per i fan, una cosa che lei sognava di fare da sempre, però non stava andando bene come speravamo. I soldi erano uno stress per Kate, ma vedevo che non era l'unica cosa che la preoccupava. Ho cercato di comunicare con lei, di farla parlare con un terapeuta, con altri, ma si è chiusa in se stessa. E poi ho ricevuto quella telefonata...» Dave rabbrividì, chinando la testa, perso nei ricordi.

Mi avvicinai a lui e gli misi una mano sulla schiena, chiedendomi se avrebbe gradito un abbraccio. Dave continuò con voce tremante. «Ero distrutto, però potevo capire. E invece ora scopro che per tutto quel tempo era viva. La polizia pensa che abbia deliberatamente inscenato la sua morte, il che è *pazzesco*. Sembra una cosa da film. E poi, come se non fosse abbastanza, qualcuno l'ha *uccisa*. Era la persona più preziosa del mondo per me, e qualcuno la odiava al punto da...» scosse la testa. «In realtà non conoscevo affatto Kate. Non posso credere che abbia fatto una cosa del genere. Eravamo in una situazione finanziaria davvero difficile, e mi è anche passato per la testa che potesse averlo fatto per farmi intascare i soldi dell'assicurazione, però non abbiamo avuto nessun premio, quindi...»

Alzai la testa di scatto. «Niente assicurazione sulla vita? Ma pagano in caso di suicidio se...»

Dave scosse la testa. «Lo pensavo anch'io. Ma l'assicurazione si è rifiutata di pagare perché non avevamo un corpo. Dissero che dopo il caso dell'Uomo della Canoa, di qualche anno fa, erano più cauti in occasione di suicidi in famiglie con problemi finanziari. Immagino avessero ragione a essere prudenti, visto che poi si è scoperto che non era affatto morta.»

Merda. Questo Morrie non lo sapeva. Pensava di aiutare Kate a ottenere quei soldi per Dave, ma in realtà la sua morte ha solo causato altro dolore.

«L'ironia della sorte è che invece ora, che è stata uccisa,

l'assicurazione mi paga.» Il labbro inferiore di Dave tremolò. «Preferirei di gran lunga riavere mia moglie. Ma ancora non riesco a capire chi abbia voluto fare una cosa del genere a Kate. La polizia pensa che c'entri il tizio che lei ha pagato per aiutarla a inscenare la sua morte, ma è troppo incredibile.»

«Sicuramente la polizia le avrà chiesto se Kate avesse dei nemici. Qualcuno che l'avrebbe voluta morta?»

«Me l'hanno chiesto, ma sembravano convinti di avere già trovato il loro uomo. A quanto pare, ora è in fuga, il che significa che deve essere colpevole, ma...» Dave colpì con così tanta foga la foto di Kate con il trofeo in mano, che la fece sbattere contro il muro. Io mi chinai in avanti, il naso a contatto con il vetro, e socchiusi gli occhi sul punto in cui puntava il dito. Dietro Kate c'era una folla di persone in costume, tutte che applaudivano sorridenti, tranne una ragazza che indossava un costume identico a quello di Kate. Guardava la telecamera tenendo le braccia conserte sul petto generoso. «Quella è Tara Delphine. Gestisce un popolare canale YouTube di cosplay ed è stata ospite d'onore alla FanCon. Ha sempre una fila di fan adoranti che aspettano di avere un suo autografo, e si penserebbe che questo potrebbe bastare, invece no. Tara non riusciva a sopportare che il cosplay di Kate avesse vinto il primo premio. Pochi minuti dopo lo scatto di questa foto, Tara è salita sul palco e ha cercato di strappare il trofeo dalle mani di Kate. L'ha minacciata davanti a tutti: c'è un video su YouTube. Tara ce l'aveva con Kate da anni, ma ovviamente la polizia non l'ha considerata tra i sospettati. Sulla scena del crimine c'erano delle impronte di scarpe, ma erano troppo grandi per i piedi di Tara.»

Le impronte trovate da Sherlock, quelle che corrispondevano esattamente alle scarpe di Morrie. Ma se qualcuno voleva incastrare Morrie, avrebbe potuto semplicemente indossare le sue scarpe, soprattutto se si trattava di qualcuno abituato a creare costumi...

La mia mente si arrovellava sulle varie possibilità. «Qualcun altro?»

Dave si picchiettò sul mento. «Già. Kate non voleva parlarmi del suo lavoro. Dopo un po' si è semplicemente chiusa. Ma so che era una grande fonte di ansia e il motivo principale per cui voleva disperatamente che la nostra azienda avesse successo. Qualche mese fa si è lasciata sfuggire che il suo capo, Grant Hosking, aveva trovato su Internet una foto di lei in uno dei suoi abiti da cosplay e se l'era appiccicata accanto alla scrivania.»

«È disgustoso.»

«Ecco. Io ho detto a Kate di fare un reclamo formale. Lei l'ha fatto, ma non è servito a nulla. Lavorava per un'azienda tecnologica: praticamente un club per soli uomini.» Il volto di Dave si oscurò e serrò i pugni. «Hosking ha detto a mia moglie che era colpa *sua* se le foto erano state messe su Internet. Lei è diventata famosa per essere una piantagrane e loro hanno smesso di invitarla fuori il venerdì sera, o di darle ruoli in progetti importanti. Credo che fosse invitata alle riunioni dei dirigenti solo perché Grant voleva andare a letto con lei.»

«Quindi questo Grant era con lei al corso di sopravvivenza?»

Dave annuì. «Lei ha partecipato a due di quegli incontri, compreso quello in cui... Grant era presente in entrambi. Io non volevo che ci andasse. Abbiamo litigato parecchio, ma Kate ha insistito sul fatto che doveva resistere. Quando Kate è uscita di casa quel giorno, pensavo fosse decisa a non farsi più intimidire da Grant.» Dave si voltò dall'altra parte e vidi che stava per mettersi a piangere. «Non avevo idea che volesse...»

Quando Dave scoppiò in singhiozzi, notai una piccola sagoma scura in cima alle scale. Mentre cercavo di tranquillizzarlo massaggiandogli la schiena con piccoli movimenti circolari, aprii la porta d'ingresso. Quoth scese le scale saltellando. Mi sfiorò la caviglia con le piume prima di scappare dalla porta e tuffarsi nei cespugli di rose.

«Mi dispiace tanto, Dave. Non volevo portare a galla tutto questo.»

«No, scusami.» Dave si stropicciò gli occhi. «Non volevo farti pesare la cosa. Non ho molte persone con cui parlare in questi giorni. Kate e io avevamo convinto tutti i nostri amici a investire nella nostra società di eventi, e quando è fallita... Comunque sia, devo farmi forza, e a volte è difficile. Tu sembri così gentile, Mina, e io...»

Non sono così gentile come pensi. Lo abbracciai, stringendolo forte. Di solito non abbracciavo gli estranei, ma in quel caso mi sembrava giusto. «Grazie per essersi aperto con me. Sono felice di esserci stata quando aveva bisogno di qualcuno, anche se non ci conosciamo molto bene. A volte è più facile aprirsi con gli sconosciuti, no?»

Lui tirò su con il naso. «Già. Hai ragione.»

«Ha il mio numero. Se ha bisogno di qualcosa, me lo faccia sapere. La chiamerò la prossima settimana con i dettagli dell'evento.»

Aspettai che Dave chiudesse la porta prima di attraversare la strada. Heathcliff mi lanciò un'occhiataccia quando mi sedetti di fronte a lui e cominciai a togliermi le forcine dai capelli.

Quoth uscì da dietro un cespuglio nella sua forma umana, tirandosi giù la maglietta. Mi venne l'acquolina in bocca e quasi lo pregai di togliersela. Quel ragazzo era troppo bello per esistere.

«Il progetto folle di Mina ha portato a qualcosa?» ringhiò Heathcliff a Quoth.

«L'armadio di Dave è un posto strano e notevole. Ha due cassetti pieni di abiti che definirei normali e il resto sono tute attillate e mantelli da supereroe.» Quoth si strappò una piuma nera dai capelli, poi si chinò per allacciarsi i lacci degli stivali New Rock. Da quando aveva iniziato la scuola d'arte si dilettava con la moda gotica (camicie svolazzanti da poeta e pantaloni di pelle) e devo dire che approvavo. «Ha ancora anche i costumi di Kate, a meno che non indossi lui uniformi da scolaretta.»

«Tenere con sé i costumi di Kate forse lo aiuta a elaborare il lutto,» commentai.

«Non è l'unica cosa che ho trovato.» Quoth raddrizzò la schiena. «Nel cassetto dello studio c'erano i diplomi universitari e delle domande di lavoro: Dave ha conseguito un master in informatica, ma sembra che non riuscisse a trovare lavoro, quindi lavorava per la ditta di idraulica del padre. Ho trovato anche delle bollette. Tante, tantissime bollette. Anche Kate era la prima della classe, ma questo non è bastato a tenerli lontani dalle difficoltà finanziarie. Kate e Dave avevano investito un sacco di soldi per organizzare un evento di fan a Crookshollow, ma la cosa è fallita alla grande. Hanno perso tutti i soldi degli investitori insieme ai loro e hanno ancora debiti da pagare. Anche se lavoravano in due, non riuscivano a tenersi a galla, e ora che lavora solo Dave le cose vanno cento volte peggio.»

«Non ha ricevuto i soldi dell'assicurazione?» chiese Heathcliff.

Scossi la testa mentre mi strappavo di dosso il costume di Leia e lo sostituivo con la mia maglietta dei Joy Division. «No. L'assicurazione non voleva pagare, senza un corpo. Sembra sia la loro nuova politica: Morrie non poteva saperlo. Però ora che Kate è morta, Dave avrà i soldi.»

«Ti rendi conto che questo potrebbe essere il movente che ha fatto sì che Dave ammazzasse sua moglie?»

Alzai di scatto la testa. «Non credo. Dovresti conoscerlo. Ha pianto quando ha parlato di Kate. È impossibile che sia lui l'assassino. Però ho un paio di piste.» Gli raccontai della rivale cosplay Tara e di Grant, il capo di Kate a Ticketrrr.

«Nessuna di queste persone ha alcun legame con Morrie,» precisò Heathcliff.

«Non lo sappiamo con certezza, e inoltre non è necessario che siano legati a Morrie per volerlo incastrare. È questo, che Sherlock non capisce. A me non sembra che la radice del problema provenga dal sottobosco criminale: credo che qualcuno abbia visto Morrie come un comodo capro espiatorio, tutto qui.»

«Sembrano possibilità concrete,» commentò Quoth. «Anche se quelle impronte sulla scena del crimine... chiunque abbia incastrato Morrie si è preso il tempo per rubargli le scarpe. È stato tutto pianificato con estrema cura, e questo significa che l'assassino doveva essere almeno abbastanza vicino a Kate da sapere che aveva simulato la propria morte.»

«Se Morrie fosse qui, si offrirebbe volontario per interrogare quella donna poco vestita,» disse Heathcliff.

«Non è del tutto vero.» Sorrisi al ricordo, mentre presi Heathcliff e Quoth sottobraccio e ci avviammo tutti e tre verso la stazione ferroviaria. «Ricordi quando ha mandato te a cena con Amanda Letterman per scoprire se sapeva chi aveva strangolato Danny Sledge?»

Heathcliff rabbrividì. «Il mio corpo ne porta ancora le cicatrici.»

Dalla stazione ferroviaria prendemmo la strada più lunga per tornare alla Nevermore, svoltando per le stradine secondarie ai bordi del villaggio in modo da evitare il parco cittadino e gli abitanti ficcanaso. Camminammo accanto alla stazione abbandonata dove si riunivano i senzatetto locali. Salutai Earl Larson, affacciato al finestrino di un vagone arrugginito, mentre fumava una sigaretta con il suo gattino acciambellato sulla testa.

«Almeno avremo qualche giorno di pace e tranquillità,» mormorò Heathcliff, spingendo la porta del negozio. «Senza Morrie in giro...»

Si fermò di botto, il corpo irrigidito mentre muoveva la testa in tutte le direzioni, in cerca dei danni provocati da mia madre.

Socchiusi gli occhi, cercando di capire cosa stesse vedendo, ma il posto sembrava quasi... normale. Anche se un po' spoglio, senza tutti gli animali imbalsamati e le opere di Quoth alle pareti.

Evidentemente Heathcliff aveva visto qualcosa che io non avevo visto, perché si precipitò nella sala principale, praticamente travolgendo due clienti che si sbrigarono a togliersi di mezzo. Gli corsi dietro, afferrandogli le spalle mentre incombeva sulla scrivania. Mia madre urlò e guardò spaventata da dietro una pila di buste.

Heathcliff sbatté il pugno sull'antico registratore di cassa. «Signora Wilde, che cosa ha fatto al mio negozio?»

10

Mia madre spalancò gli occhi posando la busta sulla quale stava scrivendo, poi scrutò Heathcliff al di sopra degli occhiali da lettura. «In che senso?»

Che c'è? Cosa è successo?

In preda al panico, mi precipitai nella stanza, e accesi tutte le luci e le lampade per scrutare in ogni angolo. Non riuscivo *comunque* a vedere nulla che non andasse. Il negozio era pulito, anzi perfino più ordinato di come l'avevamo lasciato. Alcuni scaffali sembravano un po' in disordine, ma era tipico di quando i clienti entravano e cercavano qualcosa.

Heathcliff mi guardò e io capii dove voleva arrivare.

Il negozio sembrava *normale*.

Troppo normale.

Mia madre non aveva cambiato nulla. Non aveva organizzato un espositore di guide di pianificazione finanziaria, né offerto sessioni di guarigione energetica, né aperto un bar di frullati. Annusai. Nell'aria c'era un lieve odore di pesce, ma dietro gli scaffali delle poesie tenevamo una ciotola di cibo umido per Grimalkin e probabilmente era quello. Tirai fuori una delle buste dalla pila e notai che aveva scritto con cura il nome di un cliente e compilato la bolla per la dogana.

«Questi sono libri?» Heathcliff sfogliò la pila. «I nostri libri? Li ha venduti tutti?»

«Certo! Li ho venduti tutti online. Avete un sacco di clienti molto attivi sulla pagina Facebook del negozio, desiderosi di avere un piccolo servizio personalizzato. E guarda, ho tenuto traccia di tutte le vendite nel libro mastro.» Mia madre mi sbatté la pagina in faccia.

«È... è fantastico, mamma.» E dicevo sul serio. Aveva venduto più libri in poche ore di quanti di solito ne vendesse Heathcliff in una *settimana*.

«E voi due avete dubitato di me.» Sembrava un po' offesa. «Pensavate che non fossi abbastanza responsabile per prendermi cura del negozio.»

Scrutai i titoli registrati. *La perla*, John Steinbeck. *La ragazza con l'orecchino di perla*, Tracy Chevalier. *Pearl Harbor: la storia nascosta, Pearl Jam: La biografia non autorizzata...*

Mmm. Intravedo uno schema.

Con tutti i miei sensori-madre attivati, posai il libro e annusai l'aria. L'odore di pesce era piuttosto pronunciato vicino alla scrivania, più di quanto mi sarei aspettata dal cibo di Grimalkin. «C'è un leggero odore di pesce qui dentro?»

«È solo il mio pranzo.»

Mi girai di scatto. Mia nonna era seduta sul divano, vestita (sia lodata la dea), con le lunghe gambe rannicchiate sotto di sé. Sulle labbra quel sorriso sensuale da gattona soddisfatta. «Io e Helen abbiamo mangiato pesce e patatine. Divino. Dichiaro che il pesce e le patatine spruzzate di aceto sono il cibo degli dei.»

Merda. La fulminai con lo sguardo. *Dovevi restare di sopra. La mamma chi crede che tu sia?*

Mia madre si rivolse a Grimalkin con un sorriso. «Mina, ti presento la mia nuova amica, Gat.»

«Ci siamo conosciute.» Incrociai le braccia.

«Entro ed esco spesso di nascosto dal negozio,» spiegò Grimalkin con voce suadente. «Adoro tutti gli angoli bui qui dentro, perfetti per nascondere segreti.»

Lo so bene. Ho calpestato uno dei tuoi segreti nel cuore della notte e mi sono ritrovata budella di topo tra le dita dei piedi.

«Gat è venuta a cercare un libro sulla filatura e abbiamo iniziato a parlare. Mi ha aiutato in negozio. Abbiamo avuto una giornata piuttosto movimentata. Un topo ha attraversato la stanza di Letteratura per l'Infanzia e Gat lo ha inseguito fino a fuori.» Mia madre si mise una mano sul cuore. «Mi ha fatto prendere un tale spavento che ho dovuto offrirle il pranzo. Lo sapevi che il nuovo proprietario della panetteria ora fa fish and chips? *Divino.* Gat è d'accordo sul fatto che sia il migliore di Argleton, e il fatto che chi le serve è un bell'uomo è di sicuro un bonus.»

«*Mi-aooo.*» Grimalkin grattò l'aria con le unghie come se fossero artigli e mi lanciò un'occhiata che diceva chiaramente che, ora che mia madre la riforniva di pesce, l'aveva perdonata per la storia di aver sedotto suo figlio e di averlo fatto rimanere intrappolato nel tempo.

«Bene, se non c'è altro, io vado.» Mia madre si chinò e mi baciò la guancia. Aveva un odore di pesce piuttosto forte, ma immaginai che non si fosse lavata le mani dopo il pranzo.

Mentre si dirigeva verso il corridoio, la sua borsa mi urtò il fianco e l'angolo di qualcosa di grosso e appuntito mi colpì la gamba.

«Che cos'hai lì dentro, mamma?» Ebbi la visione di lei che prendeva uno dei libri occulti del negozio e involontariamente evocava per cena orde demoniache direttamente dall'inferno.

Heathcliff doveva aver avuto la stessa idea, perché si mosse più veloce di quanto l'avessi mai visto. In un attimo attraversò la stanza, infilò la mano gigante nella borsa della mamma e tirò fuori un oggetto rettangolare e lucido.

Mi avvicinai, con lo stomaco stretto mentre scrutavo l'oggetto per vedere se c'erano dei simboli occulti. *Per Iside, quello non è affatto un libro. Sembra quasi...*

Un computer portatile?

Mia madre non possedeva un computer portatile. Riusciva a malapena a cambiare i canali della televisione. Non capiva nulla di tecnologia e, a giudicare dal modo in cui il nostro microonde si faceva piccolo piccolo per lo spavento ogni volta che lei gli si avvicinava, nemmeno lei era apprezzata dalla tecnologia.

Allora perché aveva un portatile? E uno piuttosto sofisticato, sembrava.

Strappò il portatile dalle mani di Heathcliff. «È mio. L'ho comprato con i proventi che ho ricavato vendendo la mia attività Flourish a un giovane aspirante imprenditore. Lo sto usando per creare un sito web per la mia attività di tarocchi. Voglio fare letture su Internet. E poi gioco a solitario, va bene? Ti sarò grata per non frugare nella borsa di una signora, giovanotto. Se questo è il modo in cui vengo trattata solo per averti fatto un favore, sto già pensando di non offrirvi più i miei servizi in futuro.»

«Ci dispiace. Non volevamo.» *Abbiamo solo pensato che volessi svignartela con un libro pericoloso.* La abbracciai di nuovo. «Grazie mille per il tuo aiuto di oggi. L'abbiamo apprezzato molto, davvero. Volevamo chiederti se potevi venire regolarmente nelle prossime due settimane. Io devo tornare a Crookshollow per un altro addestramento per cani guida e questo fine settimana io, Heathcliff e Allan dobbiamo partecipare a un... evento di team building.»

«Devi davvero allontanarti così tanto dal villaggio, dopo quello che ti è successo?» La bocca di mia madre si contorse per la preoccupazione. «Non voglio che quei malvagi rapitori tornino a prenderti.»

«Me la caverò. Ho chiarito tutto con il detective Hayes. So che sembra strano, ma onestamente l'unico modo in cui posso affrontare questo momento è distrarmi con il lavoro e l'addestramento.» *E dando la caccia alla persona che ha ucciso Kate e incastrato Morrie, ma questo a te non lo dico.*

Raccontai a mamma tutto di Oscar e di quanto lo amassi. Mi baciò di nuovo e ci lasciò soli. Mentre la guardavo allontanarsi verso il parco, Grimalkin balzò dall'altra parte della stanza nella sua forma di gatto e praticamente si incollò alla finestra. «Miao?» Grattò con gli artigli sul vetro, come se temesse che mia madre non sarebbe più tornata.

Guardai l'ex gatta con gli occhi socchiusi. «Ti va di spiegarti? Il mese scorso mia madre era il nemico pubblico numero uno.»

Le vibrisse di Grimalkin si agitarono, come se avesse voluto dire: "Questo prima di conoscerla. Credo che diventeremo buone amiche".

Sta succedendo qualcosa di strano. Quelle due stanno tramando qualcosa.

Ma avevo già un mistero, più importante, su cui concentrarmi. Heathcliff mise l'insegna del negozio su CHIUSO e chiuse a chiave il piano di sotto. Distrutta, mi trascinai fino all'appartamento e mi diressi in cucina. Serviva urgentemente un tè. Accesi il bollitore e tirai fuori quattro tazze pulite, ma poi fissai quella di Morrie e la rimisi sullo scaffale.

Sentivo le lacrime pungermi gli occhi. *Non crollare, Mina. Metti via la tazza, dove non puoi guardarla.* Mi chinai per nasconderla in fondo alla credenza sotto il lavandino. Nel farlo, la mia mano sfiorò il bordo di una confezione di cibo per gatti ancora chiusa.

Strano. Giurerei di aver finito il pacchetto di ieri. Perché la mamma non ne ha aperto un altro per Grimalkin? Avrebbe dovuto darle la colazione.

Ma mia madre era imprevedibile. Le avevo lasciato istruzioni specifiche su cosa e quanto dare da mangiare a Grimalkin. E questo non includeva il pesce del negozio. A pensarci bene, anche la sua borsetta puzzava un po' di pesce. Probabilmente c'era dentro un qualche tipo di cibo biologico e vitaminico per gatti proveniente da uno dei suoi programmi per fare soldi. Mi sarebbe dispiaciuto per Grimalkin, se non fosse stato che sembrava piacerle.

Aprii la porta della nostra stanza e mi buttai sul letto, sistemando i cuscini sotto la lampada più luminosa. Sorseggiai il tè e sfilai il telefono di Heathcliff dalla tasca della giacca che si era tolto (tanto non ne avrebbe sentito la mancanza), vi scaricai le mie applicazioni preferite e feci qualche ricerca su Tara Delphine.

Non dovetti cercare a lungo. Il primo risultato mi portò al suo profilo Instagram. Aveva più di cinquantamila follower: a giudicare dai commenti, erano perlopiù vecchietti ingenui alla ricerca di un capezzolo da sbirciare. La maggior parte delle sue immagini la ritraevano in pose civettuole, in abiti attillati da supereroina.

Io di certo non l'avrei giudicata. A dire il vero, gli abiti di Tara erano molto belli. Aveva un completo da Harley Quinn per il quale sarei stata disposta a *uccidere qualcuno*. Ma notai che i cosplay di Kate erano di una qualità superiore. Molti dei personaggi interpretati da Kate erano già fortemente sessualizzati, e lei non aveva sentito il bisogno di esagerare ulteriormente. Mi piaceva il modo in cui nelle sue foto Kate mostrava i personaggi al massimo della loro sicurezza e del loro potere, cercando di far trasparire anche qualcosa della propria personalità.

Il sito web di Tara riportava la sua partecipazione a un incontro con i fan come l'ospite d'onore alla FanCon di Londra. L'evento era in corso quella settimana, per cinque giorni. Tuttavia, poiché nel fine settimana saremmo già stati alla Wild Oats, avremmo dovuto andarci il venerdì.

Ma devo andare all'addestramento dei cani guida. E l'ispettore Hayes vorrà sapere perché mi interessa così tanto andare a Londra...

Aspetta. Edie ha detto che voleva portare me e Oscar in un'area sconosciuta e con più gente, in modo da mettere in pratica i comandi che avevo imparato. Chiamai Edie. Quando le dissi che volevo fare una gita a Londra perché Heathcliff era totalmente ossessionato da Tara Delphine e aveva i biglietti per incontrarla, e però io me ne ero dimenticata nell'agitazione per Oscar, lei pensò che sarebbe stata l'uscita perfetta per noi. «Io e Oscar saremo alla stazione di Argleton alle 10 di domani mattina.»

Perfetto. Così avevo il tempo di vedermi con Jo a colazione. Dovevo scoprire i risultati dell'autopsia di Kate e capire quanto nella merda fosse Morrie.

Anche se Heathcliff e Quoth mi abbracciavano stretta, io non riuscivo a dormire. Fissavo il soffitto mentre i ragazzi emettevano adorabili gridolini. Io pensavo a Morrie bloccato in quella baita con la sola compagnia del suo ex. Ripercorsi più volte ogni singolo dettaglio del caso, ma non riuscivo a individuare un sospetto chiaro. Molte cose non avevano senso.

Se Kate era riuscita a simulare la propria morte e a fuggire nelle Filippine, cosa l'aveva spinta a tornare indietro? Perché era sulle alture del Barsetshire? Evidentemente doveva incontrare qualcuno...

E la domanda che nessuno sembrava voler porre, ma che mi assillava più di ogni altra: perché Kate aveva deciso di simulare la propria morte? Ero certa che la risposta a quella domanda fosse la chiave per risolvere il mistero e scagionare Morrie.

Alla fine caddi in un sonno agitato, e fui destata da una sveglia furiosa e da Heathcliff che russava accanto a me. Quando entrai in cucina, Quoth era già lì a riempirsi una ciotola di noci e bacche. Mi porse una tazza di tè, perché era fantastico. La sorseggiai mentre mi truccavo, e indossai un vestito a maniche lunghe con dei piccoli disegni di ossa che avevo stampato io stessa. Aggiunsi i miei anfibi color ciliegia e la mia borsetta a pipistrello preferita, mi infilai in tasca il telefono di Heathcliff (che ora era diventato mio) e mi diressi fuori per incontrare Jo.

Era una giornata sorprendentemente bella per essere un febbraio inglese. Con la luce del sole che scendeva e asciugava la pioggia, riuscivo a vedere qualcosa. Un piccolo sprazzo di luce verde acido mi attraversò il campo visivo, ma ero troppo distratta da uno strano rumore che proveniva dal telefono di Heathcliff.

Non ha mai fatto questo rumore prima d'ora.

Estrassi il telefono dalla tasca e lo avvicinai al viso per scrutare lo schermo. C'era un avviso che lampeggiava.

AVVISO: POSSIBILE EVENTO DRACULA

L'algoritmo di Morrie. In tutto il caos del rapimento e di Morrie che si stava nascondendo mentre cercava di riabilitare il suo nome, avevo quasi dimenticato l'ombra che incombeva non solo sulla Libreria Nevermore, ma sul mondo intero. Il Conte Dracula era lì, in Inghilterra, e stava mettendo in atto il piano che aveva cercato di realizzare nel libro di Bram Stoker prima che Van Helsing e la sua squadra lo fermassero.

Cliccai sul link. Sullo schermo apparve un titolo di giornale. Sotto i numerosi link che portavano a storie sulla scomparsa di Morrie e gli appelli della polizia a dare notizie se qualcuno lo avesse avvistato, c'era un articolo su una rapina nel vicino villaggio di Lower Loxham. La notte precedente erano state rubate due rare orchidee rumene da un centro di giardinaggio specializzato in piante da collezione.

Il mio cuore batteva forte. Lower Loxham era a soli quaranta chilometri da Argleton. Se Dracula era così vicino...

SBAM.

Sbattei contro qualcosa di duro, che mi fece cadere sul selciato. Sussultai quando il mio osso sacro rimbalzò sulla pietra dura e il telefono di Heathcliff mi cadde di mano.

«Mina, mi dispiace tanto.» La forma incerta sopra di me si rivelò essere la mia migliore amica. Jo mi tese la mano. La presi e lei mi tirò in piedi. «Stavo venendo a trovarti al negozio. Ti ho chiamata e pensavo che mi avessi vista, ma quando ho capito che non mi avevi vista ero ormai sulla tua traiettoria e...»

«Non ti preoccupare.» Mi strofinai il coccige. «Non avrei dovuto camminare fissando lo schermo. E non mi devi fare da guida. Ho percorso il sentiero che porta alla panetteria così tante volte che potrei farlo anche da sonnambula, da bendata o nel bel mezzo di un'apocalisse zombie.»

«Ricevuto. Probabilmente sarei stata più utile se avessi prenotato un tavolo. A quanto pare, il nuovo *Fish and Chips* è un grande successo e il locale è già pieno. Ma a proposito di amici che ti fanno da guida, come va l'addestramento del cane guida?» Jo prese il telefono da terra e sbirciò lo schermo. «So che hai delle foto.»

Le strappai il telefono, il cuore che batteva all'impazzata. *Se vedesse l'app di Morrie, pretenderebbe di sapere cosa sta succedendo.*

Jo aggrottò le sopracciglia, con la mano ancora sospesa in aria. «Tutto bene? Immagino che sia preoccupata per questa storia di Morrie. Però, Mina, se sei in comunicazione con lui, devi dirlo alla polizia...»

«No! Cioè, sì! Cioè... mi dispiace.» Risi, ma si sentiva che era una risata forzata. «Non volevo strapparti il telefono. Sono terribilmente preoccupata, ma non ho notizie di Morrie. Credo... di essere ancora nervosa dopo che quel tizio ci ha rapiti. È così surreale... sto ancora elaborando, sai. Mi sembra che sia successo a qualcun altro.»

«Lo so. È una classica reazione al trauma.» Jo mi abbracciò mentre ci dirigevamo alla pasticceria. «Ma non credi che dovresti essere a casa, a prenderti una pausa, per una volta?»

«No. Devo tenermi occupata o impazzisco. Inoltre, l'addestramento con il mio nuovo cane guida mi distrae dal pensiero di Morrie. L'ho conosciuto ieri. Si chiama Oscar ed è l'essere più carino del mondo. E sì, ho delle foto.»

Mentre scorrevo il telefono di Heathcliff, mi si scaldò il cuore a vedere quante foto aveva scattato a me e Oscar durante il percorso a ostacoli. Aveva anche un video in cui impartivo a Oscar i comandi per camminare dritto e girare a destra e a sinistra. Il mio cuore tornò a battere a un ritmo normale quando ci mettemmo in fila per prendere i nostri dolcetti. Pensai che Jo non avesse visto nulla su Dracula nel telefono, perché era il tipo di persona che mi avrebbe subito chiesto spiegazioni.

Da quando avevo scoperto che la panettiera Greta era colpevole dell'omicidio di Gladys Scarlett (matriarca della città e direttrice del Club dei Libri Banditi) la panetteria all'angolo di Butcher Street era rimasta vuota, con grande mortificazione di tutti, in città. A riprova di quanto gli inglesi amassero le torte, intere o a fette, il paese aveva presentato una petizione al tribunale affinché la pena di Greta fosse accorciata, e lei potesse tornare prima al suo negozio. Per fortuna, il buonsenso aveva vinto e l'avvelenatrice era rimasta al sicuro dietro le sbarre.

La sorte aveva deciso che appena dopo Natale il negozio fosse rilevato da un nuovo panettiere. Oliver Swinbourne non solo era un ottimo cuoco con un talento speciale per fare il miglior caffè di Argleton, ma era anche alto e con le spalle larghe, e senza dubbio un bel colpo d'occhio. Non che io possa più essere una garanzia in questo campo, ma mia madre, la signora Ellis e Grimalkin ne erano innamorate, e Jo confermava che era un esemplare maledettamente bello.

Andare alla panetteria Daily Bread con gli ordini del mattino era diventato un compito molto più piacevole.

«Salve, signore,» esclamò Oliver raggiante quando ci avvicinammo al bancone. «Come posso soddisfarvi?»

«Heathcliff ha mangiato il tuo fish and chips per cena l'altra sera, ed era fantastico,» gli dissi con un sorriso. «C'è qualcosa che non sai fare? Farai venire un complesso di inferiorità a tutti gli uomini del villaggio.»

Oliver batté sulla lavagnetta dietro di lui, che non riuscivo a leggere ma che presumevo elencasse le opzioni di fish and chips. «Ho già ricevuto tre offerte di matrimonio da quando ho esposto la mia insegna. Voi cosa scegliete, signore? Purtroppo però non inizio a servire il mio fish-and-chips rovinamatrimoni prima delle undici.»

«Due macchiati,» chiese Jo. «E assaggeremo due dei tuoi pasticci di carne e rognone.»

«Ah, e delle crostatine alla melassa,» esclamai, scrutando il bancone. Qualcuno dietro di me fece un commento sul fatto che avevo messo il naso sul vetro (non l'avevo fatto), e io lo ignorai.

«Siete fortunati,» commentò Oliver mentre ci consegnava le crostatine. «Se quel progettista va avanti, queste saranno le ultime torte che preparerò.»

«In che senso?» Mi venne in mente una cosa. «Non parlerai di Grey Lachlan?»

Oliver indicò alle nostre spalle un uomo che stava attraversando il parco in direzione del pub. Da quella distanza, per me era solo una macchia. «Proprio lui. Viene qui ogni giorno per cercare di sfilarmi l'edificio da sotto i piedi. Continua a rilanciare, ma io non mi muovo. Ho ricevuto un'eredità, capisci? Sono proprietario dell'intero edificio fino alla vostra libreria, compresi due appartamenti, la macelleria e il negozio di fiori qui accanto. Amo questa città e non voglio vendere: Lachlan non mi sposterà se non in un sacco per cadaveri.»

«Questo è lo spirito giusto.» Jo addentò la crostatina di melassa che Oliver le aveva porto. «Questo villaggio ha bisogno di te.»

Interessante. Dopo averci provato con Heathcliff, Grey sta cercando di acquistare gli edifici intorno alla libreria. Non può essere una coincidenza.

«Allora...» Mi infilai nella panca di fronte a Jo. Lei cercò tra le bustine di zucchero e mi passò quella al cocco che mi piaceva. Era incredibile quanto rapidamente fossimo entrate in quello schema: Jo vedeva che avevo difficoltà con qualcosa e lo faceva lei, così. Era strano, perché di solito mi sentivo frustrata per le cose che non riuscivo più a fare da sola, ma Jo che mi porgeva lo zucchero senza tante storie mi fece salire un groppo di felicità in gola. *È una fantastica amica.* «Che cosa hai scoperto dall'autopsia?»

«Sai che non dovrei condividere con te i dettagli di un caso in corso, *soprattutto* perché sei la fidanzata del nostro sospettato principale.»

«Quindi Morrie è ancora sospettato? Jo, sai che non ucciderebbe mai nessuno. E non mi interessa cosa crede Hayes: lui non è in combutta con i suoi rapitori. Ero con lui quando ci hanno presi, ed era confuso e spaventato quanto me.»

Odio, odio, odio mentire alla mia amica. Ma se serve a tenere Morrie al sicuro mentre cerchiamo l'assassino...

«So solo quello che ci mostrano le prove.» Jo addentò il suo pasticcio. «Per quanto riguarda Morrie... quanto possiamo conoscere veramente una persona? Pensa a tutti gli omicidi che hai aiutato a risolvere. Nessuna di quelle persone sembrava la definizione da manuale di un brutale assassino, eppure accoltellavano, avvelenavano e strangolavano in giro. Io non sapevo che Morrie gestisse un'attività di morti simulate, e dalla tua faccia immagino che non lo sapessi nemmeno tu. Le persone che si crede di conoscere possono sempre sorprenderci.»

Annuii, giocherellando con la bustina di zucchero. «La sua attività è illegale?»

«Dal punto di vista legale è una zona grigia.» Jo sorseggiò il caffè. «Tecnicamente, simulare la propria morte non è un crimine; sono tutte le cose che devi fare dopo che possono metterti nei guai, come la frode all'assicurazione, la falsificazione, il furto d'identità...»

Area grigia dal punto di vista legale: è il tipo di area preferita da Morrie.

Mi strinsi il busto con le braccia. «*Devi* dirmi cosa ha la polizia su di lui. *Ti prego.* Sto impazzendo a non sapere cosa sta succedendo. Sono stata rapita anche io, se ti ricordi.»

«Sì, lo so.» Jo allungò una mano sul tavolo e strinse la mia. «Sei sicura di stare bene? Deve essere stato spaventoso.»

Annuii. Odiavo mentire alla mia migliore amica, ma Jo era una scienziata. Le piaceva che tutto avesse una spiegazione logica. "I miei amanti sono eroi immaginari portati in vita da una libreria magica e mio padre è il poeta Omero che si crede un cacciatore di vampiri" non avrebbe funzionato con lei. «Sto meglio quando non ci penso. Per questo speravo che mi distraessi con i dettagli di una macabra autopsia.»

«Bene.» Jo si chinò in avanti. «Tanto lo sai che non posso resistere a non parlare di lavoro. Quindi ecco i dettagli. Kate è scomparsa l'anno scorso. Poche ore prima di salire su un autobus per il corso di sopravvivenza era stata vista in un pub del paese a parlare con un tipo che corrisponde alla descrizione di Morrie. Era con un folto gruppo di uomini che partecipavano al corso nell'ambito di un evento aziendale e il personale del pub ricorda che sembrava piuttosto chiusa e che gli uomini non le parlavano, se non per fare commenti osceni. Era l'unica donna del gruppo. L'ultima notte del corso ha lasciato il campo e non è più stata vista. Un biglietto rinvenuto nel suo rifugio, scritto di suo pugno, ha fatto credere alla polizia che la sua morte fosse un suicidio. Salvo ricomparire una settimana fa, assassinata.»

Jo deglutì. «Sul suo corpo c'era un biglietto da visita che ha ricondotto polizia e MI5 all'attività di morti simulate di Morrie. C'è stata una certa contaminazione della scena del crimine, ma sono state identificate delle impronte di scarpe vicino al corpo che corrispondono *esattamente* alle scarpe firmate di Morrie. Inoltre, su un paio delle sue, accanto alla porta d'ingresso della Nevermore, ho trovato del fango secco. In laboratorio ho potuto confrontare il polline presente in quel fango con la flora del bosco: Morrie era stato sulla scena del crimine.»

«Oppure qualcuno ha indossato le sue scarpe, per incastrarlo.»

Jo si sistemò sulla sedia. «Ecco perché non volevo dirtelo. Sapevo che ti avrebbe sconvolta. Senti, secondo la tua dichiarazione, Morrie non ha un alibi per il giorno dell'omicidio. Tu e Heathcliff eravate nel negozio e hai detto che Morrie era a Londra. Abbiamo le riprese delle telecamere a circuito chiuso del suo arrivo a Charing Cross, ma non possiamo confermare quando sia tornato. È possibile che sia andato a Londra e poi sulle alture del Barsetshire.»

«Sono sicura che non appena la polizia lo troverà, Morrie

sarà in grado di spiegare cosa stava facendo a Londra, e di fornire un alibi. Ci va spesso per affari.»

«Mmm, un alibi per un business non del tutto legale di morti simulate. Non desterebbe nessun sospetto.» Jo allontanò da sé il pasticcio, anche se ne aveva mangiato pochissimo. «C'è un'altra cosa che devi sapere. La lama che ha ucciso Kate era un tagliacarte, piuttosto particolare, a forma di spada. L'abbiamo trovato in un cestino a Barset Reach il giorno dopo il ritrovamento del corpo di Kate, sporco del suo sangue. Ho trovato l'impronta di Morrie sul manico. E guarda un po' qui.»

Jo tirò fuori il telefono e mi fece vedere una foto scattata durante uno dei nostri venerdì sera. Io, Jo e Morrie davanti al fuoco acceso, vestiti con dei costumi ridicoli. Jo fingeva di svenire mentre Morrie mi puntava alla gola un tagliacarte tempestato di gioielli. «È esattamente l'arma che abbiamo trovato. Non è che assomigliasse al tagliacarte che avete al negozio. *Era* il tagliacarte del negozio.»

Deglutii. Una volta. Due volte. Tre volte.

L'impronta di Morrie sull'arma del delitto.

Morrie che non ha alibi per l'omicidio di Kate.

Le scarpe di Morrie coperte di fango.

Non mi dice bene. Anzi, se non lo sapessi, direi proprio che è stato Morrie.

Jo studiò il mio volto mentre digerivo l'informazione. Era lo sguardo di un'amica preoccupata o stava osservando la mia reazione per capire se ero coinvolta nel crimine? Scacciai il pensiero. Jo mi avrebbe detto se ero nei guai.

«Ehm...» Faticai a formulare le parole. «C'è... c'è qualche prova a sostegno della mia convinzione che Morrie sia innocente?»

«In realtà, sì.» Vidi una traccia di sollievo sul volto di Jo. «Allora, il viso era piuttosto graffiato e decomposto, il che non aiuta l'identificazione, ma il DNA è risultato positivo: il corpo è sicuramente di Kate Danvers, anche se era più grassa rispetto all'ultima volta che è stata vista viva. La cosa più strana è che non è morta per la pugnalata. È morta ingerendo funghi velenosi.»

«Cosa?»

Jo annuì. «Lo so. Strano, vero? Si penserebbe che la prima cosa che si impara in quei corsi di sopravvivenza nella natura sia come distinguere le spore commestibili da quelle mortali. E c'era anche un'altra cosa strana. Aveva perso molto sangue, più di quanto mi sarei aspettata da una ferita da arma da taglio, inferta post mortem. Ho trovato due piccoli buchi sul suo corpo, ma non so dire se siano collegati alla perdita di sangue.

Piccoli buchi? La mia mente volò subito a Dracula, che era in giro da qualche parte, sempre più forte e sempre più vicino a me ogni giorno che passava. Ma era una follia: non è che il mondo intero girasse intorno a me e al mio nemico. Pensare ciò era puro egoismo. No, Kate Danvers era stata uccisa da una persona, non da un vampiro.

Riportai l'attenzione su Jo: «L'accoltellamento è avvenuto alcune ore dopo la morte, probabilmente anche di più. Tutto ciò non scagiona Morrie, ma dimostra che questo omicidio è più complesso di quanto non sembrasse all'inizio.»

«Altre prove tangibili?»

«Sì. Era stata picchiata, ma tutti i lividi erano stati provocati post mortem. L'ipotesi di lavoro è che l'assassino l'abbia pugnalata in un luogo isolato vicino alla cima del crinale e poi l'abbia trascinata nella foresta fino al tronco caduto, ma al momento non riesco a collegare ciò con lo schema dei lividi.»

Beccati questo, Sherlock. Scommetto che con i tuoi metodi ottocenteschi non riusciresti a capirci niente. Però la scienza moderna ti dimostrerà che ti sbagli.

Anche se ero sconvolta, strinsi la mano della mia amica. «Grazie mille per avermi detto la verità, per quanto brutta. Vedo che le cose si mettono male per Morrie, ma io continuo a credere che sia innocente.»

«Lo so. Anche io.» Ci guardammo l'un l'altra, e mi accorsi che Jo cercava nei miei lineamenti qualche indizio, qualche segno che sapevo più di quanto rivelassi.

Sa che c'è qualcosa che non va.

Era un sospetto che poteva venire da qualsiasi parte. Stavo nascondendo diversi segreti a Jo. Avrei voluto cedere e dirle la verità su chi fossero davvero i ragazzi e sulle strane cose accadute nella Libreria Nevermore, e sul pericolo estremo di Dracula. Ma sapevo che era un vaso di Pandora che, una volta aperto, non si sarebbe più potuto richiudere. Non avevo mai avuto una amica come Jo e volevo che rimanesse tale. Avevo paura che se le avessi parlato della libreria magica avrebbe deciso che ero pazza e non mi avrebbe più rivolto la parola.

Non potevo sopportare che mi guardasse con pietà. Così mi tenni ben stretti i miei segreti e misi altra distanza tra noi.

Jo mi riaccompagnò al negozio, dove Heathcliff stava consegnando le chiavi a mia madre. Poiché stavamo andando a Londra, dove c'era gente dappertutto, Quoth decise che sarebbe venuto con noi in forma di corvo, il che significava che Heathcliff se ne sarebbe andato in giro con una gigantesca gabbia per uccelli sotto un braccio.

«Siamo sicuri che sia una buona idea?» Scrutai Quoth. «Lo faranno entrare alla FanCon?»

«Certo che sì.» Heathcliff uscì in strada. Era vestito con una camicia bianca inamidata, da poeta. Rimasi a bocca aperta.

«Cosa... sei?»

«Questo evento sarà pieno di tizi strambi in costume, quindi io sono Edgar Allan Poe. Quoth è il mio corvo imbottito, parte del mio costume. Si è esercitato a rimanere immobile sul suo trespolo.» Heathcliff diede un colpetto alla zampa di Quoth, che si mise immobile e sgranò gli occhi. Era piuttosto impressionante: davvero non si capiva che era vivo.

Mi uscì una risatina. «Avevi detto che non avresti partecipato a nessun progetto assurdo, ed eccoti qui con il progetto più assurdo di tutti.»

«Non sei l'unica ad aver imparato qualche trucco dal genio del crimine. Andiamo.» Heathcliff mi trascinò dietro l'angolo, solo che invece di dirigersi verso la stazione ferroviaria, avvicinò il viso al mio, per un bacio appassionato.

«Perché?»

«Per me,» ringhiò. «Mi stai facendo viaggiare in mezzo a quella fogna di umanità e ho bisogno di forza.»

Gli presi i capelli tra le dita, tirandogli in basso la testa per divorarlo. «Ti darò tutta la forza che vuoi.»

Riuscimmo a districarci e attraversammo di corsa la città. Arrivammo alla stazione proprio mentre Edie scendeva dal suo treno con Oscar al seguito. Non indossava ancora la pettorina, così mi chinai per accarezzarlo e grattargli le orecchie. Oscar mi avvicinò il muso, scodinzolando con gioia. Mi sembrava che si ricordasse di me e questo mi rese così felice che mi salì un groppo in gola.

Oscar fissò con occhi spalancati Quoth immobile, ma il mio bellissimo uccellino non mosse un muscolo. E nemmeno una piuma. Chiunque avrebbe detto che era imbalsamato, ma io sapevo che Oscar ne sentiva l'odore e che voleva assolutamente saltargli addosso per indagare. Per fortuna Edie mi passò la pettorina e ci mettemmo al lavoro. Non appena gliela agganciai, Oscar si concentrò su di me, anche se i suoi occhi seguirono Quoth mentre Heathcliff era alle macchinette per acquistare i biglietti.

Edie mi passò il guinzaglio. «Ha un cappottino rosso, quindi è ufficialmente in servizio. Questo significa che non puoi permettere a nessuno di accarezzarlo, nemmeno se te lo chiedono gentilmente. E te lo chiederanno, perché è fantastico.»

«Ricevuto.»

«Bene. Ti ricordi il comando per trovare le scale mobili?»

Ci esercitammo a salire e scendere dalle scale mobili mentre dietro di me si formava una fila. Normalmente mi sarei sentita mortificata per fare aspettare tutte quelle persone, ma nessuno sembrava infastidito. Volevano vedere Oscar all'opera. Una ragazza prese perfino il telefono per filmarlo.

Aspettai il treno al binario. Quando arrivò, diedi a Oscar l'ordine di trovare la porta. Lui mi portò direttamente alle porte più vicine e mi guidò fino al bordo, dove potei usare il corrimano per individuare i gradini con i piedi. In pochi secondi eravamo saliti.

«Ricordi il comando e il gesto per chiedergli di trovarti un posto?» mi chiese Edie.

Lo ricordavo. Oscar mi portò al primo posto libero che vide, che per puro caso era uno di tre nel settore disabili più vicino alle porte. Dissi a Oscar di mettersi giù, e lui si mise ai miei piedi come se l'avesse fatto per tutta la vita, con le orecchie tese. Stava ancora lavorando, attento a ciò che lo circondava e in attesa del mio prossimo comando.

Guardai Heathcliff, sorpresa dall'espressione che aveva in viso mentre mi osservava. Invece della sua solita ombrosità, i suoi lineamenti si erano addolciti in un'espressione che avrebbe potuto sembrare angelica in un'altra persona, e che lo faceva apparire leggermente meno squilibrato.

Il mio cuore correva a mille mentre il treno sfrecciava verso Londra. *Sta succedendo sul serio. Sto davvero portando il mio cane guida in città.* Bombardai Edie di domande su Oscar, sul suo addestramento, sulla sua vita, sulla famiglia che lo aveva cresciuto prima che venisse abbinato a me. Nel frattempo, gli occhi di Oscar erano fissi sul corpo di Quoth, ma non si mosse mai dal suo posto ai miei piedi.

Il treno si fermò e la gente si allontanò per lasciare a Oscar lo spazio per condurmi fuori. Trovò un varco tra la folla, da vero professionista e, dopo qualche tentativo di attraversare la strada, ci incamminammo verso il centro congressi. Edie e io gironzolammo un po', mentre Heathcliff faceva la coda per i biglietti, osservando gli strani e meravigliosi costumi dei fan che passavano. Notai un'insegna di Ticketrrr vicino all'ingresso e vidi i fan che scansionavano i biglietti elettronici su uno stand e scaricavano un'applicazione della convention. *È la società per cui lavorava Kate: devono essere loro che gestiscono la biglietteria di questo evento. Mi chiedo se Grant Hosking sia qui.*

Mentre Edie mi raccontava le marachelle che Oscar combinava durante l'addestramento, una ragazza con un costume da Sailor Moon si avvicinò a noi. «Che bel cane. Posso accarezzarlo?»

«Mi dispiace, è in servizio,» dissi con fermezza. Edie si illuminò.

Heathcliff tornò e consegnò a me e a Edie un biglietto ciascuno. «Non vogliono far entrare Quoth, anche se ho detto che faceva parte del mio costume. La donna dietro il banco ha capito subito che non era un corvo imbalsamato, ma lo terrà d'occhio lei e gli darà da mangiare le sue bacche.»

Ci unimmo alla folla che spingeva per varcare le porte principali. Una Yennefer di Vengerberg mi colpì al fianco. Due dei soldati di Guerre Stellari stavano confrontando la lunghezza delle loro spade laser in un modo deliziosamente serio. Heathcliff mi stava vicino e la sua barba mi solleticava l'orecchio mentre mi sussurrava: «Questa gente è inquietante.»

Una volta dentro, scrutai la folla alla ricerca della postazione autografi di Tara, ma il posto era così enorme che era impossibile orientarsi. Barcollai davanti a un Ent animatronico e davanti agli occhi mi danzavano delle luci verde acido. Quasi non me ne accorsi, tra la folla vorticosa e multicolore che si riversava nei corridoi per comprare figurine, DVD di anime e bacchette di Harry Potter.

«Guarda, c'è un'app che aiuta a orientarsi.» Edie indicò la bancarella di Konnekt. «È un'azienda che ha una buona reputazione in fatto di accessibilità...»

«Niente applicazioni. Ci hanno dato una mappa.» Heathcliff guardò accigliato l'opuscolo che aveva tra le mani, girandolo e rigirandolo in tutti i versi. «Però non riesco a comprenderla. Babbani? Gran Burrone? Witcher? Devono avercene dato uno in una lingua straniera.»

«Il linguaggio dei geek.» Notai un paio di ragazze in tutina da Catwoman, con i capelli di una tonalità di rosa identica alle famose ciocche fucsia di Tara Delphine. Una di loro aveva una borsa a tracolla con il marchio di Tara. Si fermarono in mezzo al corridoio e avvicinarono le teste per un selfie, per poi dirigersi verso il fondo della sala.

«Oscar, segui quelle ragazze!» I miei occhi a quattro zampe si misero a trotterellare dietro di loro, muovendosi tra la folla come veri esperti. Molte persone si scansarono quando mi videro e più di qualcuno esclamò qualcosa su quanto fosse carino. Vidi una bancarella che vendeva bandane di supereroi e presi nota di fermarmi lì all'uscita per prenderne una per Oscar, perché era proprio il mio eroe.

Quando arrivò alla fine della fila di bancarelle si fermò, guardandosi prima a sinistra e poi a destra. «A volte anche un cane intelligente come Oscar può essere confuso, disorientato, distratto o stanco,» commentò Edie. «È i tuoi occhi, ma è anche un animale vivente e ha giorni buoni e giorni cattivi. Probabilmente non riesce a capire se...»

«Eccole!» Heathcliff indicò le ragazze, che si erano messe alla fine di una lunga fila, estesa come un lungo serpente attraverso il corridoio successivo prima di terminare in una cabina allestita come un salotto francese. Da quella distanza non riuscivo a distinguere la persona, ma dalla scarsa quantità di tessuto che i fan indossavano, immaginai che si trattasse di Tara.

Ci infilammo dietro le ragazze. «È bello vedere che anche i geek amano dedicarsi al grande passatempo britannico della coda.» Edie spostò i piedi. «Pensi di poter stare qui per un po'? Vorrei trovare un bagno.»

«Certo. Io e Oscar abbiamo tutto sotto controllo.»

Non appena Edie fu fuori dalla nostra portata, Heathcliff si chinò per sussurrarmi: «Mi sento un pervertito.»

Guardai in fondo alla fila. Aveva ragione: tutte le persone in coda erano giovani ragazze in abiti succinti. Lui spiccava su tutte. Diverse facce curiose si voltavano e le ragazze si strattonavano l'una con l'altra per dare un'occhiata a quell'imponente massa di muscoli e furia che era Heathcliff Earnshaw.

«Non un pervertito. Però rischi seriamente di rubare la scena a Tara. In questo momento Morrie sarebbe laggiù, a flirtare con il personale per cercare di farci passare in testa alla fila.»

«Risparmierò le mie abilità di seduttore per Tara.» Heathcliff fece danzare le folte sopracciglia e si espresse nel suo miglior tentativo di uno sguardo innamorato. La stessa identica espressione che usava quando Morrie lo faceva arrabbiare. Scoppiai a ridere.

La fila si muoveva in fretta e prima che me ne accorgessi eravamo di fronte a Tara. Prima che potessi dire qualcosa, lei mi afferrò, tenendomi le braccia aperte per osservare con cura il mio costume. «Ehi, adoro il tuo costume. Oh, che bel cagnolino!»

Si chinò per accarezzarlo. Oscar girò la testa verso di me, con gli occhi spalancati come per chiedermi se andava bene.

Per niente. Allontanai il guinzaglio, infastidita. «Non puoi accarezzarlo, mi dispiace. È un cane guida ed è in servizio.»

«Che sciocchezza. Lui vuole che lo accarezzi, guarda.» Tara aveva messo le braccia intorno al collo di Oscar. «Guarda che occhioni scuri...»

«Ciao, scusa, Tara.» Una donna con i capelli neri e una maglietta dello staff della FanCon si precipitò da me. Mi lanciò uno sguardo comprensivo. «La tua fan è cieca e questo è il suo cane guida. Non si può toccare un cane guida quando sta lavorando. Ma perché non le firmi i suoi gadget e non ti metti in posa per un selfie?»

«Con il cucciolo?» gridò Tara. «Wow, sì. Sarebbe divino sulle mie Instastories. Vieni, cagnolino!»

Io non volevo che Oscar si avvicinasse a lei. Mi feci da parte e spinsi avanti Heathcliff. «In realtà non siamo venuti per me. Vedi, Heathcliff è un tuo fan sfegatato. Si chiedeva se gli avresti fatto un autografo sul bicipite. Ha intenzione di farselo tatuare.»

«Oooooh.» Tara fece scorrere le dita sul braccio di Heathcliff, con il volto che le si illuminò di gioia mentre ne coglieva tutta la rustica e selvatica *Heathcliffità*. «Vieni da questa parte. Adoro incontrare i miei fan maschi. Sei membro del mio esclusivo fan club? Perché sto offrendo incontri privati nella mia stanza d'albergo dopo la conven...»

Heathcliff mi lanciò un'occhiata da "portami via di qui, cazzo".

«Tienila a disegnare su di te il più a lungo possibile,» gli sussurrai. «Falla parlare di Kate.»

«Come cazzo faccio?»

«Usa le tue astuzie da Heathcliff.»

«Non ne ho nessuna.»

«Invece sì. Mica sei il più grande eroe romantico di tutti i tempi per nulla. Ora vai lì e corteggiala fino a farla confessare.»

Heathcliff fece una faccia come se avesse preferito succhiare un lecca-lecca all'arsenico, ma permise a Tara di trascinarlo verso una toeletta in stile barocco che aveva allestito con penne e adesivi sbrilluccicanti, insieme a pile di fotografie di se stessa da firmare.

«Bene, Heathcliff...» Il nome suonò naturale tra le sue labbra. Poi se le leccò mentre gli infilava le dita nel colletto. «Per accedere a quei tuoi bicipiti così definiti, avrei bisogno che ti togliessi la camicia.»

«Faccio io.» Heathcliff si sfilò la camicia dalla testa. Bottoni volarono in tutte le direzioni. Un sussulto percorse la fila di ragazze dietro di me.

Devo ammettere che anche il mio petto ebbe un sussulto. Vedere Heathcliff lì, in tutto il suo splendore selvaggio, mi produsse un profondo dolore fino alle parti più intime. Il suo petto era come una bellezza di eterna gioia: i poeti dovrebbero scriverci dei sonetti sopra. Una cicatrice bianca, risalente a una rissa di vecchia data, gli solcava i pettorali, dandogli quel tocco sinistro che lo rendeva assolutamente irresistibile.

Tara non dissimulò il suo desiderio, e invece si passò la lingua sulle labbra mentre se lo scopava con gli occhi. Teneva in mano due penne glitterate. «Vuoi brillantini rosa o blu?»

Heathcliff si abbandonò su una sedia bianca troppo piccola per lui. Tara si chinò su di lui, percorrendogli con le mani tutto il corpo mentre ridacchiava. Quando si chinò per iniziare a disegnare, gli leccò la pelle. La *leccò* davvero.

Strinsi le mani a pugno. Oscar mi scrutò, come a chiedermi: "Faceva parte del piano?"

Devo lasciarla fare. È l'unico modo per ottenere le informazioni che ci servono per salvare Morrie.

Tornai in fila con passo sicuro, cercando di far finta che non me ne fregasse un cazzo del fatto che Tara fosse a cavalcioni sul mio ragazzo e che gli si strusciasse sull'inguine mentre gli decorava il braccio con volute e cuoricini da innamorata. Non potevo tornare dietro la corda di velluto, così mi ritrovai in piedi accanto ai due membri dello staff.

«Tipico di Tara,» commentò l'assistente sporgendosi verso l'amico. «Si sta accanendo su quel tizio perché sa di poterla fare franca, visto che la sua ragazza è cieca.»

«È disgustosa. E *davvero* disperata. L'hai vista quando ha litigato con il CEO di Ticketrrr nel backstage? Come si chiama, Grant?»

Rizzai le orecchie. *Grant e Tara insieme?*

«No. Dimmi un po'!»

«Grant e Tara stanno insieme e l'ultimo servizio fotografico di lei è stato sponsorizzato dalla azienda di lui. Lei ha detto a tutti che aveva ottenuto l'ingaggio di Ticketrrr qui alla FanCon, ma in realtà si trattava del progetto di Kate. Tara sembrava credere che Grant le stesse per offrire un lavoro permanente come ambasciatrice del marchio Ticketrrr, ma io l'ho sentito dire che stava cercando qualcuna di più "giovane e fresca". È stato tutto il giorno allo stand Ticketrrr, a distribuire i suoi biglietti da visita a tutte le belle ragazze che passavano e dicendo loro di candidarsi per lavorare nella sua azienda. Se sta cercando di infrangere la barriera di genere nell'industria tecnologica, lo sta facendo nel modo sbagliato.»

«Vorrei che oggi ci fosse Kate qui, invece di Tara.» Poi la seconda lassistente abbassò la voce. «Hai sentito che hanno trovato il corpo di Kate in quei boschi dove era scomparsa, e che non si è trattato di suicidio?»

Mi si rizzarono le orecchie. *Sanno di Kate.* Mi avvicinai fino a trovarmi accanto a loro. Mi aspettavo che si sarebbero ritirate o avrebbero interrotto la conversazione, invece continuarono a parlare come se non ci fossi. Mi ricordai di una cosa che mi aveva detto Marjorie sull'essere ciechi: "A volte le persone ti trattano come se fossi invisibile". Sapevo che ci sarebbero stati momenti in cui questo mi avrebbe fatto un male cane, ma al momento era una benedizione. Potevo spiare senza preoccuparmi minimamente di nascondermi.

«... il mio amico ha un gancio nella polizia e pare che Kate l'anno scorso abbia finto di suicidarsi. Non è assurdo? Scommetto che l'ha fatto per i soldi dell'assicurazione, dopo che quella sua strana società di eventi era fallita. Solo che ora qualcuno l'ha uccisa davvero. Io scommetto su Tara. Non sopporterebbe l'idea che Kate tornasse e le rubasse la scena, soprattutto perché sembra che stia anche cercando di prendere il vecchio lavoro di Kate.»

«Posso fargli una carezza?» mi chiese qualcuno, strattonandomi il vestito.

«Oh, certo,» mormorai sforzandomi di ascoltare la conversazione.

«Anche se potrebbe essere stato quello strano personaggio di Grant. Ieri sera stavo lavorando al bar all'evento VIP della FanCon e lui raccontava a tutti quelli che lo ascoltavano che lui e Kate avevano avuto una sordida relazione d'ufficio. Ha anche detto che lei aveva simulato la sua morte per poter fuggire insieme a lui, ma che poi è scomparsa...»

Non è possibile. Non posso crederci. Qualcuno sta mentendo, e scommetto che è quel depravato di Grant. Devo trovare un modo per incontrarlo...

«Mina!» Edie mi apparve di fronte, con le mani sui fianchi. «Cosa stai facendo?»

Abbassai lo sguardo con orrore. Mentre ero concentrata a origliare, dieci ragazze erano uscite dalla coda per accalcarsi intorno a Oscar, per accarezzarlo e coccolarlo in tutti i modi. Una di loro gli aveva persino legato un enorme fiocco rosa sul colletto.

«Ops. Merda.» Cercai di allontanarle.

Heathcliff apparve al mio fianco, con il busto ricoperto di brillantini e il viso e il collo imbrattati di baci di rossetto. «Mi sento violentato. Portami via di qui.»

II

«Beh, è stato... interessante.» Squadrai con attenzione Heathcliff mentre ci facevamo strada verso l'esterno. Volevo provare a raggiungere lo stand della Ticketrrr, ma era pieno di gente e Edie era già arrabbiata con me perché avevo lasciato che quelle ragazze facessero tutte quelle feste a Oscar. Dovevamo trovare un altro modo per arrivare a Grant.

«Mi fanno male i capezzoli,» mormorò Heathcliff mentre si infilava di nuovo la camicia dalla testa. «Ha premuto *forte* la penna. Devo bere.»

«Hai la fiaschetta in tasca.» Mi chinai per legare la bandana di Superman al guinzaglio di Oscar.

«Sì, ma dovrei sforzarmi di apparire normale quando siamo in compagnia.» Indicò un piccolo bar in un angolo del centro congressi. «Vado a prendere il nostro amico uccello mentre tu ordini da bere? Sai cosa mi piace.»

«Caffè nero come la tua anima. Ci penso io.» Heathcliff si diresse verso il botteghino mentre io, Edie e Oscar ci dirigemmo verso il bar. Mi ronzava in testa tutto ciò che avevo appreso. Tara e Grant stavano insieme? Non poteva essere una coincidenza. Ma non riuscivo a capire come si collegasse all'omicidio di Kate...

Oscar mi strattonò il guinzaglio e io mi sentii ottimista quando gli impartii il comando e ci dirigemmo verso la porta del bar. *Andrà tutto bene. Abbiamo una nuova pista nel caso di Morrie, e con questo piccoletto al mio fianco...*

«Mi scusi, signora, non può entrare.»

Continuai a camminare, senza rendermi conto che la persona stava parlando con me. Un cameriere scontroso mi si parò davanti, bloccandoci la strada. Incerto, Oscar si fermò per evitare che gli andassi a sbattere addosso.

«Che cosa ha detto?» Afferrai stretta l'imbracatura di Oscar.

«Per motivi igienici i cani non possono entrare.»

Edie mi guardò. Capii che non aveva intenzione di dire nulla. Durante l'addestramento mi aveva detto: *"Ti scontrerai sempre con persone che non capiscono le regole sugli animali da assistenza. Dovrai imparare a farti valere"*.

Deglutii il groppo che mi si era formato in gola. «Questo è un animale da assistenza. Dovete farci entrare, per legge.»

«Non credo proprio. Può sedersi fuori, se *proprio deve*, ma i miei clienti non saranno contenti. Mi dispiace.» Non sembrava affatto dispiaciuto.

«Ti dispiacerà ancora di più. Mi lamenterò con il tuo direttore. Questo cane non è una scelta. È i miei *occhi*.» Volevo che le parole suonassero come una minaccia, come se avessi avuto il potere di schiacciarlo sotto le suole delle mie Docs. Ma avevo la voce che mi tremava.

Il cameriere appoggiò le braccia allo stipite della porta, bloccandoci il passaggio. Guardò Oscar con uno sguardo tagliente. «Non potete entrare.»

Feci un passo indietro, sentendo il bruciore delle sue parole sulle guance, come se mi avesse dato uno schiaffo. Intorno a noi, la gente alzava lo sguardo dai tavoli, e tutti guardavano ma nessuno diceva nulla. Diedi a Oscar l'ordine di girarsi e mi voltai per andarmene da quel cazzo di posto...

E lui corse dritto contro la possente figura di Heathcliff.

Io mi buttai addosso a lui e iniziai a piangere. Nella mia testa inveivo contro me stessa: *è una cosa stupida. È solo un uomo stupido e non ha importanza. Tu eri nel giusto.* Ma le lacrime non si fermavano. Il corpo mi tremava e lo sconcerto per essere stata rifiutata mi bruciava dentro.

«Mina, ehi.» Heathcliff usò la punta di un dito per asciugarmi una lacrima. «Vuoi che vada a schiacciarlo e lo tratti da quello scarabeo stercorario che è?»

Scossi la testa, tirando su con il naso. Dalla sua spalla, Quoth mi scrutava con quegli occhi cerchiati di fuoco.

Basta che me lo dica e io vado a defecargli sopra.

Heathcliff mi strinse a sé. «So che sei arrabbiata, ma hai gestito bene la situazione. La Mina che conoscevo cinque mesi fa non si sarebbe mai difesa in questo modo.»

«Non mi sono... sniff... difesa.» Fantastico, mi ero sciolta in una valanga di singhiozzi strazianti da cui nessuno sarebbe potuto riemergere con la dignità intatta.

«Invece sì. Hai detto la tua, con calma e fermezza. Ha cercato di parlare con una persona autorevole. Non gli hai dato un pugno su quello stupido naso, il che è decisamente meglio di quanto avrei saputo fare io.»

Annuii, appoggiandomi a lui mentre tutti e quattro ci avviammo verso la stazione ferroviaria. Anche se sapevo che Heathcliff aveva detto la verità, non riuscii a evitare i pensieri oscuri che mi si agitavano nella mente.

Se non posso nemmeno entrare in un bar con Oscar, se la gente mi fissa, come potrò mai avere una vita normale?

12

Arrivammo a casa e trovammo, ancora una volta, il negozio in perfette condizioni, una pila di libri venduti, impacchettati e pronti per essere spediti, un profumo di pesce nell'aria e una Grimalkin estremamente compiaciuta che si crogiolava sul divano sotto la finestra. Appena mia madre se ne fu andata, io andai da mia nonna e la scossi per svegliarla.

«Forma umana. Ora.»

Grimalkin mi lanciò un'occhiataccia, ma fece come ordinato. Le vibrisse le si ritrassero nel viso, le orecchie le si bassarono lungo la testa e divennero rotonde e delicate, e le sue membra scricchiolarono e assunsero nuove forme. Pochi istanti dopo, la mia nonna ninfa, molto nuda e molto attraente, era in piedi davanti a me.

La fulminai con lo sguardo. «Cosa sta succedendo a mia madre?»

«In che senso?» Grimalkin era tutta occhioni, l'immagine dell'innocenza, il che non fece che aumentare i miei sospetti.

«Voglio dire, il negozio è immacolato, e come ha fatto a vendere tutti questi libri?»

«Tua madre è una venditrice eccezionale e ci sono stati molti visitatori nel negozio. La tua amica, la signora Ellis, è venuta non meno di tre volte.»

«Sì, perché vuole i pettegolezzi sulla scomparsa di Morrie! E perché all'improvviso sei così amica di mia madre?»

«Mi ha dato un pezzo di pesce in più per pranzo.» Grimalkin si strofinò lo stomaco.

«Giusto. Beh...» Non sapevo cosa rispondere. «Tienila d'occhio. Fammi sapere se fa qualcosa di strano o se spaventa i clienti.»

Le labbra di Grimalkin si tesero di nuovo in un sorriso. «Ti assicuro che se tua madre farà qualcosa che disapprovo, sarai la prima a saperlo.»

La Wild Oats ci inviò per e-mail la lista di cosa mettere nei bagagli per il fine settimana: secondo Sam, dovevamo vestirci per il "tipico clima britannico", cioè freddo, umido e deprimente, e gli unici articoli non di abbigliamento che dovevamo portare erano un piccolo kit di pronto soccorso personale, pastiglie potabilizzanti, una borraccia, un accendino o fiammiferi impermeabili, una piccola bobina di filo, un coltellino tascabile, una selezione di ami da pesca e una coperta solare.

«Coperta solare? Pastiglie potabilizzanti? Cos'è questa roba? Pensavo che dovessimo portarci lo stretto indispensabile.» Heathcliff aprì lo zaino sulla scrivania e vi infilò dentro una bottiglia di whisky, poi vi lasciò cadere sopra una copia malconcia di *Il Richiamo della Foresta*, di Jack London.

«Il whisky è indispensabile?» Sollevai un sopracciglio.

«Se riusciamo a trovare Morrie, lo sarà.» Heathcliff aggiunse una seconda bottiglia. «Non hai notato come le cose qui intorno siano molto più tranquille senza di lui?»

«Non c'è che dire,» aggiunse Quoth.

Li fulminai entrambi. «Morrie è nostro amico e faremo tutto il possibile per salvarlo.»

«Se lo dici tu.» Heathcliff lasciò cadere una terza bottiglia nello zaino. «Cos'è un coltellino tascabile?»

«È come un piccolo coltello portatile che scatta fuori da un manico, ma di solito ha anche altri strumenti, come apriscatole, stuzzicadenti o cacciavite. Una cosa piccola che sta in tasca.»

«Come questo?» Heathcliff estrasse una lama da caccia ricurva.

«Non sta in tasca.»

«Sì, se taglio il fondo della tasca.» Heathcliff infilò il coltello nello zaino, poi si chinò a scrutare sotto la scrivania. «Ora, dov'è la mia spada?»

«L'ha tenuta Victoria Bainbridge, ricordi?» Victoria era una commerciante di libri sull'occulto che alla fine del 1800 possedeva l'edificio occupato dalla Libreria Nevermore. L'avevamo incontrata quella volta che avevamo deciso di passare la notte nella stanza che viaggiava nel tempo: ci aveva scoperto mentre ci stavamo dando alla pazza gioia nel suo letto, e così si era tenuta la spada di Heathcliff come risarcimento. Lui aveva preso in prestito una spada a doppio taglio per il suo costume in tema Jane Austen, ma aveva dovuto consegnarla alla polizia dopo che era stata usata nel combattimento che aveva rivelato che l'assassina era Christina Hathaway. Personalmente, non ero sicura di volere che il mio ragazzo massiccio, spesso ubriaco e scontroso, brandisse una spada, però era anche vero che mi aveva salvato il culo troppe volte per scoraggiarlo. Dovevo solo sperare che non trovasse qualche negozio di armi medievali aperto fino a tardi per soddisfare all'ultimo minuto il suo bisogno di affettare qualcuno.

«È ora che ce la restituisca. Vuoi venire con me?»

«No, diamine.» Rabbrividii. Quando eravamo usciti da casa sua nel passato, Victoria aveva detto che la prossima volta che l'avessi vista sarei stata ricoperta di sangue. Non volevo rischiare di varcare quella porta e fare del male a Heathcliff.

Heathcliff annuì, poi se ne andò infuriato.

Quoth mi porse una tazza di tè fumante. «Credi che quando aprirà quella porta troverà la stanza di Victoria?»

«Non mi serve la brillante mente matematica di Morrie per dirmi che, con tutti i possibili periodi della storia, le probabilità che quando apre quella porta trovi proprio Victoria Bainbridge con la sua spada, e che abbia anche voglia di restituirgliela, sono infinitesimali.»

Negli occhi di Quoth vidi un luccichio. «Ti va di scommettere? Diciamo, l'ultimo biscotto nel pacchetto. Io scommetto che troverà i dinosauri.»

Scoppiai a ridere. «Io spero che terrorizzi qualche povero scriba medievale.»

Quoth mi tese la mano e ce la stringemmo. Mi sentii le guance scaldarsi al tocco della sua pelle. «Ci sto.»

Quando mi portai la tazza alle labbra, l'intero appartamento vibrò, come scosso da un profondo ruggito che mi rimbombò nel petto. Quoth portò gli occhi ai miei e arricciò un angolo della bocca.

SBAM.

Un attimo dopo, Heathcliff entrò incespicando in cucina, gli occhi grossi come fanali.

«Allora...» Mi sforzai di rimanere seria. «Hai recuperato la spada?»

«Victoria sta bene?» chiese allegro Quoth.

Heathcliff sprofondò sulla sua poltrona preferita e si passò una mano sulla fronte. «Ho bisogno di whisky.»

«L'hai messo tutto nello zaino.»

«Allora voglio dimenticare quello che ho visto,» grugnì di nuovo.

Io e Quoth ci scambiammo un'occhiata e, senza dire una parola, feci scivolare il pacchetto di biscotti verso di lui.

Mi rivolsi a Quoth. «Dovremmo portare delle cose anche per Morrie. Abbiamo solo la parola di Sherlock, che ci ha garantito che ha rifornito la baita in modo adeguato.»

«Che genere di cose?» Heathcliff si strinse lo zaino al petto. «Non avrà il mio whisky.»

«Non so... tu quali cose vorresti se fossi intrappolato a tempo indeterminato in una baita di montagna?»

Con la sola compagnia di Sherlock Holmes.

Quoth lanciò un'occhiata alla scrivania di Morrie. «Non possiamo portargli il computer, ma probabilmente gli piacerebbe qualche libro. Magari quello sul reverse harem che stavi leggendo l'altro giorno, con il fantasma che infesta l'accademia di musica d'élite.»

«*Ghosted, di* Steffanie Holmes? Neanche per sogno. Lo sto ancora leggendo io. Mi sta dando un sacco di idee su cosa fare con voi tre.» Feci un ghigno malvagio.

«Bene.» Quoth deglutì. «Ehm, Morrie vorrà il suo spazzolino da denti. Poi, quel dopobarba costoso che gli piace, magari un po' di biancheria...»

Heathcliff lanciò un'occhiata a Quoth. «Non dimenticare la scorta segreta.»

«Quale scorta segreta?»

«Morrie ha fatto una scorta di provviste di emergenza nel caso in cui avesse dovuto nascondersi.» Heathcliff si alzò dalla sedia e si diresse nella mia camera da letto, dove sollevò una sezione del rivestimento della parete sopra il vecchio letto di Morrie. Non riuscivo a vedere nulla in quello spazio buio, ma quando Heathcliff tirò fuori gli oggetti alla luce riconobbi gli elementi essenziali del mestiere di Morrie. Telefonini usa e getta. Un computer portatile e altri dispositivi elettronici. Una piccola confezione di cibo disidratato. Un kit per scassinare le serrature. Una busta piena di patenti e passaporti falsi. Heathcliff gettò tutto nello zaino.

«Non ho idea di cosa siano la metà di queste cose.» Heathcliff sollevò un lungo oggetto d'argento. «Ma deve averle ritenute importanti.»

«Heathcliff...» Avevo appena capito cos'era quella cosa argentata. «Io... non sono sicura che la toccherei se fossi in te.»

«Perché no? È solo una strana asta lunga con una manopola all'estremità e... ahhh!» Heathcliff lanciò il vibratore contro il muro. «Andate avanti voi. Io devo andare ad amputarmi le mani.»

Si precipitò in bagno e sentii l'acqua scorrere.

Gettai gli ultimi oggetti nella borsa. Nel farlo, le mie dita sfiorarono qualcosa incastrato nell'angolo posteriore dello scomparto. Lo estrassi e lo ispezionai sotto la luce. Si trattava di un sacchetto di velluto con una coulisse che conteneva dei piccoli oggetti duri.

Quoth tese le mani e io allentai il cordoncino, rovesciandogli il contenuto tra le dita. Ciò che ne uscì mi sorprese.

Gioielli.

Pietre preziose scintillanti e dai colori meravigliosi rotolarono tra le dita di Quoth. La luce catturò le loro squisite sfaccettature, facendo danzare un arcobaleno di luce alla mia vista.

Mi rigirai i gioielli tra le dita, ipnotizzata dalla loro bellezza. *Perché mai Morrie avrebbe una scorta di gioielli preziosi nascosti in camera?*

Un brutto pensiero mi girava in testa, un pensiero che non volevo, ma che dovevo considerare. *Sono... sporchi? Sono in qualche modo collegati a un crimine?*

Lasciai cadere i gioielli nella mano di Quoth e mi allontanai. I suoi occhi incrociarono i miei e vi vidi riflesse le mie stesse preoccupazioni. Senza parole, Quoth riversò i gioielli nell'astuccio e lo rimise nel suo nascondiglio.

«Sei sicura di volerlo fare questo corso?» mi chiese. «Potremmo risolvere il nostro mistero altrettanto bene dal negozio.»

«Sono sicura.» Mi stampai un sorriso in faccia. «Impariamo a mangiare gli insetti.»

13

ayes ci autorizzò a lasciare di nuovo il villaggio, a patto che accettassimo di sentirci con lui una volta giunti a destinazione. In realtà non potevamo dirgli dove stavamo andando, così inventai un raro convegno su dei manoscritti a Leeds. Come previsto, appena glielo dissi, gli occhi di Hayes si velarono di noia e non ci fece altre domande. Stavo diventando troppo brava a fare il genio del crimine.

Edie era stata così colpita dai miei progressi che accettò di lasciarmi tenere Oscar per il fine settimana. Prendemmo il treno per Crookshollow e arrivammo al centro dei cani guida proprio quando stava per aprire. Appena mi vide, Oscar mi saltò in braccio, mi leccò il viso e praticamente mi tolse tutto il trucco.

«Verrei con voi, ma ho una montagna di scartoffie da sbrigare.» Edie indicò la sua scrivania. «Divertitevi a dormire sotto la pioggia e a mangiare corteccia d'albero.»

Avevo la sensazione che le "scartoffie" di Edie fossero in realtà una comoda scusa per non dover passare una notte all'aperto. Personalmente, se ne avessi avuto la possibilità avrei preferito un letto a un mucchio di foglie, ma se questo ci aiutava a risolvere il caso di Morrie e ci permetteva di rivederlo, valeva la pena di sacrificarsi.

Tornammo alla stazione e acquistammo i biglietti per Leeds, perché sapevo che Hayes ci avrebbe controllato. Scendemmo alla seconda fermata e ci trasferimmo su un autobus che ci avrebbe portato a Barset Reach, il minuscolo villaggio ai piedi delle alture. A ogni chilometro che percorrevamo, il petto mi si stringeva sempre di più. Volevo rivedere Morrie, sapere che stava bene. Volevo anche prendere Sherlock a calci in culo, ma questo non ero ancora pronta ad ammetterlo.

Però Morrie avrebbe dovuto aspettare. Avevamo delle indagini da fare. Se Kate era stata uccisa con dei funghi velenosi, i sospetti più ovvi erano le persone collegate alla Wild Oats.

Quando scendemmo dall'autobus, arrivò un minivan bianco con le fiancate sporche di fango, che assomigliava in tutto e per tutto al tipo di auto con cui se ne andrebbe in giro uno stalker inquietante. Mi avvicinai e riuscii a distinguere le parole "Scuola di Sopravvivenza Wild Oats" sulla fiancata. Un uomo alto, sulla trentina, con la barba incolta e i capelli rossi crespi tirati indietro in una coda di cavallo, saltò fuori dall'abitacolo.

«Ciao,» mi salutò con un enorme abbraccio. Puzzava di terra e muschio e forse di urina di tasso. Oscar lo scrutò con curiosità, ma lui non cercò di accarezzarlo, cosa che apprezzai. «Sono Sam. Sarò il vostro istruttore questo fine settimana. Ci divertiremo un mondo ad abbuffarci delle delizie della natura. Tu devi essere Mina. Salta su. Hai bisogno di aiuto?»

«Sono a posto, grazie.» Non potevo farci niente, Sam mi piaceva già. Aveva una di quelle facce sincere e aperte, e si capiva che era un grande appassionato di tutto ciò che aveva a che fare con il sopravvivere nella natura. Era effettivamente strano, ma non mi sembrava un pazzo assassino che andava in giro ad accoltellare gente.

Mi arrampicai sul sedile e sistemai Oscar ai miei piedi. Heathcliff e Quoth si strinsero accanto a me. Il furgone puzzava di formaggio marcio. Cercai la cintura di sicurezza ma trovai solo due pezzi di corda logora. Heathcliff se li legò intorno ai fianchi.

Sam rise. «Mi dispiace, la situazione non è rosea da queste parti: non ci sono molti soldi per le riparazioni, anche se credo che i miei clienti apprezzino i tocchi rustici. Voi tre passate molto tempo all'aria aperta?»

«Lavoriamo tutti e tre in una libreria.» Oscar mi diede un colpetto sulla gamba con il muso. «Dovrei dire che ora ci lavora anche Oscar. Preferiamo leggere cose sulla natura, piuttosto che esplorarla.»

«Ah, scribacchini che vogliono assaggiare la natura selvaggia? Avete letto un libro di Bear Grylls e avete pensato che fosse facile?» Sam sogghignò mentre schiacciava il pedale a tavoletta. Il furgone si allontanò dal marciapiede e sgommò sulla strada sterrata. «Ci sono molti tipi come voi da queste parti. Non preoccupatevi, vi trasformerò in veri selvaggi.»

Afferrai la maniglia mentre il furgone prendeva una buca particolarmente profonda, e sbattei la testa contro il tettuccio. «Heathcliff è già abbastanza selvaggio. È cresciuto nella brughiera dello Yorkshire. Lui ce l'ha un po' di esperienza all'aria aperta.»

«Ah, ma ha mai dovuto cavarsela da solo durante le notti più rigide dell'inverno, con nient'altro che il suo ingegno e un coltello da caccia per tenersi in vita?»

«Sì,» rispose Heathcliff.

«Oh, davvero?» Sam sembrò sorpreso.

«Beh, era uno spadone che ho rubato dallo studio di Hindley, però ha fatto il suo lavoro, quando è servito,» ringhiò

Heathcliff. «È particolarmente utile con i furetti. Dovresti aggiungerlo alla tua lista di cose da mettere nel bagaglio.»

«Ehm... già...» Sam annuì, non sapendo bene cosa pensare di Heathcliff. «Spadone ammazza-furetti, certo. Mi documento.»

Passammo davanti a una grande baita con il tetto a una falda, fatta di tronchi grezzi. Amache dai colori vivaci punteggiavano la veranda panoramica e dei cartelli intagliati, decorati con una calligrafia piena di volute, indicavano gli alloggi, i servizi igienici e la "vasca idromassaggio nella foresta". Il parcheggio sterrato era circondato dal nastro della polizia e rendeva impossibile l'accesso all'edificio dalla strada.

«Scusatemi per la disorganizzazione.» Le dita di Sam tamburellarono sul volante. «Il nostro centro visitatori e il nostro Airbnb sono off-limits al momento, quindi abbiamo creato una base temporanea pochi chilometri più in su. La polizia ha chiuso il mio solito spazio a causa di un'indagine in corso. Ovviamente, non c'entra nulla con la Wild Oats.»

Questo è ancora da stabilire, soprattutto se anche il centro visitatori è stato compreso nella scena del crimine. Improvvisamente non mi sentii più così sicura dell'innocenza di Sam. Decisi di metterlo alla prova. «Abbiamo sentito che una ragazza si è uccisa, ma pensavo fosse successo mesi fa.»

Notai la mascella di Sam contrarsi. «Non si è uccisa.»

«Nel senso che è stato un incidente?» Mi portai una mano alla bocca. «Non era in questo corso, vero? E se fosse stata allergica a qualcosa che ha mangiato?»

«No, non ha niente a che fare con noi,» aggiunse rapido Sam. «È stata a uno dei nostri corsi l'anno scorso: era un weekend di team building aziendale. È scappata dal campo e ha lasciato un messaggio che all'inizio sembrava un biglietto d'addio. Abbiamo cercato in ogni angolo delle montagne, ma non abbiamo trovato il corpo. Quando finalmente hanno interrotto le ricerche, le mie recensioni su Yelp erano così terribili che nessuno voleva più partecipare ai nostri corsi. Tutte le mie prenotazioni sono state cancellate e ho dovuto licenziare tutto lo staff. Poi ho avuto un'idea: avrei sfruttato la cattiva pubblicità e avrei reinventato questo posto trasformandolo in centro benessere, tutto imperniato sulla storia di Kate. Avremmo offerto corsi di yoga, mindfulness, raccolta di cibo nel bosco, e cucina selvatica. L'idea era quella di offrire un luogo in cui le persone che si sentivano come Kate potessero venire per imparare a tornare alla natura, in modo da evitare ulteriori orribili tragedie. Due settimane fa stavo esplorando, alla ricerca del luogo ideale per allestire uno spazio per un rituale al chiaro di luna quando mi sono imbattuto in un corpo nascosto da un tronco caduto. Ora mi ritrovo a fare i conti con altra cattiva pubblicità: chi è che vuole fuggire dai propri problemi andando in un rifugio frequentato da assassini? Inoltre, non mi è nemmeno permesso di tornare al centro visitatori per guidare le escursioni.» Si costrinse a sorridere. «Ma non importa. Passeremo un bel fine settimana a conoscere le meraviglie alimentari offerte da Madre Natura nel suo stato più grezzo! Dimmi, Mina, hai mai bevuto tè fatto con ortiche fresche, o hai mai fatto un *ceviche* con pesce che hai pescato ed eviscerato tu stessa? Perché, non hai idea...»

Sam chiacchierò per tutto il tragitto verso la foresta, decantando le virtù di piatti sempre più disgustosi. Avevo lo stomaco che brontolava: se tutto ciò che aveva da offrirci era tè all'ortica e pesce crudo, dubitavo che quel fine settimana ci saremmo nutriti molto.

Ci fermammo in una piccola radura dove era stato allestito un capanno temporaneo. Accanto c'era una piccola canadese e, tirato tra due alberi, un filo pieno di biancheria, tra cui magliette di canapa e pantaloni con il cavallo basso. *Sam dorme qui. La Wild Oats deve essere davvero in difficoltà.*

Ed è tutta colpa di Kate Danvers.

Ma l'avrebbe uccisa per quello? Non aveva molto senso: Sam poteva avere motivo di essere arrabbiato con Kate, e magari anche di volerla uccidere. Conosceva i funghi velenosi necessari per compiere l'azione e ne aveva accesso. Ma perché farlo così vicino al suo business e poi denunciare il ritrovamento del cadavere? L'unico risultato che aveva ottenuto era stato portare la Wild Oats ancora più vicino alla rovina.

No, Sam è innocente. Ne sono sicura. Il che significa che siamo tornati al punto di partenza. Mentre scendevamo dal furgone, cercai di non fare nessuna espressione che dimostrasse la mia delusione. Diedi un'occhiata al parcheggio vuoto. «Siamo gli unici al corso?»

Non era quello che volevo. Sarebbe stato molto più difficile sgattaiolare via per vedere Morrie, se Sam fosse stato concentrato su di noi.

Sam mi fece un grande sorriso. «Siete le uniche persone affidate a me, il che significa che avrete ancora più tempo per imparare. Da quando Kate Danvers... *sì, insomma...* non abbiamo più molte prenotazioni. La gente pensa che questo posto sia maledetto, o qualcosa del genere. Ma basta parlare di questo: è ora di rivolgere la nostra attenzione ai frutti della foresta. Voglio che vi mettiate tutti in fila e mi mostriate gli zaini.»

Uscimmo dall'auto e mettemmo gli zaini davanti a noi. Oscar annusò la tasca dove avevo nascosto la mia barretta Snickers di emergenza e io lo allontanai. Lo zaino di Heathcliff fece un forte CLANG quando le bottiglie di whisky tintinnarono, ma almeno furono efficaci a nascondere tutte le provviste che avevamo portato per Morrie. Sam aprì la porta del capanno e tirò fuori alcuni bidoni di plastica pieni di bussole, fischietti e cose varie. «La gente dimentica sempre qualcosa di essenziale.»

«Non io.» Heathcliff aprì il cordoncino dello zaino, ne estrasse il whisky e ne bevve un grosso sorso.

«Queste bottiglie non sono ammesse qui.» Sam guardò preoccupato dentro il suo zaino. «E neanche questo coltello. Né questi libri. Hai portato *qualcosa* di quello che c'era nella lista?»

«Solo l'indispensabile.» Heathcliff si mise la bottiglia di whisky dentro la cintura. Sam aprì la bocca per ribattere, ma un'occhiata di Heathcliff gliela fece richiudere.

«Bene, allora... posso dartele io le cose che ti serviranno.» Sam gli buttò davanti una montagna di attrezzatura. «Vi spiego come funzionerà il weekend. Per prima cosa, dovrete prestare attenzione alla dimostrazione di sicurezza che vi farò, perché vi insegnerò come usare tutti gli oggetti che avete nello zaino e cosa fare se vi ritrovate separati dal gruppo.»

«Saltare di gioia?» mormorò Heathcliff in modo che solo io potessi sentire.

«Poi, ci inoltreremo nella foresta per circa cinque miglia. Ci vorranno diverse ore, perché lungo il percorso ci fermeremo a raccogliere diversi tipi di piante, insetti e radici commestibili, e speriamo di piazzare qualche trappola.»

Trappole? *Insetti?* Mi si rovesciò lo stomaco. *Perché non ci siamo iscritti a uno dei corsi di yoga e benessere? Non mi dispiacerebbe l'idea di un cerchio sacro, nudi e a contatto con madre natura...*

«Alla fine dell'escursione, ci accamperemo e poi voi cucinerete la cena per tutti usando ciò che abbiamo raccolto e pescato.» Sam sorrise. «Più ascolterete e imparerete, più la cena sarà deliziosa.»

Sam si lanciò in una lunga lezione sul modo corretto di legare una lenza e sul posto migliore in cui accamparsi se si vuole essere individuati dall'elicottero di soccorso. Era così infervorato ed entusiasta che quasi mi aspettavo che si mettesse a intonare un canto su come mangiare il piede di un amico per sopravvivere. Sam era il tipo di persona che poteva averlo mangiato, un piede.

«La seconda regola di quando si cerca cibo nel bosco è raccogliere solo da fonti abbondanti, e solo ciò che si intende consumare.»

Oscar ansimava. Mi sbatteva la coda sulla gamba mentre ascoltava attentamente ogni singola parola di Sam. Accanto a me, Quoth aveva intrecciato le dita con le mie e continuava a guardare nervoso gli alberi, come se il profumo degli uccelli vicini potesse farlo mutare. Dall'altra parte, Heathcliff era proteso in avanti, rapito dalla storia che Sam stava raccontando, di quando si era dovuto nascondere su un albero per sfuggire a un orso sulle Montagne Rocciose canadesi.

«Ma dimmi un po': questi orsi sono disponibili? E pensi che prenderebbero in considerazione l'idea di lavorare in una libreria per spaventare i clienti?»

Infine, quando Sam dichiarò conclusa la lezione sulla sicurezza, ci consegnò dei giubbotti ad alta visibilità da indossare sopra le giacche e ci diede indicazioni di seguire un sentiero che si snodava tra gli alberi. Mi issai lo zaino sulle spalle, presi l'imbracatura e il guinzaglio di Oscar e mi misi in fila dietro Heathcliff.

A circa mezzo miglio di distanza, Sam si fermò davanti a dei cespugli. Si accovacciò e staccò una manciata di foglie che ci passò.

«Gennaio è appena finito, quindi al momento non ci sono ancora molte foglie. Per lo più, stiamo cercando frutti invernali e frutti a guscio, e siamo appena entrati nella stagione dei funghi, ma di questi ci occuperemo più avanti. Prima di tutto, questo piccoletto è...»

«Macerone,» rispose Heathcliff.

«Esatto. È conosciuto anche come corinoli comune, ed è stato introdotto in Gran Bretagna dai Romani. È una pianta biennale, quindi spunta solo ogni due anni. Si può mangiare tutta la pianta, ma la parte migliore è il gambo. Tieni.» Sam ne raccolse una manciata e me ne porse un gambo. Con un po' di incertezza, lo presi e lo annusai. Aveva un leggero profumo di prezzemolo. Provai a dare un morso all'estremità del gambo.

«Oh, è dolce!»

«Certo. A me piace molto in insalata, ma le foglie e i gambi si possono anche bollire, oppure aggiungerli a uno stufato. O si può semplicemente mangiare crudo.»

Accanto a me, Heathcliff si infilò in bocca l'intera manciata e masticò con foga.

Camminammo ancora, continuando a sgranocchiare i nostri steli di macerone, mentre Sam chiacchierava senza sosta. Ci fermammo a raccogliere dell'aglio selvatico, delle tenere punte di ortiche e a scavare a terra in cerca dei ricci spinosi delle castagne. Trovammo persino alcune more selvatiche ancora attaccate a un cespuglio. Fu davvero bello. Le mie tasche erano piene di cose varie e tutto nel bosco aveva un profumo fresco e intenso.

Anche Oscar si stava divertendo un mondo. Quando ogni pochi minuti nuovi odori incrociavano il suo cammino, arricciava il naso, ma senza mai abbandonare il suo lavoro. Dopo un po', gli tolsi il collare e la pettorina per fargli capire che era "fuori servizio". Si lanciò dietro ad alcune farfalle e abbaiò a una volpe che si aggirava nel sottobosco.

«Ah, ecco qualcosa di speciale.» Sam girò un tronco marcescente per rivelare una fila di cappelle arancioni che crescevano in strati sovrapposti. «Queste piccole bellezze sono *Flammulina velutipes*, o...»

«Funghi dell'Olmo,» concluse Heathcliff.

«Molto bene, Heathcliff. Sembra che tu li conosca bene i funghi. Questi esserini si trovano su alberi morti e in decomposizione, soprattutto olmi, frassini, querce e faggi. Da novembre a marzo. Dovete fare attenzione perché hanno un aspetto simile a quello della mortale galerina marginata: confonderli potrebbe essere un errore letale.»

«Dato che sono la cieca del campeggio, non credo di voler essere io la responsabile dei funghi.» Rabbrividii. La morte sembrava trovarmi ovunque in quei giorni; non volevo assolutamente avere a che fare con i funghi, soprattutto dopo quello che era successo a Kate.

«Non preoccuparti, Mina. Identificare i funghi nella foresta è un'abilità avanzata. Solo se sei un *esploraspore* esperto come me e Heathcliff puoi individuare e cucinare i funghi.» Sam sollevò una flammulina. «Credetemi, questi piccoletti saranno deliziosi nel banchetto di stasera. Mentre ne cerchiamo altri, credo che tu e Allan dovreste occuparvi di trovare le proteine.»

«Proteine?»

Sam sollevò un altro tronco marcescente, rivelando un paio di scarafaggi che scapparono a nascondersi. Io mi allontanai di scatto.

«Sono perfettamente commestibili. A differenza degli scarafaggi di casa, che probabilmente hanno mangiato materiali tossici e sono stati ricoperti di insetticidi che non sono riusciti a ucciderli, questi tizi qui hanno avuto una sana dieta all'aria aperta e sono ricchi di proteine. Ciò li rende una eccellente opzione per la sopravvivenza in mancanza di altro, se si sa dove cercarli.»

«Non so perché dovrei *cercare* degli scarafaggi,» commentai rabbrividendo.

«Gli scarafaggi sono incredibilmente affascinanti,» proseguì Sam come se io non avessi nemmeno parlato. «Si toccano tra loro e usano un feromone presente nel loro corpo per consigliarsi a vicenda le migliori fonti di cibo nelle vicinanze. È per questo che spesso li si trova a mangiare in gruppo, come qui. Stasera banchetteremo.»

«Niente di ciò che hai detto mi fa venire voglia di mangiarne uno.»

«Credo che rimarrai piacevolmente sorpresa.» Sam raccolse gli insetti disgustosi nella gavetta e avvitò il coperchio. «Saltati in padella con un po' di burro e aglio, sono davvero molto gustosi.»

«Hai ragione. Sarà una sorpresa... se mai riuscirai a farmene mangiare uno.» Dalla gavetta uscivano dei suoni metallici mentre gli scarafaggi lottavano per riconquistare la loro libertà. Sam riagganciò il pentolino allo zaino e proseguì lungo il sentiero.

Dopo un altro paio d'ore, mi facevano male i piedi e la schiena protestava per tutte le volte che mi ero messa e tolta lo zaino sulle spalle. Heathcliff si allontanò dal sentiero per andare in cerca di funghi e Sam aggiunse un'altra manciata di scarafaggi alla scorta. Quoth trovò un cespuglio di biancospino con alcune bacche. «Potremmo usarle per fare una salsa per il nostro stufato.»

«Stufato di scarafaggi? Certo, potete aggiungere tutto quello che volete, perché tanto io non lo mangerò.»

«Sono sicuro che sarà delizioso.»

«Come uccello tu mangi regolarmente insetti e altre cose disgustose. Non mi fido del tuo giudizio.» Mentre Quoth raccoglieva bacche e Oscar annusava qualcosa di ripugnante sotto un albero, io mi arrovellavo su come sfuggire alla nostra guida per arrivare a Morrie, possibilmente prima che cercasse di farmi cucinare e mangiare gli scarafaggi. Mi avvicinai di soppiatto a Heathcliff mentre raccoglieva altri funghi dal centro di un ceppo d'albero in decomposizione, e gli misi una mano vicino all'orecchio. «Psst, pupillo del maestro.»

«Non chiamarmi così.»

«Lo sei,» gli dissi con un sorriso. «Sam è davvero felice di avere qualcuno con cui parlare di funghi. Credo che potrebbe chiederti di sposarlo.»

«Continua a scherzarci sopra e ti faccio mangiare lo scarafaggio più grande che abbiamo,» ringhiò.

Rabbrividii. «Come faremo a sfuggire a Sam, l'uomo dei funghi? Se ne accorgerà se spariremo tutti prima di cena. E *sarà* prima di cena, perché se dovessi mangiare uno scarafaggio, morirei e non sarei più utile a nessuno.»

«Non preoccuparti.» Heathcliff mi guardò ammiccando. «Ho un piano.»

«Hai solo dei funghi, signor pupillo del maestro. A che servono?»

«Vedrai.» Negli occhi di Heathcliff c'era un luccichio maligno che mi ricordava troppo Morrie.

Ci fermammo di nuovo per permettere a Sam di mostrarci come si costruiscono dei semplici lacci e delle trappole per gli animali. Ormai avevo i piedi a pezzi. Ero certa che il mio alluce sinistro fosse più vescica che dito. Anche Oscar sembrava trascinarsi. Proprio quando stavo per gettare a terra lo zaino in segno di protesta e dichiarare che non avrei fatto un altro passo, Sam si fermò in una radura informandoci soddisfatto che era il posto perfetto per accamparsi per la notte.

Pensavo che fosse il momento di rilassarmi, invece no: c'era da raccogliere la legna per il fuoco, da costruire la capanna per la notte e da piazzare altre trappole. Oscar fu fantastico per tutto il tempo: mi guidò dove dovevo andare e rinunciò a correre dietro allo scoiattolo che saltava tra i rami sopra di noi. Anche se dubitavo che sarebbe stato possibile catturare qualcosa con le trappole, con un cane in circolazione.

Poi, Sam costrinse me e Quoth ad assistere a una lezione su come si accende un fuoco, mentre Heathcliff metteva in fila i suoi reperti e iniziava a dividerli tra due pentole.

«Sto cucinando,» dichiarò, raccogliendo con dita abili delle foglie di aglio selvatico.

Lo guardai con sospetto. «Ma tu non sai neanche tostare del pane senza bruciarlo. Ricordi quando hai provato a prepararmi una torta al cioccolato e ti è venuta fuori come un disco da hockey?»

«Cucinare non è un'abilità necessaria nella brughiera.» Heathcliff mescolò la pentola. «Preparatevi a essere stupiti.»

«Io mi occupo delle proteine. Tu metti questi in padella e io trito l'aglio selvatico.» Sam mise una padella sulla fiamma e passò gli scarafaggi a Heathcliff.

Quando lui aprì la gavetta, Oscar gli balzò addosso, colpendogli il petto con le zampe, come a chiedergli cosa stesse facendo. «Bau. Bau.»

«Oh, merda.» A Heathcliff cadde il contenitore. Io saltai via mentre gli scarafaggi si spargevano a terra e schizzavano in tutte le direzioni. Solo uno di loro atterrò nella padella, dove si rovesciò, con le zampe arricciate, mentre soccombeva.

Avvolsi le braccia intorno al collo di Oscar. «Tu sei il migliore, ragazzo. Sapevo di poter contare su di te.»

«Bau!»

Sam mise il broncio. «Accidenti. Speravo davvero di conquistarvi con i miei scarafaggi all'aglio. Molti dicono che sanno un po' di pollo.»

Scommetto un milione di sterline che non è vero. «Un'altra volta.»

«Ne è rimasto uno. Lo assaggio io,» si offrì Quoth, fissando l'unico scarafaggio che sfrigolava nella padella.

«Tu, signore, sei il mio eroe.» Sam gettò dell'aglio e alcune erbe che aveva raccolto e mescolò, tutto felice. Pochi minuti dopo presentò a Quoth uno scarafaggio annerito in mezzo a un mucchio di verdure passite. L'odore dell'aglio era delizioso, ma non potei guardare ciò che successe dopo. Mi voltai proprio mentre Quoth si calava sull'insetto.

Che schifo. Bleaaahhhh. Che schifo.

«Mmh.» Quoth deglutì e io mi sentii un gusto di vomito in bocca «Molto aglioso. Sicuramente sa un po' di pollo.»

Heathcliff tolse dal fuoco due gavette fumanti. Anche se mi si rivoltava lo stomaco per l'antipasto di Quoth, dovetti ammettere che lo stufato aveva un profumo delizioso. Divise il contenuto della più grande di tre ciotole e pose la più piccola davanti a Sam. «Questa è tutta per te, nostro impavido capo.»

«Grazie, Heath, vecchio mio.» Sam annusò a fondo la pentola. «Ha un aspetto grandioso.»

Heathcliff ci guardava mentre mangiavamo avidamente. Avevo la visione di lui che indossava un cappello da cuoco e nient'altro, che guardava Morrie mentre il mio genio criminale cercava di colpirgli il culo con un cucchiaio da cucina. Era un'immagine che mi faceva battere forte il cuore e mi procurava un dolore profondo tra le gambe.

Vorrei che Morrie fosse qui. Gli piacerebbe molto.

Finii lo stufato e ripulii il piatto. Aveva un sapore incredibile. Ero piuttosto colpita dal fatto che avevamo trovato da soli ogni ingrediente. I funghi, in particolare, erano divini. E Heathcliff li aveva cucinati alla perfezione.

Sam gettò da parte il piatto, schioccando le labbra. Alla luce del fuoco, i suoi occhi erano spalancati come due fanali. Balzò in piedi.

«Dovremmo creare dei rifugi. Ripararci dal freddo. Sì, sì, abbiamo bisogno di bastoni per creare un riparo.» Si mise a correre in giro per la radura, raccogliendo bastoni e agitandoli in aria, mentre rideva allegramente per battute che capiva solo lui.

Guardai Quoth, ma lui fece spallucce. Heathcliff aveva portato Oscar a fare una passeggiata fino a un ruscello vicino, per lavare le pentole. Mi alzai e tesi la mano al nostro istruttore. «Ehm, Sam? Non credo sia il caso che tu ti metta a ballare così vicino al fuoco...»

«Sssssssss.» Sam si nascose dietro di me, stringendomi un polso così forte da farmi formicolare le dita. Scrutò gli alberi con gli occhi spalancati, il corpo rigido per la paura. «È un orso?»

«Non vedo nulla...»

«Ho detto di fare silenzio!» Sam mi scosse il braccio. «È un orso. Lo vedo. È un enorme orso bruno! Presto, tornate tutti indietro. Lo scaccio io.»

Sam mi diede una gomitata nello stomaco per spingermi verso gli alberi. Io inciampai su un tronco e caddi all'indietro. Un paio di mani calde mi afferrarono sotto le braccia e Quoth mi tirò al suo petto, stringendomi forte. Sam prese un legno incandescente dal fuoco e lo agitò davanti a sé come una spada.

Una forma scura emerse dagli alberi. Mi si contorse lo stomaco quando la forma torreggiò su Sam. *Non può essere un orso. Non abbiamo orsi in Inghilterra. È impossibile...*

«L'orso ha un cucciolo! Dovete scappare. Le madri orse sono feroci quando devono proteggere i cuccioli.» Sam brandiva il bastone nell'aria. Il cucciolo d'orso balzò dietro la madre ed emise un mugolio spaventato.

Un mugolio *familiare.*

«Oscar!»

«Attento a quello che fai con quella cosa,» ringhiò l'orso. Heathcliff si avvicinò alla luce del fuoco e afferrò la mano di Sam, torcendogli il polso per fargli cadere il legno. «Caverai un occhio a qualcuno.»

«L'orso parla!» Sam si inginocchiò, toccando la terra con la fronte in un gesto di riverenza. «È uno spirito della foresta. Oh, spirito guida, dimmi cosa devo fare per ottenere i tuoi doni.»

«Cosa stai facendo?» Scossi la spalla di Sam. *Perché si*

comporta in modo così strano all'improvviso? «Non è un orso. È Heathcliff con Oscar, il mio cane guida.»

«So che sei cieca, Mina, devi fidarti di me. So la differenza tra un cane e uno spirito orso. Devi inchinarti in segno di riverenza.»

«Sam...» Heathcliff ringhiò. «Gli spiriti della foresta ti hanno scelto come nostro rappresentante sulla Terra. Sono venuto a mettere alla prova il tuo valore. Devi danzare la danza della foresta.»

«Sì, spirito orso. Farò la danza della foresta!» Sam corse nel bosco, saltellando come una scolaretta mentre cantava una canzone di fate.

Strappai il guinzaglio di Oscar dalla mano di Heathcliff e lo fulminai con un'occhiata. «Il nostro istruttore sta ballando come un pazzo e tu non sembri affatto sorpreso. Che gli hai fatto?»

«Niente.» Heathcliff sorrise. «Avrebbe dovuto prestare più attenzione ai funghi che ho aggiunto alla sua pentola.»

«Io sono la forestaaaa,» gorgheggiò Sam piroettando tra gli alberi.

Mi ci volle un attimo prima di elaborare la confessione di Heathcliff. Fui presa dalla stanchezza e crollai a terra, incapace di reggermi ancora in piedi. «Ti prego, non dirmi che hai dato dei funghi allucinogeni al nostro istruttore di sopravvivenza nella natura.»

Heathcliff sollevò un angolo della bocca. «Va bene, non te lo dirò.»

Affondai il viso tra le mani. «Questa è proprio una risposta da Morrie. È il tuo piano per allontanarci da Sam?»

«Ha funzionato, no? Con il numero di funghetti che ha consumato, non ricorderà nemmeno il suo nome, figuriamoci se saprà se hai passato qui la notte o meno.» Heathcliff mi ficcò in mano diversi oggetti. «Prendi questa. È una mappa delle montagne e dei sentieri, con segnate alcune baite e rifugi. L'ho rubata dal capanno di Sam mentre faceva quella stupida lezione sulla sicurezza. E qui c'è la roba di Morrie.» Prese le bottiglie di whisky dallo zaino e mi infilò lo spallaccio.

«E tu come fai a conoscere i funghi allucinogeni?»

«Passavo giorni interi nella brughiera. Come credi che mi intrattenessi?» Heathcliff mi tese la pentola. «Vuoi provare? Sam ha lasciato metà del suo stufato.»

«Sono tentata, ma credo che passerò.»

«Lamentati quanto vuoi, ma intanto ho tolto di mezzo quel fastidioso abbraccia-alberi.» Heathcliff gettò di nuovo il legno ardente nel fuoco. «Io sto qui a controllare che non finisca in un precipizio a forza di ballare. Tu e l'uccellino andate da Morrie.»

Gemetti. Anche se il suo piano sembrava buono in teoria, l'ultima cosa che volevo fare era alzarmi e camminare ancora.

Quoth mi strinse il braccio. «Dobbiamo andare.»

I miei piedi si rifiutavano di muoversi. «Io non mi muovo. Me ne starò seduta qui finché il disgelo non mi porterà qui la baita.»

«Non vuoi vedere Morrie?»

«Morrie chi?» Sbadigliai. «L'unica cosa che mi interessa in questo momento è non usare mai più i piedi.»

«Ehm...» Quoth sembrava confuso.

«Sto scherzando. Dammi un secondo per alzarmi e poi andiamo. Posso solo dire che sarà meglio che Morrie apprezzi i sacrifici che abbiamo fatto per lui.» Mi sollevai in piedi. «Non credo che dovremmo portare Oscar con noi. Puoi occuparti anche di lui?»

Heathcliff mi prese il guinzaglio dalle mani e accarezzò Oscar dietro le orecchie. Si chinò in avanti per baciarmi la fronte. «Stai attenta.»

«Io sono gli aaaalberi,» gorgheggiò Sam. Saltellava in mezzo alla radura, ma scivolò con un piede su un tronco e cadde a terra, accasciandosi in un mucchietto. Si contorse, mormorando qualcosa con la bocca appoggiata a terra.

«Certo, Sam. Tu sei gli alberi.» Io e Quoth scavalcammo il nostro istruttore a terra e ci inoltrammo nella foresta. Quoth appoggiò la testa sulla mia spalla, ma io mi ritrassi.

«Non provare ad avvicinarti a me con quell'alito da scarafaggio. Inoltre, mi devi guidare.»

Mi aggrappai all'incavo del braccio di Quoth: era così che mi avevano insegnato a lasciarmi guidare da una persona. La sua pelle era calda e rassicurante sotto le mie dita. Nel buio, gli occhi di Quoth brillavano di una luce arancione. In forma umana conservava gran parte della sua vista da uccello, quindi avrebbe fatto lui da navigatore per entrambi. Anche con il fascio della sua torcia che illuminava gli alberi, non riuscivo a vedere nulla. Ogni passo era un tuffo nell'ignoto, ma con l'andatura costante di Quoth che mi guidava, non avevo paura.

Sarà così una volta che diventerò cieca? Immaginavo che sarebbe stato come chiudere gli occhi in mezzo a una stanza: un disorientamento costante e spaventoso. Ma in quel caso era diverso. Mi fidavo di Quoth e quindi non mi faceva paura. Era solo... sperimentare in un modo nuovo. Ascoltai con attenzione, distinguendo le creature notturne, il fruscio del vento tra gli alberi, i nostri stivali che scricchiolavano sui rami morti. Tutti i suoni della natura che non mi ero mai preoccupata di ascoltare prima, si rivelavano a me una volta rimossa la percezione visiva. Bellissimo.

«Riesco a vedere la capanna,» disse Quoth dopo un po'.

Il cuore mi balzò in gola. Mi slanciai in avanti, inciampando con un piede su una radice. Quoth mi prese tra le braccia prima che finissi con la faccia a terra. *Già. Ecco. Essere ciechi continua a fare schifo.*

«Piano.» Le sue labbra sfiorarono le mie e lui mi rimise in piedi. «Non potrai vedere Morrie se cadi e ti rompi il collo.»

I cespugli di more mi strapparono i leggings mentre ci facevamo strada attraverso la densa vegetazione, fino a uno spazio libero. Potevo percepire l'aria che si muoveva intorno a me, la mole degli alberi non più così opprimente. «Ora siamo su un sentiero,» mi spiegò Quoth. «È in salita sulla montagna e ci sono dei gradini intagliati nella roccia. Vuoi che ti porti in braccio o...»

«No, ci arriveremo. Lenti e con calma.» Mi misi dietro Quoth, cambiando la presa e facendo scivolare i piedi sul terreno per sentire la strada. Dopo un po', tolsi le mani dalle sue e le usai per sentire i gradini mentre salivo. Mi ricordai che l'ultima volta avevo calpestato quei gradini con la pistola di Sherlock puntata alla nuca.

Morrie, Morrie, Morrie...

Le dita di Quoth mi strinsero un polso, tirandomi oltre l'ultimo gradino in modo che mi rimettessi in piedi. La baita si stagliava davanti a noi, un'ombra cupa e opprimente. Alle finestre ardevano delle lampade e occhi di fuoco mi guardavano dall'oscurità. Una scena sinistra da fare paura, come la copertina di un album black metal norvegese.

E dentro c'è il mio Napoleone del crimine.

Spero.

Battei con il pugno sulla porta. «Morrie, ci sei? Apri.»

La porta si aprì cigolando. Il mio cuore ebbe un sussulto quando le lanterne tremolanti disseminate nella baita mi fecero intravedere l'interno. Sulla soglia, con la pelle luminosa per il chiaro di luna, c'era Sherlock Holmes.

Nudo e crudo, cazzo.

14

L'enorme cazzo di Sherlock ebbe un sussulto verso di me, in segno di saluto. La luce della lampada all'interno della stanza mi dava una visione perfetta di... tutto.

«Che ci fate qui?» rantolò. «Sono impegnato.»

Si mosse per chiudere la porta, ma io la bloccai con il piede, chiedendomi se fosse il caso di fargli la mossa "afferra-gira-tira" per togliermelo di torno. *Perché è nudo?* Un centinaio di pensieri terribili mi frullavano in testa, ma l'unico modo per avere delle risposte era entrare.

Sherlock mi sbatté la porta contro lo stivale, ma sottovalutò la solidità delle Docs. Infilai le spalle nel varco che aveva lasciato aperto e gli diedi uno spintone, sollevando di scatto il ginocchio per colpirgli l'inguine.

«Ufff.» Sherlock rantolò, mentre andava a sbattere con la schiena contro il muro. La porta volò indietro e io feci irruzione nella baita.

«Morrie? Dove sei?»

Fui accecata dalla luce abbagliate ed esplosioni di verde e rosa fluo mi danzarono davanti gli occhi. Mi diressi verso il fondo della stanza, dove ricordavo esserci il letto. *Ti prego, non farmi vedere...*

«Sssh, bellezza. Sono qui.» Una figura emerse dall'oscurità. Calde braccia mi avvolsero e il mio cuore ebbe un sussulto quando inalai quel profumo di pompelmo e vaniglia che non poteva appartenere ad altri che al mio genio criminale preferito.

Morrie.

È qui.

È vivo.

«Mi sei mancato.» Gli affondai il viso nel collo, assaporando il profumo, il peso del suo braccio intorno a me, i muscoli sodi del suo corpo.

«Non quanto mi sei mancata tu.» Con le dita mi afferrò la mascella, facendomi rovesciare la testa all'indietro mentre mi bruciava le labbra con un bacio rovente.

Mmh. Non so perché avessi così tanta paura. Morrie mi baciava come un uomo posseduto, lasciando perdere i giochi che amava fare con me e abbandonandosi alla disperazione. Mi baciò come se avesse bisogno di me per respirare.

Quoth entrò svolazzando nella stanza e si posò sulla sua spalla, appoggiandogli la testa sulla guancia. Morrie interruppe il nostro bacio per accarezzargli la testa. «Mi sei mancato anche tu, uccellino.»

Mi lasciai andare contro Morrie, con il sollievo, la paura e il desiderio che mi turbinavano dentro. Non sapevo se volevo buttarlo sul letto e molestarlo nel senso buono del termine, o se volevo scrollargli quel sorriso dalla faccia e arrabbiarmi con lui per averci messo in quel pasticcio.

Una sagoma incombeva dietro di noi. Il più grande consulente investigativo della letteratura si lasciò cadere sulla sedia accanto al fuoco, scrutandomi attraverso un velo di riccioli scompigliati dalla dormita, che gli spuntavano da ogni angolo. «Quali oscuri spettri hanno disturbato il nostro sonno?»

«È Mina.» Morrie mi strinse ancora di più. «E Quoth. Non avete idea di quanto sia felice di vedervi. Sono tre giorni che sono in questa stanza con lui e sto già meditando uno sherlockicidio.»

«Morrie, perché Sherlock è nudo?»

«Dorme così.» Morrie rovesciò gli occhi, ma non potei fare a meno di notare che anche lui indossava solo un paio di boxer di seta. Gocce di sudore gli imperlavano il petto nudo. «E mi ruba tutte le coperte.»

Man mano che riuscivo a mettere a fuoco, fissai con orrore la stanza e vidi lenzuola stropicciate e cuscini gettati ovunque. Sotto di loro, fotografie della scena del crimine e rapporti stropicciati. Immaginai Morrie e Sherlock a letto insieme, i loro piedi che si toccavano mentre esaminavano i dettagli del caso, il braccio di Sherlock che sfiorava quello di Morrie mentre lui afferrava il calco dell'impronta della scarpa di Sherlock, la bocca di Morrie che si incurvava in quel sorrisetto di autocompiacimento prima che le loro bocche si incontrassero in un bacio voglioso. «Dormite insieme?»

Morrie alzò le spalle come se nulla fosse, ma notai che teneva gli occhi puntati su Sherlock. «Lo stupidotto laggiù ha messo delle condizioni. O dividevo con lui, o mi prendevo la poltrona, e ieri ci ho trovato uno scarafaggio che ci faceva il nido, quindi non ci ho proprio pensato.»

Rabbrividii. «Non parlarmi di scarafaggi. Perché fa così caldo qui dentro?»

«Stiamo usando fiamme libere in una scatoletta piccola e mal isolata. Da così a peggio,» disse Sherlock in modo sprezzante.

Morrie guardò il suo ex ragazzo e tra i due passò una conversazione silenziosa. Le mie dita si strinsero intorno al braccio di Morrie, e sapevo di essere possessiva, gelosa e stupida. Solo perché avevano avuto una storia, e ora erano chiusi insieme in quella piccola stanza a fare ciò che sapevano fare meglio, cioè usare i loro grandi e stupidi cervelli per risolvere un enigma, non significava che Morrie mi avrebbe tradita...

«Ignoralo, bellezza. Odia essere ignorato» Morrie mi condusse verso il letto tenendo Quoth tra le braccia. Spinse a terra una pila di materiale della scena del crimine e batté sul materasso per farmi sedere. Si sentì lo scatto di un accendino e una fila di candele lungo la testiera del letto si accese, piccole lucciole nella penombra. «Ditemi cosa ci fate voi due qui.»

«Avevo bisogno di sapere che stavi bene.»

«Sto bene. Sto impazzendo un po' qui dentro senza nulla che stimoli il mio considerevole intelletto, ma non è niente che un tuo bacio non possa risolvere. Come avete fatto ad arrivare qui senza che Hayes vi seguisse? Deve tenervi d'occhio come farebbe un falco. Oppure come un piccione con una leggera demenza.» Morrie mi guardò sospettoso. «Perché vi siete assicurati di non essere seguiti, vero?»

«Certo. Hayes pensa che siamo a una fiera di manoscritti rari a Leeds. Non ha idea che siamo qui. Io, Heathcliff e Quoth stiamo seguendo una pista. Ci siamo iscritti al corso di sopravvivenza della Wild Oats.»

«Hai fatto uscire Vecchio Musone dal negozio?» Morrie si guardò intorno. «*Per me?* Sono colpito e anche un po' terrorizzato. Dov'è ora?»

La voce di Morrie si bloccò sull'ultima sillaba. La mia mente tornò al bacio che aveva condiviso con Heathcliff nel negozio e alla tensione che da allora era rimasta irrisolta tra loro due. Morrie voleva Heathcliff e credo che anche Heathcliff volesse Morrie, anche se non voleva ammetterlo. Heathcliff vedeva lo stare con Morrie come un tradimento nei miei confronti, e niente di quello che dicevo lo convinceva del contrario.

«È tornato al campo e si sta occupando del nostro istruttore Sam che sperimenta un trip con i funghi magici.»

«Questa me la devi spiegare.» La voce di Morrie era incerta, come se non riuscisse a decidere se c'era da ridere o da piangere. Mi strinse di nuovo, come se fosse pronto a strisciarmi sotto la pelle.

«Non mi crederesti nemmeno se te lo dicessi.» Feci una smorfia di incredulità, ma poi mi ricordai con chi stavo parlando. «O, forse ci crederesti. Si è scoperto che grazie ai tempi in cui Heathcliff vagava come una bestia selvaggia nella brughiera, sa un sacco di cose sulle piante commestibili. E poi è il coccolo del corso di raccolta di piante, il che è esilarante. Sam gli ha affidato la ricerca di funghi. Heathcliff ha messo dei funghi, ehm, *speciali* nella cena di Sam, in modo da metterlo fuori servizio per un po' e far sì che io e Quoth scappassimo per venire da te. Quando ce ne siamo andati, Sam pensava di essere una fata della foresta e Heathcliff stava coccolando Oscar e stava per finire lo stufato, quindi a quest'ora saranno entrambi fuori come balconi.»

Morrie scoppiò a ridere. «Mi stai dicendo che in questo momento, da qualche parte nella foresta, Heathcliff Earnshaw è in trip da funghi allucinogeni?»

«Cra.» Quoth annuì con foga.

Morrie si piegò in due dal ridere, con tutto il corpo che tremava per le risate. «Oh, cosa non darei per poterlo vedere. E Oscar chi è?»

«Il mio cane guida.» Mi si formò un nodo in gola. «Ho fatto qualche giorno di addestramento con lui e l'addestratrice ha accettato di farmelo portare per il fine settimana. È... fantastico. È sveglio, intelligente e birichino, e vorrei che tu potessi conoscerlo, e io...»

A quel punto crollai addosso a Morrie, avvicinando le labbra alle sue. Non riuscivo a trovare le parole per dire quello che avevo bisogno di dire, ma con lui non mi servivano le parole. Mi strinse le dita sul collo, tenendomi ferma mentre mi baciava con più passione, provocandomi un brivido di desiderio.

Dietro di noi, Sherlock tossicchiò, affondando ulteriormente sulla poltrona. Le candele sparse sul tavolo mi davano una chiara visione di... tutto, di lui. Feci per voltarmi, ma poi mi fermai. Era lui quello che se ne stava in giro nudo. Doveva essere Sherlock a vergognarsi, non io.

Quoth si appollaiò sull'altro lato del letto e, in un battito d'ali e di membra, un altro uomo nudo si sedette accanto a me. Solo che quello era bellissimo. Una cortina di capelli neri gli ricadeva sul petto mentre si chinava in avanti per spingere uno zaino sul pavimento. *Scraatcchh.*

«Ti abbiamo portato delle provviste.» Quoth abbassò la testa mentre Sherlock lo guardava. *La tensione in questa baita si potrebbe tagliare con un coltello.* «Se non vi dispiace, esco un po'. Ho visto un topo e sto morendo di fame. Chiamatemi quando... quando avrete bisogno di me.»

Si trasformò di nuovo e volò fuori dalla finestra nella notte, lasciandomi con Morrie e Sherlock e un desiderio doloroso dentro.

«Hai saccheggiato la mia scorta. Non credo di averti mai amata più di quanto ti ami in questo momento.» Morrie rovesciò il contenuto dello zaino e vi frugò dentro. Tirò fuori due telefoni usa e getta e li accese. Dopo avere digitato qualcosa, me ne porse uno. «Prendi questo. Così potremo comunicare. Non chiamarmi: non c'è molto segnale quassù, e se in libreria ci sono delle cimici potrebbero sentirci. Solo messaggi, e cancellali dopo averli inviati. E intendo *proprio* cancellarli. Sai come si cancella una scheda SIM?»

Mentre parlava mi si stringeva il petto. Tutta quella cautela mi fece capire quanto seria fosse la situazione. Ero stata così occupata a preoccuparmi che si mettesse con Sherlock, che avevo perso di vista il fatto che c'era un mandato di arresto su di lui. Se non avessimo risolto l'omicidio di Kate, Morrie non sarebbe mai stato in grado di tornare a una vita normale. *Per quanto normale sia la nostra vita: vivere in una libreria maledetta, avere una relazione poliamorosa e dare la caccia a Dracula.*

Chiusi gli occhi. Sarebbe dovuto essere tutto a posto, per quanto mi riguardava. Avevo già avuto la mia bella dose di merda. In quel momento la mia vita avrebbe dovuto essere una zona priva di merdate. E invece l'universo aveva altre idee, evidentemente.

Per Iside, non ho nessuna intenzione di permettere all'universo o a Dracula o a quello stronzo di Sherlock Holmes di portarmi via la felicità.

Spalancai gli occhi. *Lo faremo.*

Afferrai il telefono. «Fammi vedere.»

Morrie mi fece vedere un'applicazione che aveva installato per cancellare tutte le informazioni sulla scheda, poi mi rimise il telefono tra le mani. «Fallo dopo ogni messaggio che mi mandi. Non possiamo rischiare che, se la polizia decide di perquisirti, scopra che sei in contatto con me.»

Deglutii. Avevamo già ingannato la polizia in passato, ma niente di simile. *Se mi beccassero, dovrei rispondere di una serie di accuse penali.* «Capito.»

«Cos'altro c'è in questa borsa magica? Ah, *sì*.» Morrie tirò fuori un piccolo astuccio nero.

«Non è una pistola, vero?»

«È ancora meglio.» Morrie sganciò la chiusura e aprì il coperchio, rivelando una superficie a scacchi e delle piccole figure magnetiche in bianco e nero.

«Nella tua scorta segreta tieni degli *scacchi da viaggio*?»

«Ridi quanto vuoi, ma sono rimasto intrappolato qui per tre

notti senza poter fare nulla se non parlare con *lui*. Almeno ora possiamo riprendere il torneo da dove l'avevamo lasciato.» Morrie fece un sorrisetto al suo ex, nudo. «E io ti stavo battendo alla grande.»

Sherlock sbuffò. «Il passaggio da personaggio di fantasia a bastardo reale ti ha confuso le idee, Moriarty. Quando ci siamo lasciati l'ultima volta, ero io il campione imbattuto da tredici round.»

«Quando ci siamo lasciati l'ultima volta?» Morrie sogghignò. «Vuoi dire quando mi hai inseguito per tutta l'Europa prima di buttarmi giù da una cascata?»

Sherlock si sporse in avanti, il lungo corpo pericolosamente vicino a quello di Morrie. La tensione tra loro era densa come mozzarella filante. Sherlock arricciò il labbro in un sorriso che grondava desiderio. «Forse le cose sarebbero finite diversamente se tu avessi smesso di correre.»

Sherlock si avvicinò a lui, ma io fui più veloce. Mi lanciai contro Morrie, facendolo cadere all'indietro sul letto e lo ricoprii con il mio corpo. Morrie mi fece rotolare in modo che fossi io sotto, e le sue mani si mossero su di me con una possessività assolutamente peccaminosa. L'aria della baita si riscaldò di una decina di gradi.

Con le sue labbra ancora premute sulle mie, mormorai. «Come vanno le cose con Sherlock? Stai... reggendo bene?»

«Sherlock chi?» Morrie ridacchiò quando le sue dita raggiunsero l'orlo del mio pile, e lui si fece strada attraverso i vari strati per premermi il palmo della mano contro la pelle nuda. Le sue dita scivolarono giù, sempre più giù, fino a infilarsi sotto la cintura dei leggings. Gli ansimai nella bocca mentre mi affondava dentro due dita.

Morrie fece un mormorio di apprezzamento mentre il mio corpo si stringeva a lui.

Sherlock è proprio lì e lui lo sa, e mi sta toccando, e non mi interessa...

Avevo tutto il viso che bruciava di calore, ma sapevo che non gli avrei detto di fermarsi. Feci ondeggiare il bacino contro la mano di Morrie, implorando di fare di più, prendendolo più a fondo. Lui mi guardava, le palpebre appesantite e la bocca storta dal suo caratteristico ghigno. Sapeva esattamente cosa stava facendo, e cazzo, se non mi piaceva.

Mi premette il pollice contro il clitoride pulsante, piegando un dito dentro di me per accarezzarmi un punto che mi lasciò senza fiato. Morrie mi picchiettò il dito contro il clitoride e un tremito iniziò a percorrermi il corpo.

Dietro di noi, sentii qualcuno che inspirava bruscamente. *Sherlock.*

Affondai il viso nel petto di Morrie mentre venivo attraversata dall'orgasmo e sentivo il cervello che mi usciva dalle orecchie. Morrie mi lanciò il suo sguardo da principe viziato: amava potermi sciogliere con il semplice tocco.

Ma anche io sapevo come scioglierlo. Mi avvicinai per stringerlo tra le braccia, tirando la sua testa vicina alla mia e premendogli le labbra sulle sue. Però invece di dargli un bacio, dissi ciò che lui si rifiutava di riconoscere.

«Morrie, dimmi cosa sta succedendo. Perché voi due siete nudi qui dentro?»

Morrie si appoggiò all'indietro, studiandomi il viso in quel suo modo che sembrava mi stesse scrutando l'anima. «Se vuoi chiedermi qualcosa, splendore, chiedilo e basta.»

«Non è quello che...»

«Pensi che io stia tornando da lui.» La sua voce incerta era come un coltello che mi rigirava nel cuore.

«No, affatto. È solo che...» Dall'altra parte della stanza sentivo bruciare l'odio di Sherlock nei miei confronti. «Dopo il bacio con Heathcliff non hai mai risolto le cose con lui, e ora sei chiuso in una baracca di legno con il tuo ex. Le cose si faranno intense. E io arrivo e trovo entrambi praticamente nudi e...»

Le mie proteste si dissolsero in un gemito di desiderio quando Morrie mosse il bacino, strusciando il suo sesso contro il mio fianco. «Lo senti?» mi sussurrò, la voce strozzata dal bisogno.

Annuii, non fidandomi di parlare.

«Sei *tu* che me lo fai diventare duro, bellezza. Solo tu. Forse una volta mi veniva duro per qualche uomo, ma è il passato. Ti fidi di me?»

Quella domanda non chiedeva una risposta di circostanza. Mi aveva chiesto di guardarmi dentro e di dirgli la brutale verità. Se c'era qualcosa tra noi, dovevo ammetterlo. Lo guardai negli occhi e lasciai vagare la mente verso tutto ciò che era successo tra noi da quando era entrato nella mia vita e mi aveva rubato la colazione e il cuore. Morrie che mi leggeva poesie erotiche con quella sua voce soave mentre mi toccava fino a ridurmi in poltiglia nelle sue mani. Morrie che cullava Quoth tra le sue braccia dopo avere pensato che lo avessimo perso. Quel ghigno malvagio che gli si disegnava sulla bocca ogni volta che aveva un'idea geniale. Morrie in piedi sul balcone di Baddesley Hall, che per la prima volta apriva il suo cuore oscuro e mi rivelava l'uomo vulnerabile che nascondeva. Morrie e Heathcliff catturati da quel bacio lussurioso...

«Mi fido. Mi fido di te.» Gli dissi quelle parole, e le pensavo davvero. «Sono gelosa di Sherlock perché mi *manchi*, cazzo, e perché ho paura che non riusciremo a prendere chi ti ha incastrato e di non rivederti mai più.»

«Allora fai quello che sai fare meglio.» Morrie si appoggiò con la schiena e mi tirò a sedere. I suoi occhi si accesero. «Metti al lavoro quel tuo bel cervello e portami via da qui.»

«Ci sto provando. Abbiamo alcuni sospetti, ma dato che *Sherlock* si rifiuta di collaborare con noi...» lanciai uno sguardo dall'altra parte della stanza all'uomo nudo sulla sedia, «... io non so cosa abbiate scoperto voi due.»

«Non abbiamo bisogno del suo aiuto,» si inserì Sherlock in tono petulante.

«Il fatto che io sia ancora bloccato in questo buco infernale con te, suggerisce piuttosto il contrario.» Le braccia di Morrie si strinsero attorno al mio corpo e fui attraversata da un piccolo lampo di paura. «Inoltre, tu stesso a volte hai scoperto che gli altri vedono ciò che tu non hai visto. Solo che, secondo te, loro non riescono a ragionarci sopra.»

Sherlock aggrottò le sopracciglia. «Ammetto che l'intelletto inferiore del dottor Watson a volte ha fornito un utile canovaccio per le mie deduzioni. Alcune persone che non possiedono il genio hanno comunque un notevole potere di stimolarlo.»

Incrociai le braccia. «Se è così che la pensi, posso lasciare la precedenza a te al tuo stimolante intelletto superiore.»

«Molto bene.» Sherlock congiunse la punta delle dita. Era un gesto così tipico di Morrie che mi fece stringere il petto. Non mi piaceva l'idea che una parte della personalità di Morrie venisse da quel tizio. «Il mio processo è stato semplice. Ho compilato una lista dei nemici di Moriarty nel mondo criminale che frequenta, e ho lavorato instancabilmente per eliminare ogni singolo sospetto. Ce ne sono solo tre che potevano trovarsi nelle vicinanze della foresta al momento dell'omicidio, e solo uno le cui generalità corrispondono agli indizi lasciati. Non resta che rintracciare questo demonio, Aidan McFarlane, e consegnarlo alla giustizia, ed è qui che al momento mi trovo infognato.»

«È il tipo che ci hai già mostrato. Come mai sei così sicuro che sia lui?»

«Come sai, io acquisto le mie scarpe da un esclusivo stilista londinese,» spiegò Morrie. «Un mese prima del ritrovamento del corpo di Kate, Aidan aveva preso appuntamento con quello stesso stilista. Considerando che Aidan di solito indossa gli anfibi e che invece la ricevuta rivela che ha ordinato un paio di scarpe eleganti, possiamo concludere che abbia usato tali diaboliche scarpe per incastrarmi.»

Io scossi la testa. «Ma come ha fatto questo tizio a portare le scarpe dentro casa nostra? Io non l'ho mai visto prima, e tu ti saresti ricordato se si fosse avvicinato al negozio. Eppure, la polizia le ha trovate nel mucchio davanti alla porta d'ingresso e Jo ha confrontato lo sporco sulle suole con il terreno delle alture del Barsetshire. E come ha fatto a entrare in possesso del tuo tagliacarte? E poi conosce i funghi velenosi, perché è con quelli che è stata uccisa Kate.»

Sherlock alzò di scatto la testa. «Che cosa sento? Come hai ottenuto queste informazioni?»

«Ho parlato con Jo. I risultati della scientifica sul corpo di Kate erano strani. È emerso che non è stata la ferita da coltello a ucciderla. Era già morta, a causa di funghi velenosi. Aveva anche perso molto sangue, forse da una ferita da taglio che Jo le ha trovato sul corpo, insieme a gravi contusioni dovute al fatto che l'assassino ha trascinato il suo corpo attraverso la foresta per spostarlo da un'altra parte.»

Sherlock si picchiettò sul mento, un altro gesto di Morrie che mi fece venire voglia di strappargli le braccia. «Questo spiegherebbe le tracce nel terreno intorno alla scena del crimine.»

«È anche possibile che McFarlane si sia sbarazzato delle sue scarpe dopo l'omicidio e che quelle che ha trovato la scientifica fossero mie. Lo sporco sulle scarpe analizzate da Jo potrebbe risalire a quando sono venuto a incontrare Kate alla Wild Oats l'anno scorso,» commentò Morrie. «Ma nulla della morte di Kate corrisponde a ciò che mi sarei aspettato da McFarlane. Funghi velenosi? Accoltellamento post mortem? È tutto troppo strano, troppo disordinato, quasi come se non sapesse cosa stava facendo.»

«Non credo che l'assassino sia McFarlane. Abbiamo lavorato da una prospettiva sbagliata: non sono sicura che il punto focale sia Morrie, quanto piuttosto Kate e il motivo per cui ha cercato di simulare la propria morte.» Elencai tutto quello che avevamo scoperto fino a quel momento, sulla situazione finanziaria di Kate, sul suo disgustoso capo e su Tara, la regina glitter in versione cosplay. «Non credo che Dave, il marito, sia responsabile, però lui ha un movente finanziario. Tara voleva che Kate fosse tolta di mezzo per poter essere lei al top del circuito cosplay. Ha persino minacciato Kate davanti alla telecamera. Grant Hosking sembra una persona terribile in tutto e per tutto, quindi potrebbe essere lui. E poi c'è Sam, il nostro istruttore alla Wild Oats. Non credo che sia stato lui, ma potrebbe aver fornito involontariamente all'assassino le conoscenze per avvelenare con i funghi. Inoltre, aveva motivo di odiare Kate perché gli aveva rovinato gli affari. Anche se non vedo quale potesse essere il vantaggio di ucciderla, a parte affondare la Wild Oats una volta per tutte.»

Sherlock sbuffò. «Stai distorcendo i fatti per adattarli alle tue teorie, invece di adattare le teorie ai fatti.»

«Sì? Beh, e tu puzzi.» Gli feci la linguaccia. Morrie ridacchiò. «Vorrei visitare la scena del crimine e vedere di persona queste tracce. Mi ci puoi portare?»

«Ti risparmierò un viaggio attraverso una macchia di rovi piuttosto antipatica, che mi ha rovinato i miei pantaloni preferiti. Ci siamo già andati.» Morrie frugò in una pila di fogli e foglietti sul tavolo e spinse una pila di foto Polaroid nella mia direzione. «Queste le ha scattate Sherlock.»

«Non rovinarle.» Sherlock camminava davanti al fuoco, l'accendino che scattava mentre cercava disperatamente di accendersi la pipa.

Scorsi le immagini, ricordandole dall'occhiata che ci avevo dato il giorno in cui Sherlock aveva portato me e Morrie alla baita. Il nastro della polizia avvolto intorno ai tronchi di cinque querce imponenti, che delimitava un'ampia porzione di foresta: il luogo principale in cui si riteneva fosse avvenuto l'omicidio. Sam aveva detto di aver trovato il corpo in un tronco caduto più in basso sulla montagna, e infatti, eccolo lì... diverse foto del tronco da tutte le angolazioni, con i segni di trascinamento dove l'assassino probabilmente aveva trascinato il corpo nel tronco dopo l'accoltellamento. *Chiaro, perché non avrebbe potuto colpirla con una oscillazione della lama se Kate fosse stata già dentro il tronco.*

Non mi preoccupai di dirlo ad alta voce. Era chiaro che Sherlock l'aveva già capito. Sfogliai il resto delle foto: la maggior parte di quelle fatte da Sherlock mi sembravano rocce e mucchi di ramoscelli e foglie a caso, ma le scrutai tutte e feci finta di ricavarne qualche informazione importante.

«Abbiamo trovato anche *questo*.» Morrie prese qualcosa da un vetrino da laboratorio e lo tenne vicino alla candela. Era un bottone d'argento con uno stemma caratteristico impresso nel metallo. Mi ricordava i bottoni della mia vecchia uniforme scolastica. «Era sfuggito alla polizia. Se puoi, scopri da Jo cosa indossava Kate quando è morta. Se non era suo, molto probabilmente apparteneva al suo assassino.»

Presi il bottone e me lo infilai in tasca. «Grazie, Morrie. Riuscirai a fare qualche azione di hackeraggio da quassù, con questo pessimo segnale?»

Lui sollevò il telefono usa e getta. «Non ho tutta la mia attrezzatura, ma posso creare un po' di diversivi. Cosa ti serve?»

«Ho bisogno di sapere tutto quello che riesci a trovare sul capo di Kate, Grant Hosking. Soprattutto particolari piccanti e incriminanti.»

«Facile. Probabilmente te le farò avere prima che tu scenda

da questa maledetta montagna.»

«Vuoi dirmi che non ti sei goduto la pace e la tranquillità della natura?» Gli arruffai i capelli, di solito ben tenuti e incredibilmente ordinati, ma che ora, dopo soli tre giorni, quasi competevano con quelli di Heathcliff per quanto erano trasandati. *Non posso credere di essere stata così distratta dagli strangolamenti da non essermi accorta di quanto le cose si fossero messe male per Morrie.*

«Sai che non mi occupo di natura.» Morrie accarezzò l'e-reader che gli avevo portato. «Lo apprezzo molto.»

«Lo spero. Ci ho messo tutti i miei libri preferiti di reverse harem: J Bree, Kim Faulks, Mila Young, Steffanie Holmes.»

La voce di Morrie si incrinò. «Bellezza, perché mi fai tutto questo?»

«Mi ringrazierai più tardi. Però non dire a Heathcliff dell'e-reader, o ci scuoierà vivi entrambi. Ah, e oggi il tuo algoritmo ha trovato un nuovo titolo. A quanto pare, c'è stato il furto di un'altra pianta rara, rumena, a Lower Loxham.»

Morrie strizzò gli occhi. «Ci siamo quasi.»

«Sì, indagheremo.»

«Bene.» Morrie distolse lo sguardo, con le spalle che gli tremavano.

Gli strinsi una gamba. «A cosa stai pensando?»

«Che odio non poter stare con te, soprattutto con... il nostro grande nemico che si avvicina.» Morrie non poteva pronunciare il nome di Dracula, nel caso Sherlock sentisse. Sospirò. «Pensavo di essere preparato. Credevo di averti dato tutto quello che ti serviva per quando mi avessero portato dentro. Ho preparato quell'algoritmo, ho usato l'ultimo denaro legittimo (tutto quello che l'MI5 non mi ha sequestrato) per pagare la cauzione di tua madre. So che ci sono Lord Culopeloso e l'uccellino che si prendono cura di te... ma non immaginavo che sarebbe stato così difficile lasciarti.»

Ricordai l'espressione di Morrie quando mi aveva mostrato per la prima volta l'algoritmo, e quando me lo aveva consegnato con il mal di pancia. Gli affondai le dita nella spalla. «Sapevi che sarebbe successo, vero?»

Lui si strinse nelle spalle. «Avevo un sentore.»

«Da quanto tempo?» chiesi. «Da quanto lo sapevi?»

«Ho vissuto ai margini della legge per tutta la vita, bellezza. Nella mia ultima vita, questo mi ha fatto buttare giù da una cascata dall'uomo che amavo.»

«Fattene una ragione,» mormorò Sherlock dal fuoco, con il fumo che gli usciva dalle labbra arricciate.

«Mangiamelo!» urlò Morrie. «Ho avuto una seconda possibilità quando sono venuto in questo mondo, e solo quando ho incontrato te ho capito che avrei potuto commettere di nuovo gli stessi errori. C'era la possibilità che avrei potuto farla franca per sempre con i miei crimini. Mi consideravo persino una specie di Robin Hood. E poi, quando una persona che ha finto la propria morte viene trovata morta per davvero, la polizia inizia a indagare su come sia rimasta nascosta per così tanto tempo, e sono bastati un funzionario corrotto o una guardia di frontiera truffaldina perché arrivassero al mio nome. Le impronte intorno al corpo, il tagliacarte, il mio biglietto da visita nella sua tasca: è stato un tentativo calcolato e deliberato di incastrarmi. Mi aspettavo che mi avrebbero arrestato già quando hanno trovato il corpo di Kate. L'ho letto sul giornale la mattina dell'omicidio di Danny Sledge, se ricordi.»

Ora ricordavo. Scendendo dalla camera da letto di Quoth, avevo trovato Morrie in piedi davanti al computer con la fronte accigliata. Aveva cambiato videata non appena ero entrata, ma ero stata così distratta dalla morte di Danny e dall'indagine sull'omicidio che non avevo colto il suo strano comportamento.

«Perché per salvarti non hai tirato fuori dal culo una qualche cagata da genio del crimine? È come se *avessi voluto* finirci dentro, in questa storia.» Mi odiavo per le cose che gli stavo dicendo: sembravo una stronza egoista a cui interessava solo quello che volevo io e non quella povera ragazza morta. Però Morrie mi mancava da morire e il pensiero che si fosse messo di proposito in quei guai, sapendo che sarebbe potuto finire dietro le sbarre, mi faceva girare la testa.

«Perché...» Morrie non mi guardava negli occhi. «Perché so che trovi complesso conciliare il fatto di essere la mia ragazza con quella tua fastidiosa coscienza. Io volevo fare la cosa giusta. Volevo renderti orgogliosa di me.»

Mi sentii un enorme groppo in gola.

'Fanculo.

«Morrie, io...»

Lui si alzò. «Devi andare, Mina. Grazie per questa roba. Io e Sherlock ci mettiamo al lavoro. Tienimi aggiornato.»

Mi si riempirono gli occhi di lacrime. *Non possiamo chiuderla qui.* Mi avvicinai a Morrie, ma lui mi scansò e andò a mettersi accanto a Sherlock, che mi lanciò un'occhiata gongolante.

«Non rovinare la tua vita per me, bellezza,» sussurrò Morrie.

«Non mi arrendo,» risposi.

Morrie si voltò, nascondendo il volto nell'oscurità. «Di' all'uccellino che gli voglio bene.»

Sherlock gli diede una pacca sulla spalla e gli sussurrò qualcosa di confortante all'orecchio, quell'idiota.

«Lo sa già.» Inspirai. Il dolore di vedere Morrie così e di sapere che dovevo lasciarlo lì con Sherlock in quello stato mi bruciava: sentivo un tremito profondo e fisico nelle ossa. Staccai lo sguardo da entrambi e aprii la porta con uno strattone.

L'aria gelida mi morse la pelle non appena misi piede fuori. Una forma scura volò giù dall'albero e mi si posò sulla spalla. «Cra?»

«Me la caverò,» mormorai, raccogliendo la pila di vestiti di

Quoth dalla scalinata. Gliela porsi dopo che ebbe planato giù nella veranda e riacquistato la sua forma umana. Si chinò per asciugarmi una lacrima, ma io mi scostai.

«Non ti avvicinare a me, alito di scarafaggio.»

Tornammo indietro in silenzio, nell'oscurità. Mi girava la testa, piena di tutti i pensieri che cercavo di scacciare. Due volte Quoth mi chiese di fermarmi e svolazzò nel sottobosco a procurarsi uno spuntino. Proprio quando pensavo che stessimo per uscire dai confini del mondo, per quanto avevamo camminato, Quoth si fermò.

«Ecco Sam.» Quoth inclinò la testa di lato. «E quello è... Heathcliff?»

In effetti, i due uomini erano aggrappati l'uno all'altro in mezzo alla radura, nudi che cantavano stonati. Oscar balzava dall'uno all'altro, guaendo al ritmo della loro canzone.

Gemetti. «Dobbiamo metterli a letto. Tu occupati del pupillo del maestro, io cerco di convincere Sam.»

Mentre afferravo Sam da sotto le ascelle, lui mi gettò le braccia al collo. «Oh, mamma, mamma, ti voglio tanto bene. Mi dispiace di averti sgridato quando non hai investito nella mia attività di canapa.»

«È...» Mi ricordai, da quando avevo discusso con Heathcliff ubriaco, che a volte era meglio stare al gioco. «Va tutto bene, caro. Ti preparo una tazza di cioccolata calda e ti metto subito a letto...»

«No, non la cioccolata! Le piantagioni di cacao stanno distruggendo le foreste pluviali...» Sam si lanciò verso la pentola sul fuoco, cadendo e facendomi cadere con lui. La sua testa sbatté su un tronco e lui rimase immobile.

«Sam?» *Merda.* Gli scossi la spalla. «Stai bene?»

Sam sbatté le palpebre. Tirai un sospiro di sollievo. Si alzò a sedere, con gli occhi persi, mentre si strofinava la testa. «Ehm... Mina? Che succede?»

Optai per una palese bugia. «Ti sei appisolato prima che iniziassimo a costruire i rifugi. Non sembri stare molto bene. Forse è stato qualcosa che hai mangiato...»

«Non c'è tempo per costruire rifugi ora. Nel mio zaino c'è una tenda di emergenza. Devi solo... tirare la corda e... si aprirà.» Sam trasalì toccandosi il lato della testa. «Ho fatto dei sogni pazzeschi. Un orso gigante mi ha attaccato e poi Allan si è trasformato in un uccello e le fate mi hanno indotto a cantare le loro canzoni sulla foresta...»

«Tranquillo, erano solo brutti sogni.»

«Mi sento malissimo. Dovevo insegnarvi a sopravvivere e mi sono addormentato.» Sam si strofinò gli occhi. «Non abbiamo nemmeno controllato le trappole né...»

«Non preoccuparti, ho già imparato molto in questo fine settimana.» Gli sorrisi. «Per esempio, ora so che mi posso perdere nella natura solo quando c'è Heathcliff con me.»

A proposito di Heathcliff... mi voltai verso il fuoco, e scorsi il mio ragazzo che barcollava nella radura, con le mani sulla testa mentre piroettava come una ballerina. Una corona di fiori di campo gli cingeva la testa e qualcuno, probabilmente Sam, gli aveva intrecciato dei fiori nella barba. «Dah-dah-dah-duuuum,» gridò, mentre tentava un aggraziato salto da ballerina e si schiantava contro un albero. «Oh, scusi, madame.» Fece un passo indietro e un profondo inchino, prima di ripartire per un'altra danza estasiata.

Quoth si trovava ai margini della radura, il telefono davanti al viso mentre filmava l'euforia di Heathcliff.

«Che stai facendo?»

«Catturo questo momento per i posteri.» Quoth premette SALVA sul video e rimise il telefono in tasca. «Morrie sarà felice di vederlo. Ha bisogno di qualcosa che lo tiri su di morale.»

15

«Ho tre pinte di sidro fatto in casa. Avete già deciso cosa mangiare?» La cameriera si chinò sul nostro tavolo al The Right Fowl, il pub dove avevo aspettato l'autobus il giorno in cui Sherlock Holmes mi aveva rapita.

Ecco una frase che non mi sarei mai aspettata di usare.

Alzai lo sguardo dal menu, che dovevo tenere così vicino al viso che il mio naso toccava la carta. «Prendo salsiccia con purè, per favore, con un contorno di piselli. Oh, e le patatine fritte con il sugo e anche questo piatto di arrosto con formaggio e pasticcio di maiale. E una fetta di bacon per Oscar e una fetta di cheesecake come dessert. E voi ragazzi?»

«È tutto per te, signorina?» Sembrava sorpresa.

Le feci un gran sorriso. «Sto morendo di fame. Siamo appena arrivati dalla Wild Oats...»

«Oh, il corso di sopravvivenza nella natura.» Fece una smorfia. «Sam vi ha preparato la sua famosa frittata di scarafaggi per colazione?»

Feci una smorfia. «Ieri sera era un po'... fuori forma, e per fortuna stamattina abbiamo bevuto solo tè all'ortica. Sa di piedi.»

«Non dire altro. Ti porto anche un'altra pinta di sidro. Ti servirà per mandar giù il sapore degli scarafaggi.»

«Quindi conosci il centro?» chiese Heathcliff.

«Oh, certo. Durante l'inverno questo pub è tenuto aperto soprattutto dai vari gruppi turistici e dagli hippie che passano di qui.» Fece un cenno verso le montagne. «D'estate quelle colline pullulano di escursionisti, ma d'inverno Sam è l'unico a fare affari da queste parti.»

«Quindi è benvoluto in zona? Non pensi che sia un po' strano quello che fa?»

«Effettivamente, Sam è un po' strano, ma per lo più innocuo. È un peccato per tutti i problemi che ha avuto, prima con la scomparsa della ragazza e poi con il ritrovamento del suo corpo. Un paio di settimane fa questo posto brulicava di polizia. È la cosa più eccitante accaduta in paese da quando abbiamo l'allacciamento alla rete fognaria.» Si voltò verso Heathcliff e Quoth. «E voi due cosa prendete?»

Heathcliff sbirciò il menu. «Per me una colazione all'inglese completa, con contorno di patatine fritte e assolutamente *senza* funghi.»

«Per me porridge con frutti di bosco,» aggiunse Quoth. «E anche una fetta di cheesecake.»

La cameriera tornò pochi minuti dopo con i nostri sidri e le cheesecake. Heathcliff buttò giù il suo bicchiere tutto in un colpo. In verità, l'avrei fatto volentieri anche io. Sapendo che la cameriera era un tipo loquace, chiesi altre informazioni. «Se è stato Sam a segnalare il corpo, allora chi altro...»

«Non è stato Sam a denunciare il crimine,» spiegò la cameriera. «Beh, tecnicamente *è stato lui*, ma solo perché doveva.»

«In che senso?»

«È stata una cosa stranissima. Un turista tedesco è entrato nel pub dopo che la polizia aveva rimosso il corpo e mi ha raccontato tutta la storia davanti a una pinta. Stava facendo un'escursione nei boschi sui sentieri che attraversano l'area che Sam usa per le sue spedizioni. Ha sentito qualcosa di strano tra gli alberi, così ha lasciato il sentiero e ha trovato Sam che, tra ringhi e grugniti, trascinava un oggetto pesante verso valle. Il turista si è fermato per offrire aiuto e Sam si *è spaventato a morte*. Solo quando il turista ha notato il sangue che usciva dalla coperta di sopravvivenza ha capito che Sam stava trascinando un *corpo*. Sam ha detto che lo stava riportando indietro per consegnarlo alla polizia: era già stato gravemente attaccato dagli animali e non voleva lasciarlo lassù per paura che andassero perse altre prove. Il tedesco ha convinto Sam a trascinare il corpo mettendolo in un tronco caduto e a chiamare la polizia.»

«Ma non è quello che lui...» Mi bloccai prima di ammettere che avevo parlato con Sam dell'omicidio. Non sarebbe stato bene che la gente del paese si ricordasse di noi perché avevamo ficcato il naso in giro. «Non è quello che dicevano i giornali.»

«No. All'inizio la polizia ha pensato che Sam fosse un sospetto, ma vicino alla scena del crimine originale c'erano delle impronte parecchio più grandi delle scarpe di Sam, e così si sono messi a cercare qualcun altro. All'inizio i poliziotti hanno sicuramente pensato che il comportamento di Sam potesse essere sospetto, ma la gente fa cose stupide quando si trova sulla scena di un crimine. A quanto pare, Sam pensava davvero di essere d'aiuto portando il corpo giù dalla montagna, e poi li ha portati dritti sulla scena del crimine originale più avanti, lungo il crinale.»

La cameriera se ne andò per preparare il nostro ordine e io tirai fuori il telefono e mandai un messaggio a Morrie. Doveva sapere che Sam aveva mentito sul modo in cui aveva trovato la scena del crimine, e che il trascinamento del corpo era probabilmente la causa di molti dei lividi di Kate e dei segni sul terreno intorno al tronco.

«Beh, è stato un fine settimana *divertentissimo* in compagnia del nostro nuovo amico assassino,» commentò Heathcliff finendo il suo secondo sidro.

Gemetti, con la testa tra le mani. Stavamo cercando di eliminare i sospetti ma ne avevamo appena aggiunto un altro alla lista. Sam aveva spostato il corpo: aveva ucciso Kate in un impeto di rabbia per la sua attività rovinata, e poi aveva cercato di nascondere le prove?

Il nostro chef di scarafaggi dal cuore gentile poteva essere l'assassino?

16

Il nostro viaggio per riportare Oscar e poi tornare al negozio fu privo di eventi, ed era giusto così perché avevo tutti i fatti che continuavano a rigirarmi in testa. Sam che spostava il corpo. La minaccia di Tara, il comportamento sordido di Grant, i problemi finanziari di Kate e la sua decisione di inscenare la propria morte... per non parlare dello strano modo in cui era stata uccisa. Niente di tutto ciò aveva senso.

Appena Heathcliff aprì la porta del negozio, annusò l'aria e fece una smorfia. «C'è qualcosa che puzza, e non sto parlando del fatto che tua madre non sembra interessata a trasformare il negozio in un bar di frullati.»

«Mia madre deve aver preso di nuovo pesce e patatine da Oliver.» Annusai l'aria mentre giravo l'insegna su CHIUSO. Eravamo in anticipo di qualche ora, ma dopo aver camminato tanto, sarei andata subito di sopra ad accoccolarmi con una tazza di tè.

In realtà, non sa di fish and chips. È un odore... più fresco. Spero che la mamma non stia cercando di preparare di nuovo i cocktail di gamberetti. L'unica volta che ha provato a organizzare una cena ha provocato un'intossicazione alimentare a dieci persone...

«Hai girato il cartello?» Quoth mi aiutò a togliermi il cappotto e ad appenderlo nell'armadietto nascosto in fondo alla libreria, dove avevamo riposto le nostre cose per uscire quando pioveva. Per aprire la porta dovette dare un calcio a un mucchio di scarpe di Morrie. Grimalkin si avvicinò per salutarci, mi annusò uno stivale e, dopo aver percepito l'odore del cane, mi lanciò un'occhiata oscena e se ne andò a passo svelto.

«Sì. So che siamo tornati a casa presto, ma sono così esausta che in questo momento non credo potrei gestire nessun cliente. Non vedo l'ora di passare una seratina tranquilla in casa con del cibo da asporto che non strisci...»

Svoltai l'angolo della sala principale e mi fermai di botto. Rimasi a bocca aperta e, per quanto mi sforzassi, non riuscivo a far uscire aria per emettere nessun suono.

Cosa... è... questo...?

Mia madre era seduta *sulla* scrivania di Heathcliff, con il portatile in cima a una malferma pila di libri. Era davanti allo schermo, che chiacchierava con la telecamera tenendo un guscio d'ostrica in mano. Poi lo aprì, schizzando succo e pezzi di ostrica in giro per il tappeto. Grimalkin arrivò di corsa per divorare il mollusco e poi crollò sotto la scrivania, facendo le fusa con soddisfazione.

Accanto alla scrivania di Heathcliff c'erano due imponenti montagne di gusci d'ostriche che impregnavano il tappeto di succhi salati.

17

«Mamma,» sussurrai. «Co...»

Questo è... non posso... ma cosa...

«Mina, ragazzi, siete tornati presto.» Mia madre chiuse il portatile e guardò tutti e tre. «Avete interrotto la mia diretta web.»

«La tua...» Mi strofinai gli occhi, sperando che i mucchi di ostriche sparissero magicamente, come una specie di miraggio della Mina cieca. Invece no, eccoli lì: due mucchi imponenti di ostriche puzzolenti sul tappeto.

«Sì.» Mia madre si corrucciò. «È la mia ultima idea commerciale. Darò una festa di perle.»

Heathcliff balbettò. «Ma che diamine è una festa di perle?»

Io mi sfregai la tempia. «Mamma, pensavo avessi detto che non eri più coinvolta in schemi piramidali.»

«Qui non si tratta di uno schema. Questa è una vera e propria opportunità commerciale.» Mia madre incrociò le braccia. «Mina, non è che tu possa distruggere i miei sogni solo perché non hai capito la potenzialità dei social media per entrare in contatto con il tuo pubblico. Non hai visto quanti libri vi ho venduto?»

«Beh, sì, ma...»

«Ecco. Come può essere uno schema piramidale se sto aiutando il negozio? E guarda qui.» Mia madre aprì l'ostrica che aveva in mano, rivelando una piccola e luminosa perla rosso sangue. «Non è bellissima?»

«Ma è giusto che sia di quel colore?» Sembrava un dettaglio perfetto per l'abito da sposa di un vampiro.

«Guarda, Mina, questa è perfetta per te. Il rosso indica passione, vitalità e amore, vedi?» Mia madre mi sbatté in faccia una tabella. Gliela presi dalle mani e scrutai le scritte minuscole. C'erano perle di venti diversi colori sgargianti, ognuna con una descrizione che corrispondeva a una particolare personalità.

«Mamma, cos'è questa roba?»

«È la mia attività Jewels of the Ocean, ovviamente. Il funzionamento è semplice: i miei follower possono acquistare un'ostrica, io la sguscio dal vivo e mostro loro la perla all'interno. Poi possono scegliere un gioiello qualsiasi dal nostro catalogo, e io inserisco la loro perla nel pezzo e poi glielo spedisco. È come un cimelio personalizzato.»

«Ma come fanno a garantirti che ogni ostrica contenga una perla e come è possibile che le perle abbiano questo colore?» Raccolsi un'ostrica e ne ispezionai il guscio. «Non è naturale, né etico. E perché le vendi *qui,* in libreria?»

«Cara, queste perle sono certificate dall'International Pearl Council, quindi sono sicura che sono regolari. Prima mi filmavo per i miei feed dalla cucina di casa, ma farli qui in negozio mi distingue dalla massa. Ora sono per tutti la Signora delle Perle della Libreria. I miei follower ricevono bellissime perle insieme ai miei consigli di lettura, e io posso espandere la mia attività, oltre che sostenere mia figlia.»

Un mal di testa mi si affacciò alle tempie. «Ma perché i tuoi compratori di perle acquistano tutti questi libri?»

«Devo cercare di tenere la gente sul mio live feed il più a lungo possibile, e non voglio consumare tutte le mie perle.» Mia madre fece un cenno con la testa verso la pila di frutti di mare puzzolenti. «Queste mi devono bastare fino a quando riceverò il primo pagamento. Perciò ho cercato tra gli scaffali per trovare dei libri sulle perle.»

«Non posso crederci.»

Mia madre indicò il disegno di una sirena dietro la scrivania di Heathcliff. «Ho venduto perfino quella. Stavo per farti un assegno di trecento sterline, ma dopo che hai denigrato così la mia attività, ho intenzione di non pagarti più.»

«Non osare. L'ha dipinto Quo... ehm, Allan. Si merita quei soldi.»

«Oh, Mina. Vorrei che tu potessi sostenere Jewels of the Ocean. Io sono stata ispirata da tutte le cose che hai fatto tu,» mi spiegò. «Sei stata così creativa, hai inventato eventi, esposizioni e promozioni intelligenti. Ho pensato che delle feste a tema perle avrebbero permesso anche a me di essere creativa...»

«Ma... ma questa è una libreria!» balbettò Heathcliff.

«Non ora, con Mina che comanda.» Mia madre indicò la bacheca che avevo appeso accanto alla scrivania di Heathcliff con il planning settimanale. «È diventata un luogo di ritrovo per la comunità, con un club del libro, incontri tra collezionisti di francobolli e persino una convention di fantascienza. Non vedo perché Jewels of the Ocean non possa farne parte.»

Mi incupii. Non sapevo se ridere o piangere.

«Certo, mamma.» sospirai. «Puoi fare la tua festa con le perle.»

Le dita di Heathcliff mi affondarono nel braccio. «Ma che fai? Stai dando il permesso a tua madre di continuare a sgusciare ostriche nel nostro negozio.»

«Lo so, è assurdo. È colpa mia. Ha lavorato bene mezza

giornata e ho pensato che ciò significasse che era diventata responsabile. Però ha fatto davvero un ottimo lavoro nel prendersi cura della Nevermore mentre eravamo via. Non ti ha mai chiamato zingaro. È che...» Mi strinsi nelle spalle, poi abbassai la voce a un sussurro. «Vorrei che si sentisse inclusa. E vorrei tenerla vicina. Con Dracula in giro... e se lui davvero mi sta cercando perché sono la figlia di Omero, potrebbe cercare anche mia madre. Il biglietto di mio padre diceva che la Nevermore mi proteggeva. Forse protegge anche lei.»

Heathcliff sbuffò. Però non era arrabbiato. Stava *ridendo*.

Lo presi per le spalle. «Chi sei tu e che ne hai fatto di Heathcliff?»

Heathcliff cercò di rispondere, ma ormai era partito. Mi strinse una spalla mentre piangeva a forza di ridere.

«NON MI AVEVI MAI DETTO di essere un'appassionata di giardinaggio, Mina,» disse Edie mentre Oscar e io scendevamo dall'auto che ci aveva portato lì.

«Oh, diciamo che è un... hobby dormiente.» Incrociai le dita dietro la schiena, pensando a quella volta che il mio vicino mi aveva chiesto di occuparmi del suo terreno coltivato a cannabis mentre lui andava a trovare sua madre a Dublino e per sbaglio io avevo spruzzato tutto con il diserbante invece che con il fertilizzante. Non serviva che Edie lo sapesse. Di certo non doveva sapere il vero motivo per cui eravamo andati lì. «Sono particolarmente interessata a... ehm, orchidee e simili. Con la primavera alle porte, è un buon momento per iniziare a cercare nuovi esemplari.»

«Un'idea eccellente. Inoltre, è un ottimo posto per te e Oscar, per imparare a riconoscere gli ostacoli.»

Oscar trotterellava nel *garden centre*, guidandomi tra i labirinti di piante e fiori, punteggiati da vasi dai colori vivaci e statue strane e meravigliose. Verso il fondo del negozio, Oscar mi condusse a una porta con un cartello che recitava: PIANTE RARE: CHIEDERE AL BANCO.

Edie era radiosa. «Su quel cartello ci sono scritte in braille. Su tutti i cartelli qui, in realtà. Sono colpita.»

Una donna sorridente apparve al mio fianco. Parlava con un accento dell'Europa dell'est. «Mia madre ha amato il giardinaggio per tutta la vita; anche quando è diventata cieca riusciva a fare tutto a tastoni. Amava soprattutto passeggiare tra i profumati e bellissimi fiori selvatici della nostra terra. È grazie a lei che ho avviato questo centro, e credo che *chiunque*, come è successo a lei, possa trarre piacere dal giardinaggio.» Sorrise. «Mi chiamo Tatiana. Posso aiutarti?»

«Ciao, mi chiamo Mina e sono stata catturata dall'orchidelirio.» Non conoscevo il termine esatto per definire un appassionato di orchidee, ma avevo imparato tutto sul fascino vittoriano delle piante rare in uno dei libri di Jo. «In particolare, mi interessano le orchidee selvatiche della Romania e ho sentito che avete un paio di esemplari di *Orchis simia*. Mi piacerebbe acquistarne una.»

«Mi dispiace.» Tatiana arricciò le lunghe dita a pugno. Si vedeva che era infuriata. «*Avevamo* due esemplari perfetti della rara orchidea scimmia, ma sono stati rubati di recente.»

«Oh, no. Mi dispiace molto.» Sapevo che erano stati rubati, ovviamente. Era tutto scritto nell'articolo di giornale. Ma stavo diventando abbastanza brava a recitare. «So che siete specializzati in piante rare. Hanno preso tutto?»

«Tatiana si acciglìò. «In effetti, no. È stato molto strano. L'*Orchis simia* non è affatto la nostra orchidea più rara e pregiata, eppure i ladri hanno ignorato tutti gli esemplari presenti nei nostri negozi e hanno preso solo quelle due piante. Di tanto in tanto si verificano furti di questo tipo, in cui i ladri entrano con una specifica "lista della spesa": evidentemente sono incaricati da un collezionista di acquistare una determinata specie, ed è per questo che sul nostro sito web non mettiamo più le nostre specie di orchidee, ma...» si interruppe.

«Che c'è?»

Tatiana trasalì. Il ricordo della rapina era quasi un dolore fisico. *Chiaro che è doloroso.* Mi ricordai di quanto mi fossi sentita violata e impaurita quando erano stati rubati dalla libreria l'albero di Natale e i regali per la beneficenza. Tatiana si appoggiò al muro e si pulì di nuovo le mani sul grembiule. «La polizia ha trovato un mucchio di foglie di *Orchis simia* sotto la finestra da cui sono state estratte le piante. Perché prendersi la briga di rubare le orchidee per poi romperle? Non varranno nulla per il collezionista se sono danneggiate.»

Perché quello che conta non è il fiore. Il ladro vuole la terra, la terra rumena.

«Sembra un furto da incompetenti,» azzardai.

«E poi c'era un'altra cosa strana: la finestra era rotta *verso l'esterno.* Se sono usciti dalla finestra, come sono entrati? Tutte le nostre porte erano chiuse a chiave.»

Questo avrebbe perfettamente senso se Dracula fosse entrato nell'edificio in forma di pipistrello attraverso una presa d'aria, poi si fosse trasformato nel suo aspetto umano per trascinare fuori i vasi dalla finestra.

Tatiana schioccò la lingua. «Vabbè, dai. Non ha senso che io stia qui a parlarvi della mia disgrazia. A voi non interessa. Voi volete solo vedere le orchidee. Però posso dirvi che tra qualche settimana arriverà un nuovo carico di esemplari rumeni. Se vi iscrivete alla nostra mailing list, posso avvisarvi quando arrivano. Per ora abbiamo un'ampia scelta di varietà asiatiche e sudamericane.» Tatiana tirò fuori una chiave dal grembiule sporco e aprì la porta. «Volete vederle?»

«Chiaro.»

Dovevo dare credito a Tatiana per non avermi chiesto se *potevo* effettivamente vedere i fiori, e per non aver preteso che il mio cane rimanesse fuori. Semplicemente, spalancò la porta e mi fece entrare.

Mentre Tatiana mi trascinava qua e là per il piccolo spazio, prendendo in mano le orchidee e decantando le loro particolarità, arrischiai un'occhiata alla finestra rotta e rattoppata con il cartone. Era alta sul muro; Dracula avrebbe dovuto arrampicarsi sulle mensole per tornare fuori.

Acquistai una piccola orchidea con delle bellissime foglie a forma di conchiglia per un prezzo decisamente troppo alto, per mantenere la mia storia di copertura, poi io ed Edie prendemmo una macchina per tornare al negozio. Edie e Oscar entrarono nel negozio per fare un po' di orientamento prima che lei lo riportasse al centro per cani guida. Lo salutai con un bacio, sentendo una stretta al petto all'idea di staccarmi da lui. Ma Edie promise che sarebbero tornati l'indomani.

Erano appena partiti, quando Quoth e Heathcliff tornarono dalla loro uscita. «Non siamo più in compagnia di quell'idiota di un agente immobiliare, quindi puoi smetterla di farmi gli occhi da "vieni a letto con me",» borbottò Heathcliff.

«Non posso farci niente se i miei occhi normali ti fanno arrapare.» Quoth si scostò dal viso una ciocca di capelli neri scintillanti.

«Solo perché Morrie non c'è, non significa che tu debba riempire il vuoto lasciato dalla sua fastidiosa presenza.»

«Se avessi voluto riempire il suo vuoto, avrei passato tutta la mattina a chiamarti Arcivescovo di Cattivobury, invece che *mio caro maritino,*» ribatté acido Quoth.

«Se è per questo...» Heathcliff si sfilò un anello dal dito e lo porse a Quoth. «Puoi riprenderti il tuo anello di fidanzamento, *tesoro*.»

«Gli sposi hanno trovato il loro nido d'amore perfetto?» li stuzzicai. Mentre io e Oscar avevamo dato un'occhiata alla serra, Quoth e Heathcliff erano andati all'ufficio immobiliare locale con una storia ben congegnata per fare un censimento delle proprietà vuote e disponibili nelle vicinanze. Nulla di ciò che era stato venduto in paese nell'ultima settimana avrebbe funzionato per Dracula, quindi speravamo che non avesse ancora acquistato niente.

«Abbiamo esaminato tutte e sette le proprietà sulla nostra lista,» mi informò Quoth. «Solo due soddisfano i requisiti, e una si affaccia su un vecchio cimitero, e poi c'è un'inquietante cripta proprio sulla linea di confine.»

«Deve essere quella.»

Quoth annuì. «Solo che non siamo riusciti a guardarci dentro. Appena l'agente ha aperto la porta, le è squillato il telefono. Era qualcuno che si è presentato come un amico del costruttore e che le ha offerto una grossa somma di denaro per acquistare immediatamente la casa. La signora si è entusiasmata e ci ha riportati di corsa in ufficio in modo da sbrigare le pratiche per il suo illustre acquirente.»

Mi si strinse il petto. Sapevo che era lui.

«C'è un'altra cosa che dovresti sapere.» Heathcliff sbatté sulla scrivania una brochure immobiliare patinata. «La proprietà che ha acquistato è stata costruita dalle Imprese Lachlan.»

18

«Cioè la società di Grey Lachlan?»

Heathcliff annuì.

L'informazione continuava a frullarmi nella testa. Grey Lachlan... quel suo nome seguitava a ricollegarsi agli omicidi di Argleton. Omicidi che sembravano coinvolgere anche la Libreria Nevermore. Aveva cercato di comprare la libreria, e ora sembrava essere un amico intimo e personale di Dracula in persona?

Non può essere una coincidenza.

«Hai di nuovo quello sguardo,» ringhiò Heathcliff. «Lo sguardo complottista.»

«Grey Lachlan sta acquistando proprietà in tutta Argleton,» ricordai loro. «Ha acquistato l'appartamento della signora Ellis e ha offerto a Oliver della panetteria una somma esagerata per il suo edificio.»

«*E poi* ci ha minacciato se non gli avessimo venduto la libreria,» aggiunse Quoth. Grimalkin colse l'occasione per entrare a passo deciso, depositare un topo morto ai miei piedi e sgattaiolare via, con la coda in aria.

«E allora?» scattò Heathcliff. «È un immobiliarista. Non è questo, che fanno gli immobiliaristi?»

«Non dimenticare che sapeva tutto dei soldi di Morrie. È stato lui a dirci che i conti di Morrie erano stati congelati. Non è il genere di cose che un immobiliarista dovrebbe sapere.»

Heathcliff fece il giro del regalo di Grimalkin e si accasciò sulla sedia. «È una canaglia, ma non è che sia una sorpresa.»

«È di più, è coinvolto in qualche modo. E se fosse, tipo, l'agente immobiliare di Dracula?» Presi il telefono dalla tasca e consultai l'algoritmo di Morrie. La mappa sullo schermo lampeggiava, mostrando tutti gli acquisti immobiliari vicino ai luoghi dei furti di terriccio. Li scorsi tutti, premendo i vari pulsanti per cercare di vedere le informazioni di cui avevo bisogno.

Quoth mi scrutò da sopra la spalla. «Dicci a cosa stai pensando...»

«Sto pensando che nel libro di Bram Stoker, Dracula aveva Renfield, un uomo che costringeva a lavorare per lui. E se Grey Lachlan fosse il nuovo Renfield di Dracula? Potremmo scoprirlo, ma non sembra esserci un modo per vedere se questi recenti passaggi di proprietà sono sui libri contabili di Lachlan. Però, anche in assenza di questa informazione, se osserviamo lo schema...» Sollevai il telefono, facendo clic sulla sovraimpressione relativa alle proprietà immobiliari per mostrare loro solo le rapine tracciate sulla mappa. Tutte quelle recenti si concentravano in un raggio di due ore da Argleton. «Si sta avvicinando a noi. Mando un messaggio a Morrie. Probabilmente sarà felice di aiutarci...»

Mi interruppi quando trillò il campanello del negozio. Un istante dopo, una figura si stagliò sulla porta.

«Beh, guarda un po': la banda Scooby-Doo della libreria.» Mi si gelò il sangue nelle vene quando riconobbi la voce: Grey Lachlan.

Grey entrò nella zona illuminata spazzolandosi un sottile strato di polvere dal davanti del vestito, che andò a finire direttamente sul nostro tappeto. Heathcliff si irrigidì e strinse i pugni. Quoth si spostò accanto a me e con il braccio sfiorò il mio. Percepii un fremito sulla sua pelle mentre lottava per mantenere la forma umana in presenza di Grey, ma serrò la mascella con determinazione e fissò il costruttore.

Io infilai il telefono nella borsa a forma di pipistrello, in modo che Grey non lo vedesse. «Cosa vuoi, Grey?»

«Perché questo tono così sospettoso, Mina? E se fossi entrato per comprare un libro?» Buttò la testa all'indietro e rise come se fosse la cosa più divertente che avesse mai sentito. Un'inquietudine mi si accese nel petto.

Grey si passò una mano tra i capelli, anch'essi ricoperti da un sottile strato di polvere. In effetti... ora che si trovava sotto la luce delle mie lampade, potevo vedere che era insolitamente trasandato, l'abito sgualcito, le maniche ricoperte di piccole macchie più scure, gli occhi cerchiati e pieni di una smania che sembrava in contrasto con la sua professione.

«Stai sporcando di polvere il nostro tappeto.» Incrociai le braccia.

Grey guardò le sue impronte spettrali e il cerchio bianco sul tappeto e ridacchiò ancora. «Le mie più sentite scuse. Attualmente sto supervisionando i lavori di ristrutturazione della mia nuova proprietà e non mi ero accorto che mi avessero ricoperto di polvere di gesso. Sono venuto a trovarvi in qualità di buon vicino per informarvi dei lavori che si svolgeranno nella casa accanto.»

Grey posò la sua valigetta e la aprì per tirarne fuori una pila di fogli stropicciati, che mi porse. Tenni i fogli sotto la lampada della scrivania e fissai le parole scritte in caratteri minuscoli.

Era una lettera che ci informava dei lavori di costruzione nell'edificio di fronte al nostro, insieme alla fotocopia di un permesso comunale. Quando lessi le parole mi sentii crollare il cuore.

«State montando un'impalcatura su tutta la strada? Non potete farlo. Bloccherà l'ingresso del nostro negozio!»

«Sarà necessario, temo.» Grey intrecciò le mani. «È una norma di sicurezza per i miei lavoratori. Dobbiamo rifare la stuccatura con urgenza. Il Comune ha dato il via libera. Avete un'altra entrata, quindi non sarà un danno per la vostra attività.»

«Certo, una porta stretta in un vicolo sul retro, pieno di bidoni della spazzatura.» Per i suoi affari la Libreria Nevermore puntava sui turisti che arrivavano in centro città in autobus. Eravamo in una posizione perfetta per approfittare del traffico pedonale dei forestieri che volevano godersi un po' di vita in un tipico villaggio inglese. Ma anche se fossero riusciti a raggiungere la nostra porta d'ingresso attraverso le impalcature di Grey, avrebbero fatto del loro meglio per evitare il rumore dei lavori. Eravamo già in una posizione finanziaria precaria: un paio di mesi senza clienti ci avrebbero rovinato.

E c'era un'altra cosa che non avevamo considerato. C'era un vecchio tunnel tra il nostro seminterrato e l'appartamento della signora Ellis, dall'altra parte della strada. Lei l'aveva fatto chiudere a gennaio, dopo che avevamo scoperto che sua nipote lo usava per sgattaiolare al negozio e rubare i regali di Natale di beneficenza per il suo cane. Sarebbe stata solo una questione di tempo prima che Grey lo scoprisse, e non mi piaceva l'idea che quel tipo avesse una via d'accesso facile al nostro negozio, tanto più che la sorgente che alimentava le acque del Meles era lì sotto da qualche parte.

«Accidenti, questo ridurrà l'accesso di pedoni al vostro negozio,» ribatté Grey. «Vi prometto che faremo il più veloce possibile con i lavori, ma spero che abbiate risparmi sufficienti per affrontare questo periodo. Naturalmente, la mia offerta è ancora valida. Comprerò volentieri questa vecchia catapecchia, per sei volte il suo valore attuale. Vi liberereste per sempre dei vostri problemi economici e avreste abbastanza denaro per ritirarvi in campagna.»

«Non ci interessa, quindi smettila. E smetti anche di infastidire Oliver,» sbottai. «Nemmeno lui ti venderà il suo edificio. A certa gente interessa ben altro che i soldi.»

Grey sventolò una mano in aria. «Oh, invece sì, che lo farà. Ognuno ha il suo prezzo, e io ho una riserva infinita di denaro e potere da cui attingere.»

«Scusi, signore?» Un ragazzino che non poteva avere più di quindici anni si avvicinò al bancone, passando lo sguardo tra il volto fumante di Heathcliff e quello esagitato di Grey.

«Devi andartene.» La voce di Heathcliff era bassa, tutto il suo corpo teso mentre fissava Grey. «Non voglio decapitarti davanti a un cliente.»

«Molto bene.» Grey prese la sua valigetta. Nel farlo, notò l'offerta di Grimalkin davanti ai miei piedi. Raccolse il topo per la coda e lo tenne in alto, leccandosi le labbra come se fosse una prelibatezza. Grey mi fece l'occhiolino, poi si girò, facendo oscillare il topo per la coda e dirigendosi verso la porta. Un attimo dopo, il campanello trillò e lui sparì dalla nostra vista.

Che cazzo era successo?

«Mi… mi dispiace.» Il ragazzino indietreggiò. «Non volevo disturbare.»

Io mi voltai verso il ragazzo e gli sorrisi. «Non preoccuparti. In realtà ci hai fatto un favore. Come possiamo aiutarti?»

Il ragazzo tese un e-reader. «Potreste aggiustarmelo? La funzione di scorrimento è bloccata.»

Heathcliff guardò prima il viso del ragazzo poi il dispositivo, e di nuovo il ragazzo. Gli ingranaggi gli stavano girando nella testa.

O-oh.

«Non credo sia una buona idea dargli quel...» Mi tuffai per prendere l'e-reader, ma Heathcliff lo tenne fuori dalla mia portata.

«Non preoccuparti, ragazzo. Ho io quello che fa per te.» Heathcliff posò l'e-reader sulla scrivania ed estrasse una cosa dal cassetto. Prima che potessi fermarlo, sollevò il martello dietro la testa e lo sbatté sul povero dispositivo.

SMASH.

Pezzi di e-reader volarono dappertutto e dal dispositivo uscirono delle scintille.

«Ecco fatto.» Heathcliff lo restituì al ragazzo stupito. «Come nuovo.»

19

Ora che avevamo un'idea di dove potessero trovarsi le casse di Dracula, potevamo procedere con il nostro piano per fermarlo. Per fortuna, Bram Stoker ci aveva lasciato istruzioni dettagliate. Trovai una copia malconcia di *Dracula* sullo scaffale dei classici e la sfogliai, rinfrescando le mie conoscenze sui metodi tradizionali per uccidere i vampiri, e poi ci mettemmo al lavoro.

Armati del libro *Dracula*, io e Quoth lasciammo Heathcliff con istruzioni precise di bloccare il tunnel del seminterrato e di procurarmi un incontro con Grant Hosking, in qualsiasi modo. Attraversammo il parco fino alla chiesa cattolica locale. Rabbrividii quando mi ricordai di una delle ultime volte in cui mi ero precipitata in una casa di culto e avevo trovato il corpo di Ginny Button rannicchiato ai piedi dei gradini di pietra, e non potevo certo dimenticare Brian Letterman, strangolato nell'edificio del catechismo. Io e le chiese non andavamo d'accordo.

Le dita di Quoth afferrarono le mie. «Sembri preoccupata.»

Mi sventolai la faccia con il libro. «Certo che lo sono. Morrie è nei guai e noi stiamo dando la caccia a un vampiro immortale assetato di sangue. E stiamo per commettere un crimine all'interno di una chiesa. Mi sorprende che tu non abbia nessun timore per la tua anima.»

«Non sono sicuro che i corvi abbiano un'anima.» Quoth vide la mia espressione inorridita e sorrise. «Mi dispiace, voleva essere una battuta.»

Gli appoggiai la testa sulla spalla. «No, dispiace a me. Tu dovresti essere a scuola ora, a studiare la pretenziosa arte moderna e a dipingere paesaggi, rovesciato a testa in giù e in mutande. Invece sei qui con me.»

«Mina, io veglierò sempre su di te. La scuola può aspettare. È qui che devo stare.»

Il parcheggio della chiesa era vuoto. Una delle porte di legno era aperta e un cartello elencava le funzioni settimanali e invitava i passanti a entrare per un po' di preghiera silenziosa. Infilai dentro la testa, ma nella penombra non riuscii a vedere nessuno, né a sentire alcun rumore. Non che ciò significasse molto, di quei tempi.

«Padre O'Sullivan?» chiamai.

Nessuna risposta.

«Andiamo.» Quoth mi strinse la mano, trascinandomi dentro.

Nei candelabri appesi alle pareti tremolava la luce proveniente dalla fiamma delle candele, che illuminavano anche l'altare. Quoth mi condusse direttamente all'abside, trascinandomi su per i gradini fino all'altare coperto dal suo candido drappo.

«So qualcosa della messa cattolica, e so che le ostie si conservano in questo tabernacolo.» Quoth si avvicinò a un armadietto riccamente decorato e intarsiato d'oro, accanto al quale ardeva una sola candela. Vi infilò una mano e ne estrasse una ciotola piena di ostie per la comunione. «Queste devono essere per l'Eucaristia di questa sera. Tutto ciò che si trova all'interno del tabernacolo è stato benedetto.»

«Perfetto.» Aprii la borsa mentre Quoth mi versava il contenuto del piatto nella borsa. Le cialde si sparsero a terra, ma la maggior parte finì nella borsa. Io mi alzai e mi guardai intorno. «Ora, dov'è l'acqua santa...»

«Che diavolo succede qui?» gridò una voce acuta, facendomi trasalire.

20

Mi voltai di scatto. Padre O'Sullivan era in piedi sulla porta della sagrestia, con le braccia incrociate e un'espressione tetra sul volto.

«Oh, salve, padre. Sto solo...» Lo guardai raggiante. «Speravamo di trovarla. Sto scrivendo un libro in cui il personaggio principale è... cattolico. Nelle mie ricerche mi sono imbattuta nel termine "cilicio" e mi chiedevo se lei potesse parlarmene.»

Il padre mi rivolse un ampio sorriso. «Sono contento che tu abbia pensato di venire da me, Mina. Tante persone hanno queste strane idee sui cattolici e sui nostri riti e tradizioni. Sarò ben felice di parlarti del cilicio. È un oggetto che si indossa sul corpo per auto-infliggersi dolore, come penitenza. Un tempo consisteva in una camicia di peli ispidi, una stoffa ruvida che irritava la pelle, ma oggi è più comune il cilicio fatto da una catena che si indossa intorno a una coscia, con punte che affondano nella pelle.»

Mentre tutti e due annuivamo alla lezione di padre O'Sullivan, spinsi le ostie sacramentali in fondo alla borsa. Lo ringraziammo per le informazioni e ce ne andammo più veloci possibile. Mano nella mano, io e Quoth passammo per un sentiero escursionistico per raggiungere il villaggio successivo, dove entrammo in un'altra chiesa. Quella era vuota, grazie alle dee, e io misi tutte le ostie nella borsa mentre Quoth riempiva un thermos di acqua santa.

Tornando a casa, ci fermammo al mercato del paese. Avevano finito l'aglio fresco, così comperai diverse bottiglie di salsa aioli extra forte.

Ora eravamo pronti per la nostra caccia al vampiro.

Tornati a casa trovammo Heathcliff che stava raddrizzando un quadro sulla parete del corridoio, alla fine della serie di piccole teste imbalsamate di roditori uccisi da Grimalkin e Quoth. Poi accese due faretti puntati sulla sua creazione e si mise ad ammirare il lavoro. «Che ne pensi?»

«Quello che penso è che non sei né al piano di sotto a bloccare il tunnel, né a organizzarmi un incontro con Grant Hosking.»

«Hosking non mi ha risposto e il tunnel l'ho già sistemato. Ho inchiodato tre enormi fogli di compensato sopra il buco e ho chiamato Andy l'Aggiustino perché venisse a murarlo. Dice che verrà la prossima settimana, anche se essendo un tuttofare, probabilmente intende l'anno prossimo. Mentre ero al negozio di ferramenta ho visto questo scudo e mi è venuta questa idea. Che ne pensi?»

Feci un passo avanti. Su un grande scudo di legno, Heathcliff aveva montato l'e-reader rotto come se fosse stato un trofeo di caccia. Il trofeo era rivolto verso la porta, per far sì che fosse la prima cosa visibile ai clienti quando entravano.

«E tu pensavi che il genio fosse Morrie.» Heathcliff sorrise. Vedere tutti quei denti esposti era uno strano spettacolo, terrificante più che allegro. Ma mi piaceva: un sorriso selvaggio per il mio ragazzo selvaggio.

«È... ehm...» Mi avvicinai per scrutarlo meglio. Dietro di me, Quoth scoppiò a ridere.

«Mina?» Heathcliff mi punzecchiò.

«Io... non ho parole.»

Heathcliff mi gettò un braccio intorno alle spalle e mi condusse verso la sala principale. «Credo che questo chiarisca la nostra posizione sulla lettura elettronica e sul Negozio-che-non-si-deve-nominare. Vieni a vedere cos'altro ho fatto mentre eravate a passeggio.»

Quando entrammo nella stanza, Grimalkin si affrettò a ritirarsi dietro l'angolo, con le zampe che picchiettavano su un piccolo oggetto blu. Quoth si tuffò a prenderlo e ne ricavò una perla, che mi mise in tasca. *Ora troveremo di queste cose ovunque.*

Heathcliff indicò una pila di paletti di legno sull'angolo della scrivania, accanto all'orchidea acquistata da Tatiana che stava già appassendo. «Ho preso anche questi dal ferramenta. Servono per coltivare i pomodori. Ci ho fatto una punta. E voi, come ve la siete cavata?»

Aprii la borsa per mostrargli le ostie, l'acqua santa e l'aioli. Heathcliff prese un wafer e lo morse. «Sa di cartone. Capisco perché avete preso anche l'aioli.»

Gli strappai la cialda dalle mani. «Sai che non sono da mangiare. A che ora dovremmo uscire per la missione ammazza-vampiri?»

Diedi un'occhiata al telefono, poi mi maledissi per averlo fatto quando un flash di luce verde acido mi danzò davanti agli occhi. Dovevo abituarmi a chiedere l'ora.

«Sono le sei e mezza.» Quoth guardò l'orologio. «Prima ceniamo, poi una puntata di *L'Ispettore Barnaby* e poi verso le 22 potremo partire per le nostre attività criminali notturne.»

«Se stiamo salvando il Paese da un vampiro psicotico non si tratta di un'attività criminale,» osservò Heathcliff. «La Regina approverebbe. Anzi, dovrebbe darci delle medaglie.»

«È esattamente quello che direbbe Morrie.» Sorrisi, ma gli angoli della bocca mi tremolarono al pensiero che Morrie non c'era. Mi aggrappai al bordo della scrivania, schiacciata dal bisogno di lui, di vederlo, di toccarlo, di sapere che stava bene.

Niente sembrava andare bene, senza la nostra mente criminale tra di noi. Lo sapevamo tutti, ed era per quello che continuavamo a usare le sue battute per riempire il vuoto che aveva lasciato.

Heathcliff si avvicinò alla scrivania, gli occhi cupi e le palpebre pesanti. Mi abbracciò e mi strinse forte. «Io e Quoth possiamo fartelo dimenticare del tutto,» borbottò.

«Io non voglio dimenticarlo.»

«No, però vuoi che il dolore sparisca.»

Sollevai un sopracciglio, cogliendo il desiderio nella sua voce. «E *L'Ispettore Barnaby?*»

«Abbiamo già abbastanza omicidi da gestire. Non credo che ne sentiremo la mancanza.» Quoth si avvicinò alle mie spalle, posando le sue mani su quelle di Heathcliff mentre mi lasciava dei leggeri baci sul collo.

Non ero mai stata con *solo* loro due. Ogni volta che ero con più di uno dei miei ragazzi, la presenza di Morrie predominava, e lui aveva un modo tutto particolare di essere al comando e gestire le cose. Gli piaceva avere il controllo, il che faceva parte del suo maledetto fascino. Soprattutto quando si scontrava con la rusticità di Heathcliff. Non c'era da stupirsi che quei due avessero così tanti conflitti irrisolti.

E Quoth... Quoth era il collante che ci teneva uniti. Era la dolcezza, il sole che rendeva tutto migliore. In quel momento, le sue labbra avevano trovato le mie e il suo bacio stava rendendo tutto migliore. Quoth era come avere del ricco cioccolato belga e un bel taglio di capelli, insieme. Mi risucchiò il labbro in bocca e io mi sciolsi tra le sue braccia.

Heathcliff allungò un braccio e con un solo colpo spazzò via tutto dalla scrivania. Una cascata di libri, penne, graffette, ricevute e pezzi di gusci d'ostrica rotti franò a terra. Il registratore di cassa rotolò sul tappeto e si fermò quando colpì la gamba del tavolo, facendo schizzare il cassetto e spargendo monete ovunque. Grimalkin miagolò spaventata e si allontanò di corsa.

Ci sarebbero volute ore per sistemare il casino che aveva combinato. E a me non ne importava un bel niente. Quoth mi fece girare e mi spinse verso Heathcliff, le cui mani ruvide mi spinsero a faccia in giù sulla scrivania. Se fosse stato Morrie, si sarebbe posizionato dietro di me, e mi avrebbe passato la punta delle dita sul culo esposto, sussurrandomi con voce suadente qualcosa di sconcio che mi avrebbe fatta bagnare all'istante.

Ma quello era Heathcliff, e lui non era il tipo da stuzzicare e tentare. Lui brandiva il suo cuore, e anche il suo cazzo, come fossero state armi. Non avevo altra scelta che arrendermi.

Heathcliff mi penetrò, così enorme e così forte che mi mancò il respiro. Cercai di fare ondeggiare il bacino per tirarlo più a fondo, ma mi abbracciò, bloccandomi. Mi strinse la carne della coscia con le dita, così forte da farmi male nel senso buono della parola. Io sollevai il capo all'indietro e fissai gli occhi di Quoth, pieni d'amore, di desiderio e di bisogno, e venni con così tanta foga che per poco non svenni.

Heathcliff non aveva finito con me, neanche lontanamente. In qualche modo mi girò mentre era ancora dentro di me. Le sue mani giganti mi afferrarono i seni, mentre mi fissava con occhi pieni di desiderio. Posò le labbra calde e selvagge sulle mie, e mi infilò le dita tra i capelli, portandomi la testa all'indietro per espormi il collo.

Io mi muovevo contro di lui, volendone ancora, ancora, ancora, senza curarmi del fatto che l'angolo della scrivania stava probabilmente lasciandomi un segno permanente sul sedere. Dietro la mia testa intravidi Quoth che osservava con il più dolce e sexy dei sorrisi sulle labbra.

Mi inarcai più che potevo e mi abbandonai a loro due e alla loro magia.

Quando Heathcliff venne, non mi lasciò subito. Mi strinse contro di sé, anche se ero talmente presa dagli orgasmi che a quel punto ero solo un peso morto. Il suo corpo sussultò contro di me e lui affondò la testa nella mia spalla mentre si preparava per l'ultima spinta.

«Ti prometto che lo riporteremo a casa,» mi sussurrò appoggiato all'orecchio, straziato e fiacco, a voce così bassa che quasi pensai di aver immaginato quelle parole.

Heathcliff scivolò via da me e indietreggiò barcollando, con gli occhi spalancati come se non fosse sicuro di quello che aveva detto. Le sue parole rimasero sospese tra noi e, invece di farmi dimenticare Morrie, mi fecero aumentare il desiderio di lui come tanti aghi nel cuore. Heathcliff chiuse gli occhi e gli sfuggì in un rantolo mentre si stringeva un pugno al petto, come se anche il suo respiro fosse gonfio per la perdita dell'uomo che entrambi amavamo con una ferocia che ci distruggeva le anime.

Quoth mi prese in braccio e mi portò alla finestra, stendendomi sul divano e sistemandomi con tutta la calma del mondo le gambe, le braccia e i capelli proprio come un artista compone una natura morta. Le sue mani mi scorrevano sul corpo, indagatrici, esploratrici. Con la bocca mi percorse le dita, depositando una scia di baci leggeri come piume che trasformarono gli aghi che avevo nel petto in un dolore che chiedeva di essere saziato.

I baci si fecero più appassionati, e anche il nostro contatto si intensificò. Quoth mi premette le labbra sul petto, proprio dove il mio cuore incespicava con il suo battito accelerato e irregolare. Fu come se le sue labbra mi avessero toccato qualcosa dentro, come se avessero chiuso una cavità nel mio petto e l'avessero riempita di luce.

Il mio artista tormentato, il mio bellissimo spirito, che metteva a nudo il suo cuore.

Aprii le gambe, sollevando il bacino per attirarlo dentro di me. Quoth mi penetrò con un sospiro triste e squisito al tempo stesso. Mentre mi copriva con il suo corpo e diventava parte di me, mi vennero in mente le parole del suo creatore…

"Abbiamo amato con un amore che era più dell'amore…
Con un amore che i serafini alati del cielo
Invidiavano a lei e me."

Più tardi, mentre giacevamo tutti e tre insieme in un groviglio di membra sull'enorme letto che i ragazzi avevano in qualche modo tirato su dalle scale per me senza uccidersi, le parole di un altro autore, Bram Stoker, mi chiamarono, e io percepii qualcosa di freddo e immortale raggiungermi nell'oscurità per affondarmi nel cuore, perché sapevo che da qualche parte c'era un mostro che aveva fame di portarmi via tutto ciò che amavo.

"Anche se non le viene fatto del male, il suo cuore potrebbe venir meno di fronte a tanti e tali orrori; e in seguito potrebbe soffrire: sia nella veglia, a causa dei suoi nervi, sia nel sonno, a causa dei suoi sogni."

21

«Sposta quel culo piumato: non riesco a vedere niente,» brontolò Heathcliff.

«Cra.»

«Non è una cosa molto educata da dire davanti a una signora,» ribatté Heathcliff, con un tono piuttosto Morriesco.

Heathcliff e Morrie ricevevano telepaticamente i pensieri di Quoth meglio di me, quindi io non ero riuscita a capire il commento scortese, anche se il gesto che aveva fatto con l'ala era piuttosto universale. Sentivo solo i pensieri che Quoth rivolgeva a me, ma loro tre sembravano portare avanti intere conversazioni di cui io sentivo solo una parte. Quello era uno di quei momenti. Tuttavia, poiché stavamo sorvegliando la proprietà di Grey Lachlan, era anche il momento per tutti di stare in silenzio.

«Perché non hai portato il tuo cane, Mina, per rendere il tutto un allegro circo-oooh!» Heathcliff si sfregò la guancia e guardò il corvo. «Perché l'hai fatto?»

«Cra!» Quoth saltellò arrabbiato. Heathcliff emise un sospiro esasperato.

Li fulminai entrambi con lo sguardo. «Pensate di essere in grado di fare piano?»

«Guarda che razza di buco mi ha fatto sulla guancia,» brontolò Heathcliff.

«Te lo sei meritato. Quoth ha ragione. Tra qualche mese, Oscar verrà con noi in tutte le nostre escursioni, e probabilmente si comporterà meglio di voi due.» Diedi una gomitata a Heathcliff. «Dimmi cosa vedi.»

«Assolutamente niente.» Heathcliff aprì un varco nella siepe e sollevò il binocolo verso la fila di case moderniste a schiera. «Ma pensi che sia lì?»

Prendendolo come un suggerimento, Quoth volò fino al balcone e si appollaiò sulla ringhiera, scrutando dentro le finestre buie. Poi fece un giro della casa e tornò tra i cespugli.

Tutto libero. La casa è completamente vuota. Non c'è nemmeno un pipistrello in vista, né una bara in salotto.

Gli accarezzai la testa e presi in mano il mio kit da vampiro. «Andiamo.»

Camminammo in silenzio sull'erba curata e ci avvicinammo alla porta. Quoth teneva d'occhio la strada mentre Heathcliff armeggiava con il kit da scasso che apparteneva a Morrie. «Queste maledette cose non sono fatte per le mie dita,» brontolò dopo aver fatto cadere per la terza volta il piccolo strumento metallico.

«Dai a me.» Tesi la mano.

«Hai detto che volevi che aprissi io la serratura.»

«Perché se non ti do un lavoro da fare, te ne stai lì a criticarci e a distrarci. Certo, te l'avevo detto quando pensavo che sapessi come si fa.» Scossi la mano. Heathcliff vi appoggiò lo strumento.

«E tu lo sai?»

Mi inginocchiai davanti alla porta e infilai il grimaldello nella serratura. «Quando Morrie si annoia, mi fa fare esercizio per forzare le serrature. Non posso garantire che ci riuscirò, soprattutto perché non riesco a vedere quello che faccio, ma secondo Morrie è tutta una questione di sensazioni...»

CLIC.

La porta si aprì di scatto. Io sorrisi trionfante a Heathcliff. Quoth tornò svolazzando dalla strada e si infilò dentro per primo, perlustrando l'interno prima di invitarci a entrare con un gesto d'ala.

Tutto libero.

Accesi la luce (con tutte quelle vetrate sarebbe stata meno sospetta di una torcia elettrica che illuminava qua e là) e studiai la casa. Grey Lachlan poteva essere molte cose, ma aveva un buon team di progettisti, quando si parlava di cubi minimalisti. Il piano inferiore era un open-space con soggiorno, sala da pranzo e cucina, con l'intera parete posteriore in vetro che dava sul fiume. Il locale era già completamente arredato con mobili moderni e freddi e con una "non-arte" di buon gusto alle pareti, il tutto di un bianco intenso accentuato da toni naturali e molto hipster.

I miei occhi cercarono sulle superfici lisce una scatola o un vaso dove Dracula potesse tenere il suo terriccio, ma non c'era nulla di sospetto. Heathcliff fece il giro della camera da letto al piano superiore, mentre Quoth saltellava lungo i davanzali e usava il becco per aprire i cassetti della cucina.

«Forse non l'ha ancora portato?» Heathcliff scese le scale a passi pesanti.

«O forse non voleva che apparisse fuori luogo, soprattutto se pensava che gli stessimo addosso. Senza dubbio Grey gli ha parlato di noi.» Studiai la cucina, dove sul bancone era allineata una fila di elettrodomestici nuovi di zecca. Una macchina per il caffè con pressione a freddo, un'elegante macchina per il pane e... ma quello era un attrezzo per la produzione di birra artigianale?

Sollevai un sopracciglio di fronte a quella strana rassegna. «Dracula è un hipster?»

Yuh-yuh-yuh. Quoth fece la sua risata da uccello.

«Se Morrie fosse qui, ci pregherebbe di prendere una di queste cose per il negozio.» Heathcliff guardò la macchina del caffè. «Tutti questi strumenti di tortura da cucina hanno dei contenitori, vero?»

Ovvio.

Heathcliff aprì la macchina del pane mentre io sollevavo il tappo dell'attrezzo per fare la birra. Fui colpita da un aroma di terra e, quando sbirciai dentro il secchio, il mio naso toccò della terra umida e fresca.

«L'ho trovata.» Alzai il secchio in segno di trionfo. «Un contenitore di terra di Dracula, pronta per essere usata.»

«Prendi le patatine da comunione e andiamocene da qui.» Gli occhi di Heathcliff brillavano.

Con il secchio sotto un braccio affondai la mano nella borsa. «Sono cialde, non patatine...»

Fui raggiunta da un rumore di ali che svolazzavano dietro di me. Pensavo che Quoth stesse esaminando i pensili, ma poi sentii un *craaa* strozzato. Mi sentivo l'ansia serpeggiare nel petto. *È nei guai.*

Mi girai di scatto. Quoth sbatteva freneticamente le ali tenuto fermo da un uomo, che stringendosi al petto il corpo del mio corvo brandiva un coltello da macellaio. L'ombra degli armadietti della cucina e un cappuccio nero che gli copriva il viso mi nascondevano la maggior parte dei suoi lineamenti. Sulle labbra sottili aveva un sorriso che non si poteva definire altro che maniacale.

Lo sconosciuto premette il coltello alla gola di Quoth e tese la mano chiedendomi il secchio. «Credo che questo appartenga a me.»

22

È *lui.*

È Dracula.

Si mise sotto le luci e mi bloccai per il terrore. *Ha preso Quoth*. Sta facendo del male a *Quoth*. Non potevo far altro che fissare la figura che avanzava, con le dita protese verso di me, sempre di più, le punte macchiate di scuro.

Sangue.

Quoth si avvicinò all'uomo e con il becco gli afferrò il bordo del cappuccio, tirandoglielo via. Io barcollai quando mi resi conto del volto che c'era sotto. Era a malapena riconoscibile: il suo abito di solito impeccabile era sostituito da una tuta da ginnastica nera e macchiata, che gli pendeva di dosso tutta a brandelli, strisce di carne gli erano state strappate dalle guance e aveva gli occhi che ardevano di follia.

Non Dracula.

Grey Lachlan.

La mano di Grey rimase sospesa nell'aria tra di noi, le dita che reclamavano qualcosa. «Mi riprendo io quella terra, grazie.»

«Intendi questa?» Riacquistando la lucidità, sollevai la

mano in modo che Grey vedesse l'ostia sacra che avevo tra le dita. Grey si slanciò in avanti, ma era troppo lento. Io infilai l'ostia nella terra, spargendone qua e là sulle piastrelle immacolate.

Il costruttore si bloccò, lasciando cadere Quoth. Il mio corvo finì a terra e si mise in salvo rifugiandosi dietro le gambe di Heathcliff. Grey spalancò gli occhi per il terrore, simile a un cartone animato, mentre fissava l'ostia che spuntava dalla terra.

«Non sai cosa hai fatto,» sibilò.

«So esattamente cosa ho fatto.» Rovesciai il secchio, gettandogli addosso la terra e spargendola in giro per la cucina immacolata. «Di' al tuo capo che gli stiamo addosso. *Vi* stiamo addosso. Non c'è modo che lui metta le mani sulla Libreria Nevermore, e lo fermeremo prima che possa trasformare l'Inghilterra nel suo nuovo terreno di caccia.»

Grey mi fissò furioso. «Pensi di avere il potere di fermarlo, figlia di Omero? Pensi che i suoi piani si limitino al semplice controllo dell'Inghilterra? Sei una sciocca ragazza cieca, con un delinquente gitano che piange per il suo cuore spezzato, e un inutile avanzo di poesia il cui unico potere è farsi crescere le piume dal buco del culo. L'unico che rappresentava una vera minaccia era il criminale vittoriano, ma è stato neutralizzato. Ora nulla lo ostacola.»

Lo sa.

Conosce i segreti della Libreria Nevermore. Ma come?

Aprii la bocca per chiedere risposte a Grey. Magari aveva saputo del rapimento di Morrie dai giornali, ma le altre cose che aveva detto...

Un lampo saettò fuori dalla finestra, inondando la stanza con un bagliore che mi accecò. Sbattei le palpebre freneticamente, stringendo il paletto in mano. Mi buttai in avanti alla cieca, ma il paletto trafisse solo l'aria.

Grey Lachlan era scomparso.

23

«Smetti di camminare,» mormorò Heathcliff.

«Come fa a *saperlo*?» Mi passai le dita tra i capelli, sbattendo con gli anfibi sulle assi del pavimento mentre attraversavo la stanza.

Eravamo di nuovo in libreria. Era mezzanotte passata da un pezzo, ma non riuscivo a dormire. Heathcliff aveva acceso il fuoco e si era rannicchiato sulla sedia. Grimalkin, in forma umana, era accovacciata sull'angolo del tappeto ai suoi piedi. E Quoth stava nell'ombra, con la testa penzoloni e la bocca imbronciata, tesa in una linea sottile.

«Sa del negozio perché gliel'ha detto Dracula. Se il signor Simson, cioè tuo padre, lo ha inseguito per tutti questi anni, è probabile che Dracula abbia tenuto d'occhio il negozio. Sa della sua magia perché è da qui che è venuto, e probabilmente ha capito le nostre identità andando per esclusione. Non è che i nostri nomi non lo rendano ovvio. Per quanto riguarda te, tuo padre credeva che qui fossi al sicuro. Da quello che leggiamo nelle sue lettere, Dracula non sapeva della tua esistenza, il che...» Heathcliff tossì, interrompendosi.

«Il che significa che probabilmente è successo qualcosa di

orribile a mio padre,» conclusi io al posto suo. «Questo l'ho capito. Quello che non capisco è... perché tutto questo succede adesso? Se Dracula è in questo mondo da tempo, perché ha aspettato fino a ora per fare la sua mossa?»

«Perché sei andata in America,» disse Quoth a bassa voce.

«Eh?»

«Lui non sapeva della tua esistenza. Vivevi in America. Forse solo al tuo ritorno ha saputo di te. Inoltre...» Quoth strizzò gli occhi, segno che stava per dire qualcosa che sapeva non avrei voluto sentire. «Se ricordi, Dracula ha un legame telepatico con Mina Harker. Forse crede in qualche modo che tu sia necessaria.»

«Ma io *non* sono Mina Harker. Il fatto che abbia lo stesso nome di battesimo è una pura coincidenza. Io sono la vecchia e solita Mina Wilde, non vengo da una storia di fantasia. Non può essere tutto per colpa mia.» Sollevai le mani. «Io non sono nessuno. Sono una stilista fallita diventata proprietaria di una mezza libreria.» *E un'aspirante scrittrice,* pensai, anche se non avevo ancora il coraggio di dirlo ad alta voce.

«Sei la figlia di Omero,» ribatté Heathcliff.

«E *mia nipote,*» ci ricordò Grimalkin, come se quella fosse la cosa più importante.

«E allora? Non è che questo mi conferisca una sorta di magia speciale. L'unica cosa che mi ha fruttato è stato un complesso di abbandono e un paio di occhi mezzi marci.»

«Mio figlio è stato bagnato nelle acque del Meles.» Grimalkin si sollevò in tutta la sua altezza, allungando a dismisura il corpo flessuoso. Mi pose le mani sulle spalle, con le unghie affilate che mi si infilavano nella carne. I suoi occhi brillavano di un fuoco che sembrava provenirle dal profondo, e che parlava di antichi riti e di dee che camminavano sulla terra. In quel momento, appariva in tutto e per tutto la formidabile, magica ninfa della leggenda. «La stessa magia scorre nelle tue vene.»

Io mi fissai le mani. «Non sono magica. È ridicolo.»

Grimalkin mi sorrise. «Allora perché questo edificio reagisce alla tua presenza? Perché Dracula usa il suo servitore per spiarti?»

«Dracula vuole il negozio, non me.»

«Ha bisogno di entrambi se vuole usare la sorgente del Meles per viaggiare nel tempo.»

Feci un balzo indietro per la sorpresa, andando a colpire con la gamba il bordo del tavolino e mandando a terra una pila di libri. «Come fai a sapere che è quello che sta cercando di fare?»

«È ovvio.» Grimalkin si soffiò sullo smalto perfetto. «Perché Dracula dovrebbe limitarsi a consumare tutto il sangue dell'Inghilterra quando potrebbe viaggiare nel tempo e in tutti i mondi dei libri, per consumare ogni umano che sia mai stato e che mai sarà? Potrebbe spodestare i re e le regine della storia e mettersi sui loro troni, costruire interi eserciti di schiavi non morti e, quando desidera nuovo sangue, volare in una nuova epoca. Quando si è immortali, le possibilità di viaggiare nel tempo sono alquanto allettanti.»

Mi buttai sulla sedia di fronte a Heathcliff. Un lampo verde mi danzò davanti agli occhi e mi sfregai le tempie. «Fantastico. Semplicemente meraviglioso.»

«Abbiamo capito. Dracula è uno spaventoso figlio di puttana. Ma non lo sconfiggeremo stasera,» sbottò Heathcliff. «E di certo non lo scopriremo senza Moriarty. Dobbiamo tornare al suo caso.»

Morrie. Mi prudevano le braccia per il desiderio di stringerlo. Avevo un disperato bisogno di ascoltare la sua voce soave e impertinente, di sentire le sue braccia intorno a me. Tirai fuori il telefono e fissai lo schermo pieno di messaggi da parte sua, che mi chiedevano come fosse andata la nostra prima uscita di caccia ai vampiri. Cominciavano nel suo solito stile scanzonato, ma poi diventavano rapidamente più preoccupati. *Anche lui vorrebbe disperatamente essere qui con noi.*

Scrissi un messaggio che parlava di distruggere il terriccio, di incontrare Grey Lachlan e di scoprire che Dracula era alla ricerca delle acque del Meles. *Merda. Se Grey lavora per lui, siamo davvero nei guai se scopre il tunnel. Spero che Heathcliff riesca a convincere Andy a farsi vivo presto. Forse dovremmo spargere acqua santa e mettere qualche piattino di aioli in giro...*

Mi arrivò la notifica di un messaggio di Morrie. «Il fatto che Dracula voglia la Nevermore ha effettivamente senso, soprattutto se si considera l'impossibilità matematica dei vampiri.»

«Come scusa?»

Mi rispose. «Un fisico americano ha fatto due calcoli. Se un vampiro arrivasse sulla Terra, si nutrisse solo una volta al mese, e ogni persona di cui si nutrisse diventasse un vampiro, l'intera popolazione della Terra si trasformerebbe in vampiro nel giro di tre anni. Supponendo che i vampiri non possano bere il sangue di altri vampiri, è un quadro irrealizzabile, se serve sangue umano per sopravvivere. Però se Dracula potesse mordere il collo non solo di tutti gli esseri umani della storia, ma anche di tutti gli esseri umani presenti nelle pagine di ogni libro mai scritto... Sono felice di sapere che stai bene, bellezza. Cominciavo a immaginare il tuo collo perforato dai morsi dei vampiri. Di' a quel bastardo di Dracula che l'unico autorizzato a morderti sono io.»

Un sorriso mi tese un angolo della bocca mentre dettavo una risposta, chiedendogli come se la stesse cavando.

«Sto abbastanza bene, ora ho libri, scacchi e le tue occasionali missive che mi tengono compagnia. Sherlock si comporta in modo strano. La pista di Aidan si è raffreddata, ma nonostante le prove che avete presentato si rifiuta di considerare Grant o Tara o persino Sam (l'Uomo Scarafaggio) come sospetti. Temo che il viaggio nel tempo gli abbia alterato il cervello o qualcosa del genere. Voi cosa avete scoperto?»

«Non molto. Non siamo riusciti a ottenere un incontro con Grant e io non ho saputo da Jo cosa indossava Kate quando è morta.»

«Non preoccuparti, ho fatto un'escursione più in alto sulla montagna e oggi sono riuscito ad avere una ricezione decente. Il puntino mostra lo stemma di Abbythorne, una scuola pubblica d'élite. Ti piacerebbe questo posto, bellezza: gli edifici sembrano Hogwarts. Una rapida indagine sugli ex alunni di Abbythorne mi ha rivelato che Grant Hosking ha frequentato la scuola da giovane. E guarda un po': di recente ha partecipato a una rimpatriata in cui tutti i capiclasse indossavano il blazer.»

Morrie mi inviò l'immagine di Grant Hosking tutto orgoglioso della sua barba, in piedi in una fila di tipi di mezza età dall'aria altrettanto compiaciuta. Ogni tizio ritratto nella foto indossava una giacca nera con bottoni lucidi. Bottoni come quello che Sherlock aveva trovato vicino al corpo di Kate.

C'era qualcos'altro nella foto che mi sembrava familiare. Qualcosa che riguardava i blazer... mi suggerivano qualcosa, ma non riuscivo a cogliere.

Gli mandai la mia risposta. «È tutto collegato. So che è così. Tara e Grant si frequentavano. Se solo potessimo entrare per vedere Grant, ma finora non ci siamo riusciti.»

Morrie mi inviò un link a un sito web di lavoro. Incuriosita (e con la dovuta trepidazione), cliccai sul link. Il mio telefono mi lesse l'annuncio: cercavano un'assistente personale che lavorasse "a stretto contatto" con il fondatore di Ticketrrr.

Le mie labbra si ritrassero in un ghigno selvaggio. Sapevo esattamente cosa stava suggerendo Morrie. C'era da fidarsi di lui se si trattava di trovare il modo perfetto per costringere un pubblico ad ascoltare il nostro sospettato numero uno.

Quoth si lasciò cadere sul bracciolo della poltrona e mi mise le braccia al collo. «Cosa dice Morrie?» La sua voce era preoccupata. «Resiste, a fare l'uccellino in gabbia?»

«Morrie sta benissimo. Anzi,» alzai il telefono per mostrare a Quoth il messaggio, «ora, se vuoi scusarmi, devo andare a letto se domattina voglio stupire il mio nuovo potenziale datore di lavoro con la mia arguzia e la mia bellezza.»

24

«Salve, signor Hosking. Mi chiamo Mina.» Sbattei le ciglia finte. «Sono molto contenta di essere qui. Adoro... ehm, la tecnologia.»

Le cose si muovono veloci nel mondo della tecnologia, così ero stata chiamata per una "chiacchierata informale" solo un'ora dopo che avevo inviato il mio curriculum. Heathcliff era rimasto al negozio per aspettare Andy l'Aggiustino e impedire che mia madre si facesse consegnare lì altre ostriche, e io mi ero recata a Londra in treno con Oscar e Quoth. Quoth stava gestendo così bene la presenza di Oscar che li avevo lasciati gironzolare per Hyde Park e fare amicizia tra di loro, mentre io stupivo Grant Hosking con le mie... risorse.

Non avevo avuto molto tempo per prepararmi per il colloquio, quindi ero ancora piuttosto incerta su cosa facesse esattamente Ticketrrr, oltre a fornire una sorta di app di biglietteria sul cloud per grandi eventi e ad avere tre "r" inutili nel nome. Non sembrava che la mia mancanza di conoscenze potesse essere un problema. Mentre Grant mi studiava il corpo come se fossi un tenero bocconcino e lui fosse appena uscito da due settimane in cui si era nutrito di soli succhi di frutta, capii

221

di aver azzeccato l'abbigliamento. Era sufficientemente formale, però la gonna mi copriva a malapena il sedere e l'aggiunta di calze bianche con i fiocchi, alte fino al ginocchio, era stata *geniale*.

Almeno, così mi aveva detto Morrie dopo che gli avevo mandato un selfie. Mi aveva detto anche altre cose, così sconce che arrossivo solo a ricordarle.

Concentrati, Mina.

Avevo dimenticato di cosa stavo parlando, così mi limitai a sbattere di nuovo le ciglia. Notai il pomo d'Adamo di Grant andargli su e giù mentre lottava per formulare pensieri coerenti. Si appoggiò il portatile sull'inguine in un modo che mi fece capire che stava pensando a cose inappropriate su di me. Ero quasi orgogliosa di me stessa, finché non ricordai che quell'uomo poteva avere ucciso Kate Danvers.

«In Ticketrrr noi facciamo le cose in modo diverso. Non crediamo alle situazioni in cui le persone stanno rintanate in uffici e silos. Lavoriamo in un unico grande spazio condiviso, senza scrivanie assegnate. Non si sa mai chi può capitare nel tavolo vicino, e se magari una conversazione casuale può far nascere un'idea da un milione di dollari. Questa stanza è uno dei nostri spazi per le riunioni.» Grant lanciò un'occhiata allo schermo sulla parete. «Dobbiamo lasciare il posto tra ventidue minuti per permettere alla squadra del pub quiz dell'ufficio di allenarsi.»

Come si allena la squadra di un pub quiz? Ma poi notai un frigo da birra nell'angolo della stanza, con sopra sacchetti di patatine e scatole di ciambelle, e sospettai di sapere la risposta.

«Affascinante. Sono davvero entusiasta di diventare un... membro della squadra.» Mi attorcigliai una ciocca di capelli su una penna. *Sono di una bravura quasi criminale in questa cosa.*

«Lo apprezzo molto, Mina. Diamoci pure del tu. È stato difficile trovare qualcuno che si adattasse al ritmo duro e veloce del lavoro qui dentro. Avevo una straordinaria progettatrice senior, Kate, ma da quando se n'è andata non sono riuscito a trovare nessuno che sia rimasto per più di qualche settimana.»

Probabilmente perché sei un segaiolo di classe A. Sorrisi. «Beh, io non mi arrendo facilmente. Ma dimmi, cosa ha spinto questa Kate ad andarsene? Ha avuto un passaggio di ruolo all'interno dell'azienda?»

«Ehm, no. In realtà, è una storia triste. È morta.» Lo sguardo di Grant si spostò a un punto dietro la mia testa. Notai che non mi aveva detto *come era* morta.

«Oh, che peccato.»

«Sì... ma non possiamo soffermarci sugli aspetti negativi quando stiamo rivoluzionando il settore della biglietteria per eventi. È un momento emozionante: siamo un team di sviluppatori ninja rock e stiamo costruendo l'aereo mentre lo pilotiamo. Al momento il bilancio è appena in pari, ma siamo quasi pronti per quotarci con una IPO. Ti ho mostrato il nostro sistema? Facciamo tutto nel cloud, quindi siamo modulari e agili. Ti faccio vedere come funziona la nostra applicazione...» Grant avvicinò così tanto la sua sedia che mi si venne praticamente a sedere in grembo e mentre apriva un'applicazione sul suo portatile mi sfiorò un braccio.

Che idiota: non sono nemmeno nel settore tecnologico e capisco da sola che ha usato tutti i cliché e le parole in gergo che ha trovato nei libri che ha studiato, solo per sembrare intelligente. Cercai di fingere interesse mentre Grant mi descriveva l'applicazione e mi disegnava dei cerchi sulla coscia con le dita. Ogni centimetro del mio corpo era schifato e non vedevo l'ora di andarmene da lì, ma non me ne sarei andata finché non mi avesse dato *qualcosa.*

Ma come fare a tirare in ballo Kate e Tara senza dare nell'occhio?

Grant chiuse lo schermo del portatile e io notai che il suo screensaver non era la solita isola deserta standard, bensì una foto di venti ragazzi che facevano le corna da metallari alla macchina fotografica. *Che schifo. Scommetto che saranno tutti fan di Ed Sheeran che non hanno mai sentito una canzone punk o metal in vita loro.*

Però qualcosa attirò la mia attenzione nella fila posteriore. O meglio, *qualcuno.*

Grant girò il computer, ma io gli afferrai il braccio. Lui si bloccò per la sorpresa. Probabilmente era la prima volta che una donna cercava un contatto con lui. La sua pelle era appiccicaticcia e io trattenni un brivido, ma mantenni la calma e tornai a sbattere le ciglia.

«Quella foto sul desktop sembra un evento divertente. Posso vederla più da vicino?»

«Certo.» Grant mi passò il portatile e io scrutai l'immagine. *È lui, lo so.*

Aveva i capelli rossi, una barba da hipster e una camicia da boscaiolo, e gli occhi erano di un altro colore, ma era *lui.* Avrei riconosciuto quel volto ovunque.

Sentivo la rabbia scorrermi dentro: lava fusa nelle vene. Ero così scioccata e furiosa che mi accorsi a malapena che Grant stava ancora parlando. «La foto è stata scattata al nostro incontro con i dirigenti di due anni fa. Ogni anno portiamo i migliori e più brillanti tra i futuri leader dell'azienda in un viaggio esclusivo, tutto pagato. Trascorriamo una settimana in un resort di lusso, con corsi di formazione sulla leadership e attività interessanti. Vengono invitati solo i migliori. Sono sicuro che sarai tra i favoriti per l'evento di quest'anno.»

Due anni fa.

Deglutii. Quella fotografia cambiava *tutto.* «Chi è quest'uomo?» Puntai il dito sul volto dell'uomo.

«Oh, Clarence? Lavora nel nostro ufficio di Parigi. È un po' un pantofolaio, più interessato a parole crociate che a prostitute e pomp...» Grant tossì per coprire quello che stava per dire. «Sì, beh, questi ritiri possono farsi piuttosto scatenati, ma noi cerchiamo sempre di tenere le cose peggiori lontane dai social media, per la reputazione dell'azienda. Comunque, questo tizio non li usa nemmeno i social media. Ti dico: è uno fuori di testa. Ho dovuto minacciare di licenziarlo per convincerlo a posare in questa foto.»

«Da quanto tempo Clarence lavora con voi?»

«Non sono sicuro che sia ancora in giro. È uno che si mimetizza un po' con lo sfondo, e inoltre, noi tendiamo a spostare le persone abbastanza velocemente.»

«Ti sembrerà una richiesta strana, ma non è che potrei avere una copia di questa foto? Vorrei metterla sulla mia bacheca dei sogni come qualcosa a cui aspirare.»

Tac, tac, tac. Le mie ciglia non avevano mai lavorato così tanto.

«Ma con piacere. Te ne stampo una copia.» Grant pigiò un paio di tasti, poi si alzò. «La stampante è nell'altra stanza. Vuoi dell'altro caffè, dato che ci sono?»

«Certo, grazie.»

Grant uscì, chiudendosi alle spalle la porta di vetro smerigliato. Non appena sentii il click della serratura, girai il suo computer verso di me e aprii il suo client di posta elettronica. La ricerca del nome di Kate non produsse nessun risultato, il che non aveva senso se lei era il suo progettista principale. Poi notai la notifica di una chat nell'angolo.

Ovvio: un ufficio supertecnologico come quello era troppo avanti per le e-mail. Cliccai sulla chat e trovai una lunga serie di conversazioni private tra Kate e Grant. Non avevo tempo di leggerle, così le inviai via e-mail all'account segreto di Morrie per guardarle più tardi. Chiusi lo schermo e rimisi il computer al suo posto proprio nell'istante in cui Grant rientrava con il caffè e la mia fotografia.

«Grazie mille.» Mi infilai la foto in borsa e mi alzai. «Mi

piacerebbe rimanere per bermi il caffè e continuare a parlare di strategia, esecuzione, innovazione e della tua barba davvero stupenda, ma in realtà mi sono dimenticata che ho... un altro colloquio da fare, per questa startup chiamata RiVino: ne hai sentito parlare? È un'applicazione che ti permette di condividere le bottiglie di vino aperte che non ti piacciono, scambiandole con altre persone che hanno aperto una bottiglia che non è risultata di loro gradimento. Ma sei stato davvero meraviglioso e sono entusiasta di essere stata invitata a candidarmi per questo lavoro.»

Scappai fuori dall'edificio prima che Grant potesse trovare un'altra scusa per toccarmi di nuovo. Quoth era appoggiato a un palo del telefono, con le mani infilate in tasca e gli occhi fissi al cielo. Spiccava, radioso e luminoso nel grigiore delle stradine londinesi, i suoi capelli una scintillante cascata di ombra. Oscar sedeva buono ai suoi piedi, il ritratto dell'obbedienza e della perfezione canina. Non mi stupii quando vidi una donna di passaggio che per guardarli inciampò sul marciapiede.

Mi gettai tra le braccia di Quoth. Le sue labbra sfiorarono le mie, facendomi dimenticare il tocco disgustoso di Grant. Rabbrividii appoggiata a lui, mentre il fantasma delle dita umide di Grant mi disegnava ancora cerchi sulla coscia.

«Quell'uomo fa schifo.» Affondai il viso nella sua spalla, assaporando il suo fresco profumo. Oscar si alzò di scatto, volendo partecipare anch'egli all'abbraccio, così strinsi anche lui.

Gli occhi di Quoth mi squadrarono da capo a piedi, osservando il mio ridicolo abbigliamento. Le sue iridi scure si accesero di fiamme arancioni. «Sei stupenda.»

Si spostò un po', così sentii la sua erezione contro la coscia. La mia mente tornò alla prima volta che ero venuta a Londra con Morrie e Quoth, per indagare sulla stilista Holly Santiago che credevamo avesse ucciso la mia ex migliore amica Ashley.

Morrie mi aveva trascinata in un vicolo e mi aveva infilato una mano nei legging. Quoth ci guardava da dentro la sua voliera mentre Morrie mi faceva impazzire con le dita e quella lingua viziosa.

Il ricordo mi fece arrossire. Evidentemente anche Quoth aveva pensato a quel giorno, perché mi strinse i capelli con le dita e mi travolse in un bacio profondo e avvolgente.

«Sono contento di non essere bloccato in una gabbia questa volta.» Mi tirò contro di lui e io mi sentii mancare. Di solito non mi piacevano le effusioni in pubblico, ma da quando avevo un Quoth da abbracciare per strada le cose erano diverse. «Io e Oscar ci siamo goduti il parco. Ha cercato di inseguire uno scoiattolo, ma io l'ho distratto con dei dolcetti. Sembra che io gli piaccia e che non gli interessi mangiarmi vivo. Almeno, il tuo vestito ha avuto successo?»

«Non sai quanto. Sono riuscita a copiare la cronologia delle chat di Grant con Kate. Quando torniamo a casa potremo esaminarle, oppure le invierò a Morrie. Sono sicura che aveva qualcosa che non andava, però solo perché è un viscido idiota non deve per forza essere anche un assassino. Soprattutto se...»

«Che c'è, Mina?» chiese Quoth.

Tirai fuori la fotografia dalla borsa e gliela porsi. «Questa è una foto scattata al summit dei dirigenti della Ticketrrr, due anni fa. Guarda il secondo uomo da sinistra. Forse non vedo bene per i miei occhi, ma...»

«Oh merda,» mormorò Quoth, la voce tesa.

«Esatto.»

Abbassai lo sguardo sulla foto, sapendo che ora avevamo per le mani un mistero ancora più grosso. Perché *due anni fa* Sherlock Holmes era al meeting dei dirigenti della Ticketrrr, e cosa nascondeva?

25

«Ci ha mentito,» sussurrai, con la voce rotta dalla rabbia. «Quel bastardo ci ha *mentito*. Ha detto di essere nel nostro mondo da un paio di mesi, e invece ha lavorato in questa azienda, *due anni fa, almeno*. Grant ha detto che non voleva farsi fotografare, quindi stava attento a nascondere le prove della sua presenza.»

Quoth aggrottò le sopracciglia guardando l'immagine. «Pensi che sia questo il vero motivo per cui Sherlock non ha voluto il tuo aiuto nelle indagini sul caso di Morrie? Sapeva che ti avrebbe portata al capo di Kate e non voleva che vedessi quella fotografia.»

«Certo. Ma *perché?* Che importanza ha il fatto che lavori per la stessa azienda di Kate? Perché Sherlock non dovrebbe considerare Grant un indiziato? Semmai dovrebbe renderlo ancora più sospettoso. Doveva sapere che Grant era un vero bastardo...» Sgranai gli occhi. «Ehi, questo significa che Sherlock potrebbe essere stato al ritiro della Wild Oats quando Kate è scomparsa. È più coinvolto di quanto voglia farci credere.»

«È deciso a far ricadere l'omicidio su uno dei compari di

crimine di Morrie,» sottolineò Quoth. «E se fosse per distogliere l'attenzione da Grant o da qualcun altro alla Ticketrrr?»

«Appunto.» Mi si raggelò il sangue. «Oppure... da se stesso.»

«Ti rendi conto di cosa significa?» Gli occhi scuri di Quoth si conficcarono nei miei. «Morrie è intrappolato in quella capanna con il nostro principale sospettato.»

Mi aggrappai a Quoth mentre comprendevo l'orrore, e percepii chiaramente il sangue che mi si trasformava in ghiaccio. Per tutto il tempo io avevo pensato che fosse lì per riconquistare l'amore di Morrie. Invece Sherlock Holmes poteva essere il nostro assassino?

26

«Quel bastardo impestato.» Le dita di Heathcliff stropicciano gli angoli della fotografia.

Dopo un altro lacrimevole addio a Oscar e Edie, io e Quoth eravamo tornati al negozio, dove avevo infilato la fotografia nelle enormi mani di Heathcliff e gli avevo raccontato tutta la storia.

«Attento.» Lo ripresi. «Mi serve come prova. Inoltre, non significa che sia *sicuramente* l'assassino. Ho controllato tutti i messaggi tra Grant e Kate. Quel tizio è una vera schifezza. Dopo che lei ha rifiutato le sue avances, ha coinvolto Tara come consulente per i cosplay e ambasciatrice del marchio, anche se sapeva che era Kate ad avere i contatti giusti nel settore. Quando ha iniziato a frequentare Tara, Grant condivideva con Kate i dettagli più osceni dei loro weekend, solo per deprimerla. E quando lei si è lamentata di lui, lui ha fatto in modo che tutti i suoi amici maschi del team lo sostenessero, dicendo che Kate aveva interpretato le sue "battute da maschio" come molestie. Le ultime parole di Grant, un paio di settimane prima che partissero tutti per la Wild Oats, sono state: "È meglio che ti guardi le spalle. Nessuno vuole una guastafeste nel team

Ticketrrr. Ci siamo già occupati della tua piccola società di eventi. Se presenti un'altra lamentela del genere, io e Tara te la faremo pagare di certo".»

«Sembra una minaccia,» ringhiò Heathcliff.

«È *assolutamente* una minaccia. È stato questo che ha mandato Kate fuori di testa e l'ha convinta ad andare avanti con la sua morte simulata? Ma se la sua morte era andata così bene, perché tornare in Inghilterra? Perché non è rimasta nelle Filippine? È tornata per Dave? Non credo che lui l'abbia vista viva, non mi sembra uno bravo a mentire. Oppure Kate era mossa da altri motivi? Forse ha visto che Grant stava reclutando altre donne giovani e sexy dalla scena cosplay. Ha deciso di tornare per metterle in guardia, ed è per questo che Grant è rimasto senza progettista. Forse Grant ha capito che era Kate a spaventare tutte le sue potenziali vittime, e ha deciso di vendicarsi...»

Mi vibrò il telefono. Lo afferrai. Dave, tutto bene?»

«Mina, devo parlarti.» La voce di Dave si incrinò. Sembrava *terrorizzato*. «Possiamo vederci a casa mia? Per favore? Non ho nessun altro a cui rivolgermi e devo mostrarti la verità sull'omicidio di mia moglie.»

27

«Non ci andrai da sola.» Heathcliff mi afferrò il braccio mentre scendevo dalla macchina che avevo chiamato. «Questo tizio è ancora nella nostra lista dei sospetti.»

«Dave mi conosce. Se mi presentassi lì con un Heathcliff grande, grosso e arrabbiato, lo spaventerei. È il più grande indizio che abbiamo finora, e non ti permetterò di metterlo a tacere solo perché gli fai paura.»

«Bene. Allora Quoth entrerà con te.» Heathcliff spalancò la porta della voliera e mi posò il pesante corvo sulla spalla.

Mi prenderò io cura di te. La voce rassicurante di Quoth mi entrò nella testa. Guardai Heathcliff finché non si ritirò all'ombra degli alberi che costeggiavano il parco, e poi mi diressi verso la casa.

Il giardino anteriore era in uno stato di degrado ancora peggiore dell'ultima volta. Mentre mi avvicinavo alla porta d'ingresso, notai una figura che si allontanò dal muro laterale della casa e si lanciò lungo il vicolo che correva tra i condomini dove abitava Dave. Forse erano i miei occhi che mi giocavano brutti scherzi, ma *sembrava* che la figura indossasse un costume bianco da angelo, schizzato di vernice rossa.

Era Tara Delphine, mi disse Quoth. *Devo seguirla?*

«Vai.» Lo spinsi via dalla mia spalla. Lui si fiondò nel vicolo per inseguire Tara e mi lasciò sola sul gradino. La paura mi attanagliava le budella. *Cosa ci fa qui e perché è scappata appena ha visto che mi avvicinavo?*

Alzai un pugno per bussare, ma mi accorsi che la porta era già socchiusa. La spinsi con un piede, non volendo assolutamente entrare, ma sapendo di non avere altra scelta.

Mi gettai un'occhiata alle spalle. Non riuscivo a vedere Heathcliff dall'altra parte della strada, ma sapere che era lì, pronto a correre e a sferrare pugni, mi diede la scossa di coraggio che mi serviva per muovermi. Entrai in casa. Kate mi scrutava dalle fotografie allineate alle pareti: gli stessi occhi verdi brillanti e lo stesso viso sorridente in cento costumi diversi, ognuno dei quali rivelava una sfaccettatura della sua personalità. Notai uno spazio in cui mancava una delle immagini più grandi. Forse quella particolare immagine era troppo, per Dave. Cercai di ricordare quale costume fosse, ma non trovai nulla.

La casa era silenziosa. Sinistramente silenziosa.

«Dave?» sussurrai. Nessuna risposta. Riprovai, a voce più alta. «Dave. Sono Mina. Dove sei?»

Scavalcai un mucchio di scarpe in disordine (per lo più da uomo, ma anche uno o due paia di grossi stivali rosa da donna) e una borsa frigo da cui spuntavano una bottiglia di vino e alcuni formaggi e cracker. Sbirciai nel soggiorno.

Un urlo mi salì in gola.

Dave Danvers giaceva sul pavimento, vestito con un'uniforme scolastica che poteva provenire solo da Hogwarts: una tunica nera che gli si apriva sotto il corpo come due ali d'angelo. Le sue dita stringevano una lunga bacchetta nodosa spezzata in due, e il suo volto era bloccato in un'espressione di impensabile orrore.

Un lungo bastone ricoperto di cristalli gli usciva dallo stomaco. Riconobbi il bastone dalla foto di Kate alla premiazione dei cosplay della FanCon. Qualcuno gliel'aveva conficcato con una forza tale da bloccarlo a terra, e da schizzare il suo sangue sulle pareti e sul soffitto.

Dave era stato ucciso.

28

«Spiegami come fai a conoscere Dave Danvers,» insistette Jo mentre indossava i suoi DPI. Dietro di lei, Hayes e la sergente Wilson delimitavano la casa con il nastro della scena del crimine. Non avrebbero dovuto essere lì, dato che il caso era di competenza del Dipartimento Investigativo Criminale del Loamshire, ma erano stati chiamati per via del collegamento con l'omicidio di Kate.

Ero in piedi ai margini della scena del crimine, con il collo del cappotto tirato su, mentre la mia migliore amica mi guardava come se non si fidasse di una sola parola di ciò che le avevo detto. «Non vorrai mica ficcare il naso nelle indagini su Morrie, vero? Ti ho detto che non lo aiuterà e che potrei finire nei guai se...»

«Non preoccuparti, sono arrivata a Dave da sola. Non mi sognerei mai di metterti nei guai.» Cercai di sorriderle, ma lei scosse la testa arrabbiata.

«Se non stai attenta, inizieranno a vederti come una complice, piuttosto che come una vittima.» Jo mi fissò minacciosa. «Mina, sono seria. So che sei intelligente e che già in passato hai avuto delle intuizioni su dei casi di omicidio, e so che sei preoccupata per Morrie. Anche io. Ma la cosa migliore che puoi fare per lui in questo momento è farti da parte e lasciare che la polizia svolga il suo lavoro. Non farti incastrare.»

Le sue parole mi ferirono. Barcollai all'indietro come se mi avesse dato uno schiaffo. *Sembra che Jo abbia già deciso che Morrie è colpevole.* Mi trattenni dal replicare. Jo mi lanciò un'ultima occhiata, si infilò un paio di guanti e si girò per mettersi al lavoro. Mi voltai, quasi scontrandomi con la Wilson.

«Mina Wilde.» Pronunciò il mio nome come faceva mia madre quando la deludevo. «Dobbiamo parlare.»

«Sì, vero. Non capisco perché siete qui a interrogare me, quando dovreste essere là fuori a dare la caccia a Tara Delphine. È scappata dalla casa, coperta di sangue!»

«Ti sto interrogando perché il tuo ragazzo è il principale sospettato in un'indagine per omicidio e, nonostante ti sia stato detto di restarne fuori, ti sei presentata sulla scena di un secondo omicidio sostenendo di conoscere sia la vittima che un altro possibile sospettato.» Wilson mi sparò addosso una raffica di domande. Niente a che fare con il modo delicato con cui Hayes mi aveva interrogata dopo il rapimento di Morrie. Non aveva pazienza. Pensava che io avessi qualcosa a che fare con l'omicidio di Dave. Però non potevo biasimarla.

Quando la Wilson ebbe finalmente finito con me, mi defilai raggiungendo Heathcliff sulla panchina del parco dall'altra parte della strada. Quoth non era ancora tornato e la polizia, per fortuna, non aveva notato Heathcliff lì seduto, altrimenti gli sarebbero saltati addosso.

«Ti è andata bene,» osservò lui.

«Non sei divertente.» Vedevo ancora il corpo di Dave: l'espressione inorridita, l'arco degli spruzzi di sangue sulle pareti, il bastone che ancora gli vibrava nel petto. Rabbrividii.

Heathcliff si voltò verso di me. Sotto i capelli arruffati, gli occhi scuri gli brillavano di un macabro umorismo. Si avvicinò e mi strinse un ginocchio. «Vai. So che muori dalla voglia di spiegarmi le tue teorie su quello che è successo qui. Normalmente tu e Morrie vi urlereste addosso teorie a vicenda, quindi forza: dammi la tua migliore interpretazione.»

«Non dovremmo trovare Quoth, prima?»

«È laggiù.» Heathcliff indicò un albero basso in fondo al viottolo. «Sull'albero: sta origliando il tuo ispettore preferito. È tornato poco fa, mentre tu e Jo vi guardavate in cagnesco. Immagino che abbia perso le tracce della ragazza.»

«Basta che sia al sicuro.» Mi schiarii la voce, sedendomi meglio. Heathcliff mi conosceva troppo bene: mettere insieme i pezzi del crimine mi aiutava a superare l'orrore di ciò che avevo visto. «Cominciamo dai fatti. Dave stava per dirmi la verità sulla morte della moglie, ma qualcuno lo ha ucciso prima del mio arrivo. Questo significa che sono vere tre cose. Uno: fino alla sua morte, Dave *non aveva* detto la verità sulla moglie. Due: Dave è stato ucciso perché non rivelasse l'identità dell'assassina. Tre: l'assassina ha ascoltato la telefonata che mi ha fatto Dave e lui la conosceva perché la porta d'ingresso era aperta e l'aveva fatta entrare.»

«Abbiamo deciso che è una lei?» Heathcliff sollevò un sopracciglio arruffato.

«Tara Delphine è scappata dalla scena pochi istanti prima del mio arrivo, ricoperta del sangue di Dave, e credimi se ti dico che quell'atto orribile era stato appena commesso.» Mi venne in mente un'altra cosa. «Però potrebbe avere ragione. O Tara ha ucciso Dave, oppure ha visto chi è stato. Accanto alla porta c'erano degli stivali rosa, da donna. E una borsa frigo con una bottiglia di vino, dei cracker e del Brie. Credo che Dave abbia una ragazza.»

«Tara?»

Feci una smorfia. «Non saprei, soprattutto dopo quello che ha fatto a Kate. Ma questo potrebbe spiegare perché era a casa sua. L'intera situazione è un gran casino e la gente fa cose strane, quindi non possiamo escluderlo. Ma ora che ci penso, c'è anche un'altra possibilità. Tara potrebbe non essere scappata via perché era lei l'assassina. Piuttosto, forse è corsa via proprio per sfuggire all'assassino, che si era infilato dentro in casa dietro di lei, dopo che Dave le aveva aperto.»

«Chi altro potrebbe essere stato?»

«Devo verificare una teoria.» Presi il telefono e dettai un messaggio a Morrie. «Sherlock è con te?»

Quoth si posò sulla mia spalla, scrutando lo schermo del mio telefono. *Sembrava terrorizzata, ma non saprei dire se perché aveva assistito a un omicidio o perché non voleva essere catturata. L'ho seguita per otto isolati, finché non è salita a bordo di un Uber e l'ho persa. Ho il numero di targa, che potrebbe aiutare Morrie a rintracciare il veicolo. La polizia la sta cercando, ma sta anche discutendo se trattenerti per la notte per interrogarti. La Wilson è favorevole, Hayes contrario.*

Mi portai un dito alle labbra. Pochi istanti dopo, mi arrivò un messaggio. «È fuori a seguire una pista e mi ha lasciato qui da solo. Mi sto divertendo a spaiargli tutti i calzini. Quando torna, potreste sentire la sua furia fino ad Argleton.»

«Puoi scoprire dove è andato? È importante.»

Quoth mi scrutò con occhi spalancati e arancioni: capì subito cosa stavo pensando.

Un attimo dopo, Morrie mi inviò un link, che aprì un puntino sulla mia mappa: un puntino che si muoveva lungo la strada a soli tre isolati dalla casa di Dave Danvers.

«Cra!» Quoth si sollevò dalla mia spalla e volò verso gli alberi. Heathcliff balzò in piedi, mi afferrò per un braccio e mi trascinò dietro l'angolo. «Mandalo verso di noi, uccellino. Gli taglieremo la strada.»

«Ma...» Rimasi senza parole mentre mi davo da fare per tenere il passo frenetico di Heathcliff. Mi trascinò oltre file di identiche case a schiera finché non arrivammo al limitare del bosco. Mi guardai intorno, alla ricerca di qualsiasi segno di Quoth. *Ti prego, fa' che stia bene...*

«Cra, cra, craaaaaa!»

Una forma alta e scura emerse dagli alberi: un uomo che urlava a squarciagola mentre due grandi ali nere gli sbattevano sul viso. Mi bruciava il petto mentre ci precipitavamo verso di loro.

Sherlock Holmes arrivò alla strada incespicando, e affondò le mani ossute nel collo di Quoth.

«Craaaaa...» Il grido di Quoth diventò di terrore. Le sue zampette di uccello graffiavano e si arrampicavano in cerca di un punto d'appoggio. Sherlock lanciò un grido di trionfo mentre si staccava Quoth dalla faccia e lo sollevava in alto, pronto a fargli saltare le cervella sulla strada.

29

Con un ruggito disumano, Heathcliff si scagliò contro il consulente investigativo. Sherlock si accasciò a terra mentre il più grande antieroe gotico della letteratura gli sferrava furiosi pugni in faccia.

«Cra!» Quoth si lasciò cadere sul selciato e saltellò con rabbia, facendo volare piume dappertutto.

Sherlock, che aveva imparato un paio di cosette nei ring di boxe clandestini della Londra vittoriana, riuscì a immobilizzare Heathcliff bloccandogli la testa. Ma Heathcliff si limitò a far rotolare il busto in avanti, si rovesciò Sherlock sulle spalle e lo mandò a sbattere contro il marciapiede. Sherlock rimbalzò e perse i sensi, con la testa che gli ciondolava di lato.

«Nessuno fa del male al mio uccellino.» Il ringhio di Heathcliff mi fece rabbrividire quando avvolse le mani intorno al collo di Sherlock. Sembrava una bestia infernale, da quanto grande e terribile era il suo bisogno di vendetta. «*Nessuno* incastra il mio fastidioso amico e poi la fa franca. È stato un idiota a fidarsi di te, ma questo per un po' non sarà un problema.»

«Heathcliff, non ucciderlo.» Misi le braccia intorno al collo di Heathcliff e tirai, ma era come cercare di allontanare un elefante da una ciotola di noccioline salate. Quoth saltò sulla testa di Sherlock e beccò la punta del naso di Heathcliff.

«Ahiaaaa.» Heathcliff lasciò Sherlock per portarsi entrambe le mani al naso. «Che male boia! Stavo solo cercando di vendicarti.»

Spinsi Sherlock con la punta dello stivale, facendolo rotolare su se stesso. Lui trasalì e si portò lentamente una mano al viso, pulendosi gli occhi dal sangue.

«Grazie per averlo fermato,» borbottò, la sua voce sprezzante ora piena di dolore.

«Non ringraziarmi ancora. Con te non ho finito. Ti credevo un pugile professionista.» Abbassai su di lui lo sguardo accigliato.

«Sì, beh.» Si tenne le mani sul viso mentre riacquistava in qualche modo la posizione seduta. «A quanto pare non sono all'altezza di un gitano brutale.»

«Io lo uccido.» Heathcliff affondò di nuovo. Riuscii a spingermi sotto il suo braccio e a spuntare tra i due prima che Sherlock venisse definitivamente smembrato.

«Prima, le risposte.» Premetti le mani sul petto di Heathcliff. «Poi potrai ucciderlo.»

«Da dove viene tutta questa ostilità?» Sherlock sogghignò, sputando del sangue sul marciapiede. «Pensavo che stessimo lavorando tutti verso lo stesso obiettivo, cioè assicurare la libertà al nostro buon amico.»

«Morrie *non è* tuo amico. Soprattutto non lo sarà dopo che gli avremo mostrato questa.» Tirai fuori la fotografia e gliela misi sotto il naso. «Ti va di spiegarci cosa ci facevi al ritiro di Ticketrrr di *due anni* fa?»

Il volto di Sherlock rimase perfettamente impassibile. Non gli si spostò nemmeno un capello. Mentre fissava la prova incriminante nella mia mano non accennò a nulla. «Se intendete consegnarmi alla polizia, vi suggerisco di farlo subito. Se sono tanto incompetenti quanto Lestrade e la sua squadra, dovrete spiegarglielo a gesti, dipingere un quadro e imparare l'alfabeto semaforico per fargli capire chi sono e che legame ho con il caso di Moriarty.»

Scambiai uno sguardo con Heathcliff. Ovviamente non potevamo consegnare Sherlock alla polizia. Non potevamo fidarci che non avrebbe rivelato la verità sulla libreria. *Ha visto Quoth mutare forma. Ci denuncerebbe e il mio ragazzo verrebbe portato in un laboratorio per essere squartato e studiato.* Istintivamente, mi strinsi il corvo al petto.

«Questa è una cosa tra noi.» Heathcliff serrò i pugni. «E Morrie.»

Sherlock sospirò. «Molto bene. Vi giuro che non ho ucciso io la donna e prometto di spiegarvi tutto. Ma prima dovrei raccontare questa storia a Moriarty. Se torniamo alla baita, mi libererò di questo segreto.»

«Ci vorranno ore per arrivare a Barset Reach in autobus,» ringhiò Heathcliff. «Non puoi mettere Morrie in teleconferenza così poi ti posso ammazzare qui?»

«Ho un autista.» Sherlock fece un cenno con il capo a una vecchia Skoda malconcia parcheggiata in fondo alla strada. Heathcliff afferrò il detective per la collottola della camicia e lo trascinò verso il veicolo. Io li seguii, con Quoth ancora appollaiato sulla spalla. Quando salii a bordo, mi resi conto che l'autista era il proprietario della stazione di servizio di Barset Reach.

Guidammo in assoluto silenzio. Quoth si appollaiò sulle mie ginocchia, fissandomi con quei suoi occhi spalancati e pieni di vita. Mi rivoltai nella testa ogni singola informazione, cercando di dare un senso ai vari fili. Dave Danvers. Tara Delphine. Il bottone della giacca di Grant Hosking sulla scena del crimine.

Sherlock che mentiva spudoratamente. Ma cosa significava tutto ciò? Chi aveva incastrato Morrie e perché?

L'autista ci portò nello stesso spiazzo in cui Sherlock aveva parcheggiato l'auto della polizia. Quando uscii, la mia mente tornò al volto di Morrie il giorno in cui lo avevo lasciato con Sherlock, quando mi aveva stesa sul cofano e mi aveva scopata fino a farmi quasi perdere i sensi. Il cuore mi martellava contro il petto. Stavo per rivedere Morrie, stringerlo tra le braccia, sentire le sue parole sconce e vedere quei sorrisi che mi avevano ridotto il cervello in poltiglia.

E stavo anche per rivelargli che il suo ex amante aveva un segreto pericoloso e che forse era lui il responsabile di tutto quel pasticcio.

Se c'era qualcuno che voleva togliere di mezzo Morrie, potevano semplicemente ucciderlo. Chiunque avesse fatto tutto ciò odiava Morrie al punto da volerlo far soffrire. Volevano portargli via l'unica cosa che Morrie apprezzava più di ogni altra: più del denaro, più del vino pregiato o anche del sesso perverso.

La sua libertà.

Heathcliff andò avanti, trascinandosi dietro Sherlock. Quoth rimase sulla mia spalla mentre arrancavo lungo il sentiero ormai familiare che portava alla baita. A ogni passo che facevo, la mia rabbia aumentava e mi sentivo sempre più certa che Sherlock fosse responsabile di tutta la storia.

Quando ci staccammo dalla parete rocciosa, la porta della baracca si aprì di botto e ne uscì Morrie.

«Vi prego, ditemi che mi avete portato un Bordeaux. Sto impazzendo senza vino, e quella broda che hai preparato nella tazza del water non è di certo all'altezza...» Morrie si bloccò quando intravide Heathcliff che trascinava Sherlock su per il pendio. «Che succede?»

30

«Sherlock era giusto sul punto di spiegare a tutti noi perché ha ucciso Kate Danvers e suo marito.»

«Cosa?» balbettò Sherlock. «È *di questo* che parliamo? Di certo non crederete che io...»

«Un'altra bugia e ti spezzo il collo.» Gli occhi di Heathcliff dardeggiarono malvagi mentre scuoteva Sherlock. «Mi divertirò.»

«Aspetta. Non ci posso credere. Sherlock è un bastardo egocentrico, ma non è un brutale assassino.» Morrie passò lo sguardo da me a Sherlock, poi di nuovo a me. «Mi sembrava che ne avessimo già parlato, bellezza. Come te, Sherlock è tormentato da quel fastidioso senso morale. Lui cattura gli assassini, ma non ha alcun desiderio di unirsi alla loro schiera.»

«È stato lui, Morrie. Dave Danvers è stato ucciso oggi e abbiamo beccato Sherlock sulla scena del crimine. *E poi,* ci ha mentito fin dall'inizio. Guarda qui.» Tirai fuori la fotografia e la spinsi sotto il naso di Morrie. «Finalmente ho avuto quell'incontro con Grant. Avevi ragione: Sherlock stava davvero cercando di impedirci di vederlo, per non farci scoprire questa.»

«Perché sto guardando un gruppo di tizi con una peluria

facciale che è di gran lunga inferiore al fascino scarmigliato di Heathcliff?» Morrie guardò la foto corrucciato.

«Questa è una foto del team Ticketrrr durante l'incontro dei dirigenti di due anni fa. Guarda chi c'è in ultima fila.»

Gli occhi di Morrie scorsero l'immagine. Mi restituì la foto. «Grazie, bellezza.» La sua voce suonava strana, lontana e innaturale, priva della sua solita arroganza. Si girò verso Sherlock.

«Suppongo che non dovrei essere sorpreso. Dopotutto, la nostra relazione è stata una menzogna, uno stratagemma per convincermi a fidarmi di te in modo che tu smantellassi il mio impero e mi buttassi giù da una cascata. Ma venendo in questo mondo hai commesso un errore fondamentale. Hai messo in difficoltà i miei amici. Hai fatto arrabbiare la mia ragazza. E per questo, io mi divertirò a distruggerti.»

«Lo giuro, non ho ucciso io la ragazza.» Sherlock cercò di liberarsi dalla presa di Heathcliff. «Fai in modo che il tuo gigantesco babbeo mi tolga le mani di dosso e ti spiegherò tutto.»

«Gli spacco la testa all'istante, basta un tuo ordine,» ringhiò Heathcliff. «Per me sarebbe un piacere.»

Lo sguardo di Morrie si posò su Heathcliff e, se mai sospettavo che tra loro ci fosse qualcosa, le scintille che scoccarono quando i loro sguardi si incrociarono, mi fecero vedere tutto con estrema chiarezza, in technicolor. Morrie si infilò una mano nei boxer e ne estrasse il dildo d'argento. A un suo colpo del polso, una lama sottile e lucida uscì dalla punta.

Per Iside. Trasalii. *E quella cosa dove cazzo pensava di infilarla?*

«Ora entro in gioco io, Sir Irriverente.» Morrie avanzò, sul volto un ghigno feroce che mi fece raggelare il sangue.

Heathcliff fece un ringhio, ma spinse Sherlock a terra e fece un passo indietro. Morrie fissò il suo ex ragazzo e la luce che gli vidi negli occhi era così sinistra che mi fece rabbrividire.

Per la prima volta, mi resi conto di avere davanti *quel* James Moriarty, l'uomo che esisteva prima della Libreria Nevermore, prima di Heathcliff e di Quoth. *Prima di me.* Non era più il mio ragazzo moralmente corrotto con un sorriso diabolico. Quello davanti a noi era il vero Napoleone del crimine: spietato, insensibile, e assolutamente senza pietà. Il ragno capace di uccidere con un morso.

Il tradimento di Sherlock lo aveva riportato alle sue vecchie abitudini, all'uomo che aveva giurato non sarebbe mai più potuto essere.

Morrie diede un calcio al fianco di Sherlock con la punta delle scarpe eleganti. «Il fatto che tu mi abbia tradito non ha scuse, però hai messo in pericolo Mina, e questo non te lo perdonerò mai.»

«Se hai intenzione di farmi implorare, rimarrai molto deluso.» Sherlock alzò gli occhi pieni di dolore verso Morrie. «Ma se mi tagli la gola adesso, non saprai mai la verità.»

Morrie rise. «Sei tu che ti sei sempre preoccupato di scoprire la verità. A me sta bene anche qualche aggiustamento qua e là.»

«Vuoi davvero tagliarmi la gola qui, davanti a Mina?» cercò di blandirlo Sherlock. «Guarda la sua faccia, Moriarty. Sarà anche arrabbiata con me, ma non ha sete del mio sangue. Se io perdo la vita, tu... tu perderai molto di più.»

«È proprio come la nostra storia!» urlò Morrie. «Solo che questa volta ti distruggerò io per primo, così non potrai mai più farmi del male.»

«Ma non capisci? Non potrai mai distruggermi senza uccidere anche un pezzo di te stesso. Non hai bisogno delle cascate del Reichenbach per cadere, James. Ci saremmo buttati insieme,» ribatté Sherlock. «Io e te, testa a testa, la nostra battaglia finale e la risposta al problema finale.»

Il ghigno di Morrie non vacillò. «Sei ancora più incasinato di quanto pensassi.»

«Non capisci!» urlò Sherlock. «Dovevi andartene. Io dovevo liberare Londra dalla tua peste. Ma non sarei potuto vivere in un mondo in cui tu non esistevi. Quel giorno mi sono tuffato con te nelle acque agitate, così come sono venuto con te in questo inferno. Non è colpa mia se, in seguito, il mio autore ha ritenuto opportuno resuscitarmi.»

Il volto di Morrie si contorse, le sue dita si strinsero intorno al coltello. Lo sollevò più in alto...

Io mi gettai sul corpo di Sherlock, fissando Morrie mentre il coltello era sospeso sopra di me. «Morrie, non farlo.»

Lui bloccò la mano. Il suo sorriso non vacillò. «Questo non è per te, bellezza.»

«Lo so. È per te, e credo che sia per questo che non dovresti farlo. Non puoi andare in giro a pugnalare le persone ogni volta che ti spezzano il cuore.» Deglutii. «Lo farebbe il vecchio James Moriarty. Il criminale. Ma il Morrie che amo io non è così.»

«Forse non so come essere *Morrie*.» La sua voce grondava amarezza. «Forse sono Moriarty, il cattivo, il truffatore, ora e per sempre. Forse non possiamo mai sfuggire alle nostre storie.»

«Non è vero. So che non ci credi.» Anche con il coltello sopra la mia testa, gli tenni gli occhi fissi addosso. «Hai dedicato la tua nuova vita a proteggere le persone a cui tieni. Hai coltivato le tue abilità criminali in questo mondo per aiutare i tuoi amici, in modo da ottenere dei documenti per Quoth, aiutare Lydia Bennet a farsi strada nell'esercito e garantire un buon impiego a tutti gli altri personaggi di fantasia che passavano per il negozio. Anche questa storia della morte simulata era un tuo tentativo malriuscito di fare del bene al mondo. Hai detto che non ti interessava chiedere perché Kate Danvers volesse inscenare la propria morte, ma scommetto che non è vero. Scommetto che ti interessa molto, solo che non vuoi ammetterlo.»

L'angolo della bocca di Morrie ebbe un piccolo spasmo. Il mio cuore batteva di speranza.

Le labbra di Morrie si tesero all'indietro e lui ringhiò, lanciando il coltello contro la parete della baita, dove si andò a conficcare nel legno e vi rimase infilato, con il manico argentato a forma di cazzo che fremeva nella brezza.

«E di lui, che ne facciamo?»

«Credo che dovremmo farci dire la verità.» Mi inginocchiai accanto a Sherlock. «Perché hai ucciso Kate? Quali informazioni aveva Dave su di te? Perché lo hai ucciso? Ti ricordo che anche se mi sono liberata del coltello di Morrie, Heathcliff potrebbe ancora spezzarti il collo come fosse un fiammifero.»

«Non ho fatto nulla di tutto ciò.» Sherlock si strinse le gambe al petto. «Sono venuto qui per dire la verità, ma vedo che è inutile. Sono circondato da pazzi e imbecilli.»

«Ti abbiamo trovato mentre fuggivi dalla casa di Dave.»

«Non stavo scappando dalla casa di Dave. La stavo *sorvegliando*. Avevo motivo di sospettare che Dave potesse essere un obiettivo. Ho visto una figura uscire dall'ombra per andare a suonare il campanello, vestita completamente di nero. Dave ha aperto la porta e invitato questa figura vestita di nero a entrare e, circa venti minuti dopo, si è presentata quella con i capelli rosa ed è entrata. Mi stavo avvicinando per dare un'occhiata quando sei arrivata tu.»

«Perché pensavi che Dave fosse...» Un fruscio tra gli alberi attirò la mia attenzione, seguito da un ronzio. «Che cos'era?»

«Quel rumore? Sembrava come...» Gli occhi di Morrie scrutarono la linea degli alberi, seguendo il ronzio. L'angolo della bocca gli si sollevò in un ghigno. «Sembrava che ci fosse una spia tra di noi.»

Heathcliff si tuffò tra gli alberi. Ci fu un tonfo e un grido di dolore. Heathcliff tornò un minuto dopo, trascinando un corpo gemente che lasciò cadere accanto a Sherlock. La figura si rannicchiò in posizione fetale, fissandoci con occhi selvaggi. Tra le dita tremanti stringeva un cellulare.

«Chi è questo?» Morrie lo scrutò.

«Sam, il proprietario della Wild Oats. Ha mentito sullo spostamento del corpo di Kate. Ma quello che non riesco a capire è perché sia qui a spiarci.» Mi chinai in avanti. «A meno che... non sia lui il vero assassino.»

31

«Di cosa stai parlando?» gridò Sam dopo che Heathcliff l'ebbe depositato accanto a Sherlock. «Non sono un assassino. Non ho nemmeno mai incontrato questi due signori allampanati.»

«Allora perché ci stai spiando?»

«Perché stavo vagando nei paraggi quando ho sentito delle grida da questa baita, che avrebbe dovuto essere vuota. Non mi avreste mai sentito se non avessi ricevuto quella telefonata.»

«Davvero?» Lo studiai. «Ci hai mentito sul ritrovamento del corpo di Kate. Stavi cercando di spostarlo quando sei stato fermato da un turista. Non è il comportamento di un uomo innocente.»

«Quindi tutto questo casino è per Kate?» Sam alzò le mani. «Bene! Ho spostato io il corpo. Lo ammetto. È stata una cosa terribile da fare e mi fa ancora sentire orribile, ma sono stato io.»

«Perché?»

«Perché l'avevo trovato nel territorio della Wild Oats. Volevo scaricarla in un posto lontano, magari in uno dei campi vicino al villaggio. Pensavo di poter far credere che avesse fatto l'autostop e che qualcuno l'avesse messa nei guai. Non lo so, non stavo pensando. Gli affari stavano riprendendo e una ragazza uccisa ci avrebbe rovinato. Ci *ha* rovinato.» Sam lasciò cadere la testa, fissando il telefono che aveva tra le mani. «Questa era la banca che mi chiamava. Sono inadempiente sui miei prestiti. La Wild Oats è ufficialmente fallita.»

«Finisci la storia,» ringhiò Heathcliff, avanzando verso di lui.

«Giusto, sì.» Sam deglutì. «Così ho deciso di spostare il corpo. Ma poi, a metà strada, mi sono imbattuto in un turista tedesco, e così ho dovuto inventare un motivo valido per trasportare un corpo in giro per il bosco. Ho inventato la storia che lo stavo portando alla polizia. Ma lui non voleva andarsene, così ho dovuto lasciare lì il corpo e tornare al villaggio con lui. Sono state le due ore più lunghe della mia vita, non solo per l'orrore della morte di Kate e per la preoccupazione per i miei affari, ma quel tipo era *strano*.»

Sentire Sam, l'uomo che cucinava scarafaggi, dare dello strano a un'altra persona sembrava... qualcosa che valeva la pena approfondire. «Strano in che senso?»

Sam si ingobbì. «Non lo so, era... tedesco. Parlava con una voce innaturale. Sembrava sapere un sacco di cose sui cadaveri e sulle procedure della polizia. E anche se stava facendo un'escursione nei boschi, era vestito in modo decisamente strano: un blazer aderente, come quelli che si indossano in un collegio esclusivo, con uno stemma sul taschino e tutto il resto, e un paio di scarpe eleganti.» Indicò le scarpe di Morrie. «Esattamente come quelle, stesso colore e tutto il resto.»

Porca puttana.

Ovvio.

Come ho fatto a non capirlo prima?

«*Tu.*» Heathcliff ruggì contro Sherlock. «Sei tu il turista tedesco. In ogni tua storia ti sei impegnato per mettere in mostra la tua maestria nell'arte del travestimento.»

«No, non è lui.» Finalmente riuscii a capire cosa mi assillava a proposito della giacca. Nella mia mente ogni dettaglio scivolò al suo posto. C'era qualcun altro che faceva parte del mondo cosplay, che sapeva qualcosa sui travestimenti. Qualcuno che aveva un movente non solo per uccidere Kate, ma anche per incastrare Morrie.

Le persone fanno cose folli per ciò che amano. E a volte, ciò che amano le fa impazzire.

Pensai a Sherlock e Morrie, e a come un tempo avrebbero potuto avere qualcosa di grande, un amore che sarebbe potuto durare, se non l'avessero ridotto entrambi in cenere solo per soddisfare il proprio ego. Morrie aveva imparato da quell'errore, e ora era un uomo diverso. Anche Sherlock avrebbe potuto imparare, con il tempo, se Heathcliff non lo avesse strangolato prima.

A volte anche l'amore più grande può inasprirsi.

Non sempre c'è il lieto fine, soprattutto quando viene coinvolto l'ego.

Mi si accese una lampadina. Scintille di luce verde fluo mi lampeggiarono davanti agli occhi. Capii il senso di quel crimine. O, almeno, cominciavo a capire.

«Che cos'è quell'espressione, bellezza?» mi chiese Morrie. «Sembri il gatto che ha trovato la panna.»

«È la sua "faccia da Morrie",» sbottò Heathcliff. «Sta tramando qualcosa.»

«Non sto tramando. *Ho scoperto* qualcosa.» Lanciai un'occhiata alle loro facce, confuse e folli. «So esattamente chi è il nostro assassino.»

32

Heathcliff diede un calcio nel fianco a Sherlock. «Certo che lo sappiamo. È per questo che siamo qui. Per tirargli quel collo secco.»

«No.» Sorrisi. «Sherlock è un completo idiota, ma non è il nostro assassino. E su una cosa aveva ragione. Questo crimine ha effettivamente a che fare con l'ossessione. Ma non nel modo in cui sospettavamo. E so esattamente come consegnare l'assassino alla giustizia. Solo che devo chiedere a Heathcliff e Quoth di fare qualcosa di pericoloso...»

«Sì,» ringhiò Heathcliff, senza mai staccare gli occhi da Morrie.

«Cra,» aggiunse Quoth.

«Vi aiuterò anch'io, se questo significa che Morrie sarà libero,» si intromise Sherlock.

«Non so di cosa stiate parlando, ma se servirà a salvare la mia attività, vi aiuto anche io,» aggiunse Sam.

«Bene.» Mi chinai e tesi la mano a Sherlock Holmes. La fissò come se temesse di vedere spuntare dei tentacoli, poi la prese e la strinse debolmente. Lo tirai in piedi. «Allora siamo tutti d'accordo. Andiamo a catturare un assassino.»

«Mina, non ce la faccio più.» La voce di Morrie vacillava per l'incertezza, un suono così strano ed estraneo sulle sue labbra che mi fece rivoltare le viscere. «Non smetteranno di darmi la caccia. Devo lasciare il Paese. Ma prima di farlo, devo dirvi addio. Vediamoci in libreria dopo la chiusura, domani sera. Alle 19 in punto. Lasciate aperta la finestra della stanza di Letteratura per l'Infanzia. Siate soli e non ditelo a nessuno, *men che meno* alla polizia.»

Dopo che mi ebbe detto tali parole, Morrie spense il cellulare e lo gettò lontano, in mezzo ai monti. L'apparecchio andò a sbattere sulle rocce e poi scomparve tra i cespugli. Poi si voltò verso di me, con la bocca, di solito atteggiata a un sorrisetto presuntuoso, serrata in una linea decisa.

«Questa cosa non mi piace, bellezza.» Si girò di nuovo verso la baita. Il sole era ormai tramontato e riuscivo appena a scorgere la sagoma del suo corpo nella penombra, ma dalla tensione delle sue spalle capii che non approvava il piano. Il che era strano, perché di solito i piani folli gli piacevano, e quello era decisamente un piano folle.

«L'unico modo per attirare l'assassino è fargli credere che questa sia la sua ultima possibilità di prenderti,» sottolineai facendo un passo verso di lui. «Sappiamo che hanno messo gli occhi sulla libreria. Quoth, Heathcliff e Sherlock saranno pronti a balzargli addosso. E con la polizia che sta tracciando i nostri telefoni, l'ispettore Hayes non sarà lontano. Con tutte queste protezioni, non succederà nulla a nessuno di noi.»

«Non è come quando abbiamo attirato l'assassino di Ashley al negozio. Questa persona è astuta. Non sappiamo da quanto tempo ci sta osservando.» Morrie si voltò bruscamente, stringendomi a sé, con le labbra posate sulla mia fronte. «Se ti succede qualcosa a causa mia...»

«Non sono preoccupata.» D'accordo, ero un po' preoccupata, ma non c'era bisogno che Morrie lo sapesse. Sembrava già completamente annientato da quella situazione. James Moriarty si sorprendeva di rado, ma quando gli avevo detto chi pensavo fosse l'assassino... beh, era andato fuori di testa.

«Ti ho contagiato più di quanto pensassi.» Nella voce aveva ancora la gravità che aveva usato per registrare il vocale al telefono. Tornammo alla baita, dove gli altri si erano riuniti intorno a ciò che rimaneva delle candele. Morrie mise nello zaino i vestiti, i libri e la scacchiera magnetica.

«E tutte le tue camicie?» Indicai il mucchietto di abiti firmati sgualciti, nell'angolo.

«Stai scherzando? Quelli non si avvicineranno mai più al mio corpo. Puzzano di *natura*.» Morrie si afferrò la camicia sartoriale che indossava. «Se non mi servisse per uscire di qui, lascerei anche questa, ma intendo bruciarla non appena sarò a casa.»

Appoggiai la mano sulla patta del suo zaino. «Non avere troppa fretta. Starai rintanato qui con Sam finché non sarà il momento. Dovrai tornare ad Argleton da solo, senza attirare l'attenzione di nessuno. Sei in grado di farlo?»

«Certo.» Morrie diede una pacca sulla spalla di Sherlock. Lui si irrigidì sotto quel tocco improvviso, e i suoi occhi guizzarono nervosi verso Heathcliff. «Si dà il caso che io sia amico di un maestro del travestimento.»

Abbracciai Morrie. Lui mi strinse, accarezzandomi i capelli con tenerezza, in un modo che non gli apparteneva. Avevo qualcosa di orribile che mi si agitava nello stomaco.

Non essere stupida: questo non è un addio per sempre. Lo rivedrai domani.

Sapevo che era così, eppure mi aggrappai a lui finché Heathcliff non mi allontanò. «Non fare niente di avventato,» disse secco a Morrie, che rispose mettendosi sull'attenti.

Io, Heathcliff, Quoth e Sherlock scendemmo a piedi dalla montagna ed entrammo nell'auto del vecchio. Sherlock non ci aveva ancora detto la verità su come aveva convinto il tizio ad aiutarci, ma al momento non mi importava.

Il nostro autista ci depositò alla stazione ferroviaria. Mi aspettavo che Sherlock lo pagasse, invece infilò le lunghe dita nella tasca della giacca e ne estrasse una busta. «Ho individuato sua figlia. È entusiasta di avere di nuovo sue notizie. Qui dentro c'è tutto quello che le serve.»

Con un cenno silenzioso, il vecchio accettò la busta. Quando la aprì, gli scesero delle lacrime. Qualunque cosa Sherlock avesse fatto per lui, era stata una cosa bellissima.

Quasi mi dispiaceva per il modo in cui lo avevamo trattato.

Quasi.

Scendemmo tutti dall'auto e prendemmo il primo treno. Sentivo la mancanza di Oscar, per trovare le scale e la ringhiera a cui appoggiarmi. Era già diventato una parte così normale della mia vita che la sua assenza era quasi dolorosa, proprio come sentivo la mancanza di Morrie con ogni fibra del mio essere.

Quando arrivammo a casa, mia madre, che aveva accettato di badare al negozio mentre noi andavamo a Crookshollow, uscì di corsa dalla porta per consegnare un pacco di gioielli che puzzavano di ostrica a un cliente che proveniva dall'altra parte della città, lasciando in libreria un secchio di ostriche e un'altra pila di libri sulle perle che aveva venduto. Dopo aver consumato una cena di fish and chips di Oliver (davvero fantastica), Sherlock dormì sul divano al piano di sotto, mentre io, Heathcliff e Quoth ci ammassammo nel mio letto.

La mattina dopo ci svegliammo al suono di colpi e martellate. Sbirciai dalla finestra e vidi gli operai che avevano invaso il vecchio appartamento della signora Ellis. *Maledetto Grey Lachlan. Se pensa che i lavori di cantiere che iniziano alle 6 del mattino ci spaventino, non sa cosa lo aspetta.*

Indossai un paio di jeans attillati e la felpa del gruppo Blood Lust e mi misi a preparare il caffè e il negozio per l'apertura. Aprii tutte le finestre per far uscire il puzzo di ostrica, ma questo fece entrare la polvere del cantiere, così le richiusi tutte, tranne quella della stanza di Letteratura per l'Infanzia.

Così provai a spostare fuori il secchio delle ostriche di mia madre, ma Grimalkin si imbufalì e inarcò la schiena e soffiò finché non lo posai di nuovo nel corridoio.

«Bene, tieniti le tue ostriche puzzolenti.» La guardai mentre con una zampa ne lanciava una da una parte all'altra del pavimento, e poi ci saltava sopra nel tentativo di liberare la delizia al suo interno. «Basta che non ti strozzi con una perla rosa chewing-gum.»

Edie passò al negozio con Oscar. Rimase un'ora a guardare come lavoravamo insieme, poi se ne andò per tornare al canile. Dopo avere messo le buste della mamma nel sacco della posta, io mi occupai di servire i clienti, di inserire i libri nel catalogo e di sistemarli sugli scaffali. Controllavo l'orologio ogni dieci minuti, e ogni momento della giornata ci metteva un'ora a passare. Qualunque scricchiolio del pavimento e imprecazione dei muratori mi faceva girare di scatto, sempre con il cuore in gola.

Cazzo, spero che funzioni.

Alle 17:02 Heathcliff, Sherlock e Quoth uscirono per andare al pub. Sospettavo che il nostro assassino stesse già tenendo d'occhio il negozio e volevo che fosse sicuro che ero sola. Girai l'insegna su CHIUSO e controllai due volte che la finestra della stanza di Letteratura per l'Infanzia fosse aperta.

Scrutai fuori, tra gli imponenti cespugli di edera che Heathcliff aveva promesso di tagliare e che non aveva mai tagliato, ma non riuscii a vedere nulla oltre la punta del mio naso. *L'assassino è là, da qualche parte?*

Spensi la luce e uscii dalla stanza, chiudendo la porta alle mie spalle. *Esci, esci, ovunque tu sia.*

Il negozio era stranamente silenzioso. Mi sedetti alla scrivania di Heathcliff (la consideravo ancora sua, anche se ci lavoravo più io che lui) e cercai di iniziare a lavorare sui nostri conti, ma i numeri mi si confondevano davanti agli occhi. In parte perché era troppo buio e poi perché non riuscivo a mettere a fuoco nulla se non la porta chiusa della stanza di Letteratura per l'Infanzia. Ai miei piedi, Oscar si muoveva inquieto.

Alle 18:03 bevetti l'ultimo sorso del mio tè freddo, feci una smorfia e aprii il primo cassetto di Heathcliff per saccheggiare la sua scorta di whisky.

Alle 18:16 scoprii di aver scritto *"omicidio omicidio omicida omicid"* su due mesi di fatture, così le gettai tutte nella spazzatura.

Alle 18:18 estrassi un guscio d'ostrica rotto dai cuscini della sedia di Heathcliff e lo scagliai contro l'armadillo.

Alle 18:21 mi versai altro whisky.

Alle 18:24 Oscar rizzò le orecchie. Il chiavistello della porta sul retro grattò e le assi del pavimento scricchiolarono mentre Heathcliff, Sherlock e Quoth attraversavano la casa in punta di piedi e si mettevano in posizione.

Alle 18:35 Oscar rizzò di nuovo le orecchie. Portai di scatto la mano al guinzaglio. Da dietro la porta della stanza di Letteratura per l'Infanzia, sentii il lieve rumore di una finestra che si apriva e il tonfo di un piede sul tappeto, ma lo ignorai e rimisi Oscar a dormire.

Alle 18:41 avevo lo stomaco rovesciato per la paura e dovetti accavallare le gambe e cercare di non pensare al bisogno di andare in bagno. Mi pentii amaramente di aver bevuto il whisky. Ma non abbastanza da non berne più.

Alle 18:45 buttai giù il resto del whisky.

Alle 18:58 sentii la finestra che veniva spinta, e un grugnito, mentre qualcosa di pesante cadeva sul pavimento. Un attimo dopo, un altro tonfo, un gracchio di sfida di Quoth e un grido strozzato. Oscar abbaiò entusiasta quando uscimmo da dietro la scrivania per fare irruzione nella stanza di Letteratura per l'Infanzia.

«Preso!» gridai, accendendo una lampada in mezzo alla stanza.

Morrie giaceva sul tappeto, gemendo con la testa tra le mani. Dietro di lui c'era una figura vestita con una tuta nera, con le braccia bloccate da Heathcliff mentre Sherlock lottava per togliergli il passamontagna che gli oscurava il volto. Quoth saltellava sul davanzale della finestra, facendo grida di incoraggiamento.

«Lasciatemi!» esclamò l'assassino, togliendo la testa dalla presa di Sherlock.

Accesi la lampada più grande proprio nel momento in cui Sherlock riuscì a togliergli il passamontagna e tutti e cinque potemmo vedere per la prima volta il nostro *vero* assassino.

Il labbro di Morrie si tese di nuovo in un sorriso. «Ciao, Kate.»

33

Una cosplayer ufficialmente morta ci guardava mentre lottava per liberarsi dalla presa di Heathcliff. Non sembrava spaventata, ma solo leggermente divertita. «Come avete fatto a capirlo?»

«Lascerò che Mina ti annoi con i dettagli più tardi, mentre marcirai in prigione.» Morrie si rimise in piedi. Mi precipitai al suo fianco. Il colpo che gli aveva inferto doveva essere stato molto forte. «Per ora, basti dire che Mina è intelligente *quasi* quanto me.»

Kate mi guardò con interesse, ma distaccata. «Mentirei se dicessi che è stato un piacere conoscerti, Mina. Da cosa l'hai capito?»

Misi una mano in tasca e tirai fuori il bottone d'argento. «Da questo. All'inizio avevo pensato che appartenesse a Grant perché era lo stesso della vecchia uniforme della sua scuola privata, ma poi ho ricordato che ti avevo visto indossare lo stesso identico blazer in uno dei tuoi costumi. L'avevi trasformato in un'uniforme di Hogwarts.»

«Mmm. Mi chiedevo se l'avesse trovato qualcuno.» Kate mi fissò la mano. «Dopo la rimpatriata, Grant ha gettato il blazer nella spazzatura dell'ufficio, e avevo notato che era del colore perfetto per il mio costume di Harry Potter. Quando sono tornata a trovare Dave ho dovuto togliere la foto dalla parete, nel caso qualcuno avesse collegato le cose. Ho ricamato io, a mano, lo stemma della casa, sai?»

«Lo immaginavo. Hai molto talento.» Ascoltai con attenzione. *Dov'è Hayes? Deve aver sentito la telefonata di Morrie, e gli ho anche lasciato la porta d'ingresso aperta. Perché non ha ancora fatto irruzione qui, con le armi spianate?* «Ho capito quasi tutti i dettagli, però ho una domanda. Perché l'hai fatto? Perché tornare in Inghilterra, fingere un omicidio e incastrare Morrie? Perché uccidere tuo marito?»

Non credevo che Kate avrebbe parlato, ma alla menzione del nome di Dave la sua espressione si fece tesa. «Dave è stato un... un... incidente. Ero andata a trovarlo per dirgli che ero viva e che avremmo potuto tornare insieme nelle Filippine. Ma poi è entrata in casa Tara, ha appeso il cappotto al gancio e si è tolta le scarpe come se fosse stata la padrona del posto, e io non ci ho più visto. Ho afferrato il mio bastone dal muro e mi sono fiondata su di lei, e Dave deve essere venuto verso di me, perché un attimo dopo era sul pavimento e il suo sangue... il suo sangue era dappertutto...» Aveva il petto che ansimava. «Tara è uscita di corsa e sapevo che era solo questione di tempo prima che dicesse alla polizia di avermi vista. Volevo solo fuggire dalla mia vita e invece le cose mi sono scappate di mano. Ma cosa saranno un altro paio di cadaveri? Ero venuta qui stanotte per sbarazzarmi di Morrie, e poi mi sarei occupata di Tara, per prelevare dai conti bancari di Dave i soldi dell'assicurazione e tornarmene nelle Filippine.»

«Ma perché te ne sei andata?» Morrie la scrutò curioso. «Ti avevo fornito un servizio esemplare. Sei fuggita dalla tua vita. Perché rovinare tutto solo per venire a cercare me?»

«Tu non capisci,» urlò Kate. «Tu non c'entravi nulla. Era

tutto per Dave. Quello che ho fatto è stato solo per lui e, per colpa tua, lui stava peggio di quando ero viva.»

«Stai parlando dell'assicurazione,» commentai.

Kate annuì. «Dave era tutto per me. Era il mio mondo e avrebbe fatto qualsiasi cosa per vedermi felice. Ha accettato di spendere i nostri risparmi per l'attività degli eventi solo perché desideravo tanto lasciare Ticketrrr e perché lui credeva in me. Ma l'ho deluso. Ho speso tutti i nostri soldi e non sono riuscita a far funzionare l'attività. Abbiamo perso tutto, la banca ne chiedeva ancora e io non potevo sopportare di deluderlo. E poi...» Kate sollevò la testa. «E poi mi sono ricordata di un tizio all'incontro dei dirigenti dell'anno scorso, Clarence qualcosa. Assomigliava un po' a quel tizio lì.» Fece un cenno verso Sherlock. «Solo che aveva una barba più imponente. Probabilmente mi ero ubriacata un po' dopo che Grant aveva cercato di palparmi e avevo spifferato a Clarence tutti i miei segreti su quanto fossi depressa e su come avrei voluto essere abbastanza coraggiosa da uccidermi per far avere a Dave i soldi dell'assicurazione sulla mia vita. Clarence era stato tutta la notte a parlarmi di un ragazzo di cui era innamorato e che lo aveva lasciato per avviare un'attività di morte simulata, e io pensai che se l'avessi trovato, forse quel suo amico avrebbe fatto sparire tutti i miei problemi.»

Guardai Sherlock, che era impallidito. «Pensavo avessi detto che lo volevi *ingaggiare*, non *incastrare* per poi cercare di ucciderlo.»

«Era proprio quello che volevo,» ribatté Kate. «Grant stava peggiorando. Aveva iniziato a frequentare Tara, ma non aveva mai smesso di venirmi dietro. Mi aveva detto che se non fossi andata a letto con lui avrebbe fatto in modo che non lavorassi mai più come progettista, e aveva anche fatto in modo che Tara parlasse male della mia azienda online fino a distruggere completamente la nostra reputazione. Dave si era licenziato per lavorare alla nostra startup e io ero l'unica a guadagnare, ma non potevo più lavorare con Grant. *Non potevo.* A me non importava cosa mi avesse fatto, ma Dave...

«Volevo ucciderlo, ma non sono un'assassina. Beh,» fece una risatina amara, «all'epoca non lo ero. Così decisi di uccidermi, sulla carta. Trovai Morrie e lui disse che poteva aiutarmi. Una lettera d'addio da far trovare nel mio rifugio durante il weekend di sopravvivenza, e lui mi avrebbe accompagnata a una nuova vita nelle Filippine e si sarebbe assicurato che Dave riscuotesse l'assicurazione. Volevo tanto dirlo a Dave, ma Morrie mi disse che non potevo. Se la polizia o gli investigatori dell'assicurazione avessero pensato per un momento che la mia morte fosse falsa, avrebbero rifiutato la sua richiesta di risarcimento. Dave doveva *credere che* io fossi morta. Non è un buon attore, non come me.» Lei sorrise, ma era un sorriso triste. «Speravo che nel giro di qualche anno, una volta risparmiati un po' di soldi, l'avrei mandato a prendere e saremmo scappati insieme verso il tramonto. Quanto mi sbagliavo.

«La mattina dell'incontro nel bosco, ho caricato le mie cose in macchina, ho salutato Dave con un bacio, come se fosse tutto normale. Poi ho guidato fino alla Wild Oats e ho sopportato i commenti volgari e i tocchi inappropriati di Grant. Ho aspettato fino all'ultima sera, quando Sam ci ha mandato in giro da soli, e poi ho scritto il mio biglietto d'addio e ho camminato fino a una strada secondaria per incontrare Morrie, il quale mi ha trasportata in elicottero a un aeroporto privato, mi ha consegnato una scatola contenente il mio passaporto, la patente di guida, il certificato di nascita... un'identità completamente nuova. La mia foto, ma non la mia vita. Non il mio *nome.* Non il nome che avevo preso quando io e Dave ci siamo sposati.»

Lacrime le rigavano le guance, ma lei continuò a parlare.

«Sono andata nelle Filippine, mi sono trovata un lavoro e ho fatto del mio meglio per dimenticare Dave e tutto ciò che avevo lasciato. E ha funzionato per circa un anno. Poi un uomo si è presentato a casa mia. Sapeva degli affari di Morrie, sapeva chi ero e cosa avevo fatto, e mi disse che avevamo un interesse comune a consegnare Morrie alla giustizia.»

Che bastardo.

Gli ultimi pezzi del puzzle andarono al loro posto. Tirai fuori dalla tasca un opuscolo sgualcito e lo porsi a Kate. «È questo l'uomo?»

Kate annuì alla foto. «È lui. Grey Lachlan.»

Heathcliff grugnì quando si rese conto di cosa implicava ciò che Kate aveva appena ammesso. Morrie trasalì, probabilmente più arrabbiato per non averlo capito, che preoccupato per ciò che significava. Ma andava bene così. Ci sarebbe stato tempo per preoccuparsi più tardi.

«Perché Grey è venuto da te?» chiesi.

«Mi ha detto che aveva seguito il mio caso nei notiziari e pensava che avrei dovuto sapere cosa era successo in mia assenza. Morrie mi aveva indottrinata sull'importanza di non cercare di contattare Dave o di seguirlo sui social media, quindi non avevo idea di quanto... quanto...» Kate si sforzò di parlare, nonostante le lacrime. «Grey mi ha mostrato le prove che Dave non aveva mai ricevuto i soldi dell'assicurazione. Aveva perso la casa. Aveva dovuto prendere in affitto quel minuscolo appartamento e tornare a lavorare come idraulico per l'azienda di suo padre, un lavoro che odiava. A causa della nostra attività aveva perso tutti gli amici. Aveva perso *tutto*. Nel frattempo, mentre mio marito soffriva, Morrie faceva la bella vita. Girava per Argleton come se fosse il padrone di tutto. Grey mi ha mostrato le fotografie che aveva scattato a Morrie in un negozio e in giro per Londra, e mi ha fatto un sacco di domande sul corso di sopravvivenza e su tutte le cose che avevo imparato. Mi ha detto che poteva aiutarmi a far crollare Morrie.»

Per le tette di Iside, è peggio di quanto pensassi. Un brivido mi percorse le vene. Tutti i pezzi erano sempre stati lì, davanti a me, ma io non li avevo visti. Nessuno di noi li aveva visti.

Grey Lachlan mi aveva detto che Morrie era fuori servizio. L'aveva fatto fuori lui perché sapeva che era sulle tracce di Dracula. *E siamo di nuovo a Dracula...*

«Io e Grey avevamo escogitato un piano. Avrebbe denunciato Morrie al governo e avrebbe fatto congelare i suoi conti, in modo che Morrie non avesse la liquidità per uscire dai suoi guai a suon di mazzette. Con Morrie avevo imparato molto sulla frode mortuaria, tanto da pensare di poter simulare anche il mio omicidio. Grey mi aveva detto che avrebbe potuto procurarmi un corpo molto somigliante al mio, morto per cause naturali. Se le avessimo spaccato per bene la faccia e il DNA fosse stato compatibile, avremmo potuto fare credere a tutti che ero io.»

La povera ragazza di cui hai usato il corpo non è morta per cause naturali. È stata morsa da Dracula e poi Grey l'ha finita con i funghi. Grey stava coprendo le proprie tracce, nel caso in cui qualcuno intelligente come Jo lo avesse scoperto. Oh, Jo. Mi dispiace tanto di essere stata così orribile con te. Credevo di essere egoista pensando a Dracula, invece se avessi seguito quello che mi hai detto tu sull'autopsia, forse avrei capito tutto prima.

Kate proseguì. «Grey ha rubato il tagliacarte dal negozio con la scusa di cercare di convincerti a vendere l'edificio. Non restava che lasciare sulla scena del crimine delle impronte perfettamente corrispondenti a quelle di Morrie: facile, visto che quando gli avevo fatto i complimenti per le sue scarpe lui mi aveva detto quale stilista londinese esclusivo gliele faceva e quanto costavano esattamente. Li ho semplicemente chiamati e ne ho ordinato un altro paio. Le ho consegnate a Grey dopo il finto omicidio e lui le ha gettate nel mucchio accanto alla porta del negozio.»

«Non si è trattato di un falso omicidio, Kate,» mi intromisi. «Grey non ha trovato il corpo di una povera ragazza morta per cause naturali. Ha ucciso lui stesso quella donna, usando i funghi velenosi delle alture del Barsetshire di cui gli avevi parlato tu.»

Kate impallidì. «Non è vero.»

«Invece sì. Non hai idea del mostro con cui hai lavorato per tutto questo tempo.» *Perché la polizia non è corsa qui? Perché non sentono queste cose? Potrebbero arrestare Kate e Grey, e Dracula perderebbe il suo fedele servitore...*

«Grey ci teneva a me.» Gli occhi di Kate si riempirono nuovamente di lacrime. «Voleva aiutarmi, a differenza di Morrie. A Morrie non importava il motivo per cui io volevo fuggire dalla mia vita. A lui interessava la sfida intellettiva che serviva per inscenare la mia morte.»

Beh, effettivamente, sarebbe tipico di Morrie. In apparenza. Ma non è tutta la verità.

«Ovvio. Però c'è un pezzo di questo puzzle che mi lascia ancora perplesso. Il DNA sul corpo corrisponde al tuo,» fece notare Morrie.

«Questa parte è stata semplice. Sono entrata nel database dell'obitorio e ho cambiato i dati del DNA del cadavere per farli coincidere con il mio. Poi le ho messo il biglietto da visita di Morrie nella tasca, in modo che la polizia sapesse chi cercare. Io e Grey l'abbiamo portata nella foresta, poi l'ho pugnalata con il tuo tagliacarte e l'ho lasciata lì in modo che la trovassero.»

«Ma poi Sam ha deciso di spostarla.»

Kate annuì. «Stavo osservando da un punto nascosto e l'ho visto mentre la trascinava via. Non potevo permettergli di nasconderla o di distruggere il corpo. Avevo bisogno che venisse scoperta, e lui stava rovinando tutto. Avevo un travestimento maschile nello zaino, ma l'unico indumento che avevo con me che avrebbe potuto mascherarmi il seno era il blazer di Hogwarts. Così mi mascherai in fretta e incrociai Sam sul sentiero. Essendo stato beccato, non aveva altra scelta che denunciare il corpo alla polizia. Sono rimasta con lui finché non è entrato nella stazione di polizia, poi sono sgattaiolata via.»

«Molto furba,» mormorò Morrie.

«Direi. Una volta certa che la polizia fosse sulla strada giusta, mi sono intrufolata in una proprietà vuota che Grey mi aveva offerto, nell'attesa dell'arresto di Morrie.» Kate si girò verso Sherlock. «Però non pensavo che lui avrebbe portato via Morrie. Grey mi aveva spiegato che voi avreste ficcato il naso in giro, ma non aveva previsto quanto sareste stati tenaci. Così sono andata a raccontare tutto a Dave, per pregarlo di venire via con me prima che fosse troppo tardi. Ma quando è andato in cucina a versare un altro tè, deve averti chiamata. Stava per dirti che ero ancora viva.» Fu scossa da un brivido. «E ora... ora...»

Il suo volto assunse un'espressione di determinazione. Kate avvicinò i gomiti, si portò un ginocchio al petto e lo spinse all'indietro, liberandosi dalla presa di Heathcliff e sbattendogli contemporaneamente il piede nelle palle.

CRACK. Heathcliff rantolò mentre crollava in ginocchio, il volto pallido e gli occhi spiritati. Sherlock si fiondò su Kate, ma lei si scansò e tirò fuori dalla cintura qualcosa che puntò alla testa di Morrie.

Una pistola.

Merda. Mi si raggelò il sangue. *Ha una pistola. Dove cazzo è l'ispettore Hayes?*

«Miao?» La porta si aprì e Grimalkin entrò a passo svelto, la coda alta e attorcigliata come un periscopio mentre teneva in bocca una delle maledette ostriche di mia madre.

«Grimalkin, non ora,» sibilai.

Facendole cenno con le sopracciglia cercai di farle capire che doveva correre a cercare l'ispettore, ma lei continuò a camminare altera verso di noi, fissando Heathcliff che gemeva sul pavimento, e Morrie immobile, con la pistola di Kate puntata alla testa e gli occhi spalancati.

Le vibrisse di Grimalkin fremettero furbette. *So che stai progettando qualcosa, nonna. Non è il momento di decidere di fare l'eroina. Ti prego, chiama l'ispettore Hayes, o anche Earl Larson o la signora Ellis...*

«Miaoooo.» Grimalkin si diresse verso Kate.

Kate spalancò gli occhi. La canna della pistola tremolò. «Che cos'ha in bocca quel gatto?»

«Miaoooo?» Grimalkin saltò sulla libreria e si avvicinò a Kate.

«Sono allergica ai molluschi,» urlò Kate, togliendo una mano dalla pistola per agitarla in faccia a Grimalkin. «Avanti, sciò!»

Grimalkin inarcò la schiena e saltò. Zompò dall'altra parte della stanza e atterrò sul ripiano più alto, proprio sopra la testa di Kate. Lì lasciò cadere dalla bocca l'ostrica viscida. Questa atterrò sul viso di Kate e le scivolò lungo la guancia prima di finire sul tappeto.

«No, no, no...» Kate lasciò cadere la pistola per passarsi il dito sul liquido che le era rimasto sulla guancia. Morrie si tuffò per afferrarla, ma Sherlock fu più veloce e con un calcio la mandò sotto lo scaffale. Kate si girò verso la porta e la spalancò, ma era così disorientata che incespicò in avanti, andando a infilare un piede direttamente nel secchio delle ostriche che avevo lasciato nel corridoio.

«Arrrrrgh!» urlò mentre cadeva a terra. *SBAM*. Le ostriche volarono ovunque, ricadendole addosso come... beh, come una pioggia di ostriche puzzolenti. Kate emise un orribile rantolo mentre scalciava e si dimenava, cercando di liberarsi dal mucchio di molluschi viscidi. Grimalkin miagolò felice e cominciò a colpire le conchiglie spargendole per tutto il tappeto.

Morrie si nascose nella penombra della stanza di Letteratura per l'Infanzia, proprio mentre la porta d'ingresso si apriva di scatto, andando a sbattere sul muro con tale forza da far scuotere gli scaffali. Hayes irruppe nel corridoio, seguito dalla sergente Wilson e da quattro agenti. «Ben fatto, Mina. Abbiamo sentito tutto. Kate Danvers, è in arresto per l'omicidio di Dave Danvers. Ha il diritto di rimanere...»

«Non mi interessa!» gridò Kate, allontanandosi mentre Grimalkin calciava un'ostrica verso di lei. «Basta che mi portiate via da quel maledetto gatto prima che io... argh...»

Kate si strinse la gola. La Wilson gridò a uno degli agenti di chiamare un'ambulanza, mentre insieme a Hayes cercava di liberare Kate da quella trappola di viscidume.

«Morrie, dove sei?» Mi guardai intorno, ma ormai gran parte della stanza era troppo buia per me e riuscivo a malapena a vedere la punta del mio naso. «Hai sentito? Credo che tu sia ufficialmente un uomo libero. Non è così... Morrie? Dove sei?»

Una figura allampanata uscì dalla penombra, ma non era Morrie. Sherlock inclinò la testa, scrutandomi sopra il naso aquilino. «È uscito dalla finestra.»

Cosa? «Ha detto dove stava andando?»

Sherlock si strinse nelle spalle. «Ha detto che aveva voglia di fare una passeggiata. Sam gli aveva parlato di un sentiero che porta a una bellissima cascata e...»

Una cascata.

Il cuore mi balzò nel petto. Afferrai Heathcliff e lo spinsi verso la porta. Hayes mi fece cenno di non muovermi, ma io stavo già infilando il cappottino a Oscar. «Non c'è tempo per spiegare, ma Morrie è nei guai. Dobbiamo tornare nelle alture del Barsetshire. *Subito.*»

34

Heathcliff urlava ordini all'agente mentre entrava nel parcheggio della Wild Oats. Con la sirena che suonava, arrivammo al centro Wild Oats a tempo di record, ma incrociammo un taxi nero che andava nella direzione opposta. *Morrie ci ha preceduti.*

Aprii la portiera e feci uscire Oscar prima che l'auto si fermasse completamente.

«E adesso che cazzo facciamo?» Heathcliff alzò il telefono, proiettando un debole fascio di luce pallida sul terreno. Non avremmo mai trovato Morrie al buio, se non voleva essere trovato.

«Arf?» Oscar mi batté sulla gamba.

Ovvio. Strinsi le dita intorno al guinzaglio di Oscar.

«Oscar, trova Morrie.» Mentre uscivo dalla libreria avevo preso un paio delle scarpe di Morrie dal corridoio e le tenni davanti al muso di Oscar. Lui annusò l'aria e guaì dall'eccitazione per poi trascinarmi verso il retro della baita, dove un piccolo cartello indicava un sentiero nel bosco, nascosto dalla vegetazione.

Mi precipitai lungo il sentiero, con gli stivali che

affondavano nel fango. Una morsa di dolore mi stringeva il petto e gridai: «Morrie, dove sei? Morrie, sono Mina.»

Spronato dalla mia velocità, Oscar partì di corsa, con il muso a terra, fiutando la traccia di Morrie. Scivolai sul terreno sconnesso, ma non rallentai. Non potevo.

Ti prego, non voglio arrivare troppo tardi.

Il sentiero si allargava e sentii uno scroscio di acqua che mi rimbombava nelle orecchie. Avevamo raggiunto la cascata. Oscar mi condusse sul bordo del fiume e mi guidò fino al punto in cui un traballante ponte sospeso portava alla riva opposta. Afferrai il corrimano e mi sporsi di lato.

Una decina di metri più sotto l'acqua si riversava in una pozza, generando una schiuma bianca che si schiantava sulle rocce. Il rumore dell'acqua mi riempiva le orecchie: veloce, pericolosa, mortale. Se una persona ci fosse caduta dentro, sarebbe stata sicuramente trascinata a fondo e sbattuta contro le rocce...

«Arf, arf!» Oscar grattò la sponda, saltandoci addosso come se avesse visto qualcosa sopra la cascata.

Vede qualcosa che io non vedo.

Le lacrime mi punsero gli occhi, ma il vento me le asciugò prima che cadessero. «Morrie, dove sei?»

«È laggiù.» Heathcliff si sporse oltre il corrimano, puntando il dito contro le rocce. La luna splendeva piena nel cielo e nel raggio della sua luce riuscivo appena a distinguere la sagoma di una figura in piedi su una roccia, proprio sul bordo della cascata.

«Che cazzo stai facendo?» Heathcliff si mise le mani intorno alla bocca e urlò oltre il baratro. Morrie alzò di scatto la testa. Ero troppo lontana per vedere i suoi lineamenti, ma il fatto stesso che si trovasse su quella roccia precaria...

«Non agitarti: sto solo pensando. Porta via Mina. È pericoloso,» rispose lui con voce chiara e decisa.

«Col cazzo. Se vuoi fare una cosa così stupida come gettarti da una cascata, abbi il coraggio di farlo davanti a lei.»

«Dovresti fare il negoziatore nei rapimenti,» urlò Morrie. «Hai un talento nascosto. Non mi sto buttando giù. Avevo solo bisogno di... oh, vaffanculo. Non capiresti.»

Si alzò il vento, e uno spruzzo di acqua gelida arrivò direttamente sul ponte. Io serrai i denti mentre spilli e aghi gelati mi laceravano il corpo.

«Arf, arf!» Oscar si arrampicava sul ponte. Heathcliff gli afferrò le zampe e gliele posò sul tavolato.

«Tu resta qui,» gli disse in tono fermo. «Porta Mina al sicuro. Non credo che questo ponte sia abbastanza robusto per tutti e tre.»

Mi oltrepassò di corsa e andò verso l'altra sponda. Io mi aggrappai alla ringhiera, lottando con le mie Docs sulla superficie scivolosa, mentre il peso di Heathcliff faceva oscillare il ponte sotto l'urlo del vento. Oscar guaiva, il ponte beccheggiava e l'acqua gelida superava la sponda.

«Cosa stai facendo?» urlai al di sopra del rombo della cascata.

Heathcliff si voltò. La luce della luna illuminò la passione nei suoi occhi, il profilo selvaggio della sua forte mascella. «Secondo te? Vado a salvare quell'idiota da se stesso.»

«Heathcliff...»

Saltò giù dal ponte e scomparve dalla mia vista. Oscar mugolò di nuovo. Strinsi il guinzaglio con tutta la mia forza e gli ordinai di girarsi.

«Stai indietro, bellezza,» mi arrivò la voce di Morrie. «Non voglio che tu mi veda così.»

«Non vedo un bel niente,» risposi mentre Oscar faceva un altro passo tremante verso il terreno sicuro. «E comunque non vado via. Non essere così idiota. Che ci fai seduto sul bordo di una cascata nel cuore della notte?»

«Te l'ho detto, sto pensando.» Morrie non mi era mai sembrato così sicuro. «Sto pensando a quello che ha detto Sherlock, che c'è solo un modo in cui tutto questo può finire. Sono un flagello per il mondo, Mina. Anche quando cerco di fare una cosa buona, la trasformo in una merda. Vengono uccise persone innocenti.»

«È stata Kate a decidere di diventare un'assassina. È colpa sua, non tua.»

«Sì, e si è alleata con il burattino di Dracula e ci ha dato la caccia. Questa volta siamo stati fortunati, ma quanto ci vorrà prima che uno dei miei affari nefasti metta di nuovo in pericolo te? O Quoth, o Heathcliff? Morirei se vi succedesse qualcosa, ma l'amara verità è che *vi sono capitato*. Sono io il pericolo più grande per tutti voi. Ho fatto troppe cose malvagie nella mia vita, Mina. Non merito la tua gentilezza o il tuo amore.

«Tu, Heathcliff e Quoth stareste meglio se non mi aveste mai conosciuto. Quindi penso che forse andrò a combattere Dracula da solo. Forse un male trionferà sull'altro. O forse è meglio per tutti se me ne vado ora, in un tripudio di gloria. È così che doveva finire la mia storia.»

«E questo lo chiami un tripudio di gloria?» Avevo le lacrime che mi rigavano le guance. Ora nemmeno il vento selvaggio riusciva ad arginare quella marea. Le braccia mi facevano male per la voglia di stringerlo. «Io la vedo come una via d'uscita da codardi, e tu per me sei una serie di cose, James Moriarty, ma non un codardo.»

Morrie spalancò la bocca mentre scrutava la cascata. «Lo farei, se questo servisse a proteggerti.»

«Ma non servirà, no? Senti, il business della morte simulata è stata probabilmente una delle tue idee meno intelligenti. Hai fatto un bel casino. Capita a tutti. Non buttarti giù da una cascata solo perché per una volta le cose non sono andate a modo tuo. Sai quante volte io ho pensato di farla finita dopo la diagnosi? Non so dirti quante volte ho tirato fuori dall'armadietto dei medicinali un flacone di antidolorifici e me lo sono versato in mano solo per provare il sollievo di sapere che ero a un passo dall'oblio.»

Il mio corpo tremò per i ricordi che avevo rinchiuso in qualche luogo oscuro e segreto, di un tempo in cui avevo davvero creduto di non essere *nulla*. Il senso di futilità che mi perseguitava mi invase, e odiai l'idea che anche Morrie si potesse sentire così...

Improvvisamente, capii il suo strano comportamento degli ultimi due mesi. Il suo cuore si era spaccato e ciò lo aveva portato a dubitare di tutto ciò che conosceva, soprattutto di se stesso.

«No, Mina.» La voce di Morrie era tesa per l'emozione. «Quella non sei tu.»

«Certo che sono io. Fa parte della *mia* storia. E ora non riesco a identificarmi con la persona che ha avuto quei pensieri oscuri. È come un'estranea per me, ma devo ricordarla e riconoscerla, perché se ti sottrai all'oscurità, questa ti raggiunge senza preavviso. Proprio nello stesso modo in cui tu non sei più quella persona. Tu sei buono, Morrie. Non sei più il ragno che divora l'umanità come fosse una manciata di mosche. Non sei tu che devi portare il peso del male del mondo sulle spalle. Avresti potuto scegliere qualsiasi impresa criminale, eppure hai scelto questa: dare alle persone un nuovo inizio. Che è quello che hai fatto per me.» Tirai su con il naso. «Quindi non osare dire che sarebbe stato meglio se non ti avessi conosciuto. Ti devo tanto, non ne hai idea. Tu mi hai dato un nuovo inizio. Mi hai fatto vedere che sono bella, intelligente e divertente. Fai di ogni giorno un'avventura e sarebbe un cazzo di crimine se privassi il mondo della tua abilità nel baciare. Tu vali, Morrie. E voglio che te lo ricordi e che porti le tue splendide chiappe giù da quella roccia prima di scivolare giù.»

Ormai ero isterica, avevo tutto il corpo che tremava. Oscar tirò il guinzaglio, trascinandomi verso la riva mentre il ponte oscillava sempre di più. «Ti prego, ti prego, ti prego...» Ormai riuscivo a malapena a parlare, da tanto piangevo. «Se non puoi farlo per te stesso, allora fallo per noi: per Heathcliff, per Quoth. Per me. Non potrei sopportare che tu mi lasciassi...»

«Bellezza, ti prego, smetti di piangere.»

«No, finché non ti allontani dal precipizio.» Singhiozzai, con il freddo che mi torturava i polmoni. Oscar continuava a tirarmi, a cercare di portarmi al sicuro, ma non potevo muovermi finché Morrie non fosse stato al sicuro.

Lui fece un passo indietro, con le mani in alto.

«Hai ragione, Mina,» disse con voce incerta. Non lo vedevo, ovviamente, ma sembrava che anche lui stesse piangendo. «Sono stato un idiota egoista. Venire fin qui deve averti spaventato molto. Io non... Credo che vedere Sherlock mi abbia sconvolto. Ma questa è stata una sciocca debolezza e io ho un vampiro da uccidere. Torno subito. Io...»

Morrie gridò quando mise un piede in fallo sulla roccia scivolosa. Cadde di petto sulle rocce e cominciò a scivolare verso il bordo. Mise le mani in avanti, cercando di trovare un punto d'appoggio. Le rocce erano lisce e scivolose, quindi non riusciva a fare presa su niente.

«Morrie,» gridai.

Il Napoleone del crimine sollevò la testa, la bocca aperta in un grido silenzioso, cupo di dolore e rimpianto, mentre precipitava oltre la cascata.

35

Il vento inghiottì il mio grido.

Il mondo si muoveva al rallentatore. Morrie che precipitava nel vuoto, con le braccia che si agitavano selvaggiamente. Mi sporsi, gettando le mani verso di lui, come se potessi in qualche modo attutire la sua caduta. L'acqua gelata mi pungeva il viso e i mugolii di Oscar arrivavano a malapena alle mie orecchie.

No.

Morrie.

No.

Non andare dove non posso seguirti.

Mentre il mio cuore andava in frantumi e il tempo si bloccava e Morrie era sospeso nell'aria, sempre più vicino al vapore delle onde e alle rocce taglienti, una nuvola scura sbucò dagli alberi più in basso. Afferrò Morrie per il busto e lo sbatté contro le rocce.

«Heathcliff!»

Il più grande antieroe gotico della letteratura era zuppo di acqua e fece di tutto per estrarre Morrie dalla corrente della cascata. I due scivolarono e caddero sulle rocce mentre Heathcliff trascinava Morrie a riva per metterlo in salvo.

Il mio cuore martoriato fece un salto per la gioia, per il sollievo. Oscar, il pelo inzuppato e gli occhi spalancati dal terrore, mi continuava a battere su una gamba con una zampetta. «Scusa, piccolo. Ora possiamo scendere.» Mi incamminai lenta lungo il ponte e finalmente raggiunsi la terraferma. Oscar trotterellò tra gli alberi, abbaiando felice verso le sagome che spuntavano dall'oscurità.

Corsi da Morrie e lo abbracciai, senza curarmi del fatto che fosse fradicio e tremante.

«Non fare mai più stronzate del genere,» ringhiò Heathcliff, stringendolo ancora per la camicia.

«No, io...» Le parole di Morrie vennero interrotte da un bacio rabbioso di Heathcliff.

Il respiro mi si mozzò in gola mentre guardavo le loro bocche che si esploravano a vicenda, i loro corpi stretti l'uno all'altro come se fossero stati scaraventati dal Titanic e tra i relitti avessero trovato un armadio a cui aggrapparsi. Tra loro era sbocciato qualcosa di nuovo, libero ed eccitante. Morrie chiuse gli occhi e capii che stava vivendo un momento importante.

Quando non ce la feci più, quando mi sentii scoppiare dentro per la fame e il sollievo, li allontanai con le mie labbra e li baciai. Io assaggiavo loro e loro si assaggiavano a vicenda. Una risata mi salì dal più profondo, una inquieta allegria, perché avevo pensato di aver perso Morrie nell'oscurità e ora era di nuovo tra le mie braccia.

«Un altro mistero risolto.» Morrie scrutò il secchio di ostriche con un sorriso sardonico e poi si accomodò sulla sedia di fronte a me, sotto la finestra. «Grazie all'ultimo piano strampalato di tua madre.»

«Non dirglielo, altrimenti non riusciremo mai a fare uscire lei e le sue ostriche da questo negozio. E comunque non abbiamo risolto tutto.» Guardai la scacchiera che avevo preparato, nella penombra degli scaffali di Poesia, dove solo pochi minuti prima avevo visto appostarsi un certo consulente investigativo. «La polizia sta ancora cercando di rintracciare Grey Lachlan per interrogarlo, e Sherlock non ci ha *ancora* spiegato perché ci ha mentito sulla sua presenza in questo mondo per due anni.»

«Infatti.» La bocca di Morrie si tese nel suo sorriso familiare. Mosse il pedone sulla scacchiera come se fosse la persona più serena al mondo. Per un momento mi aveva completamente ingannata: potevo essere lì a guardare il vecchio Morrie, quello che non si preoccupava di nessuno o di niente. Ma dopo che l'avevo visto toccare il fondo, avevo capito che il sorriso che indossava era solo una maschera. Riuscivo a percepire, anche se non lo vedevo, il lieve tremore delle sue spalle e l'incertezza nei suoi occhi.

«Mina ha ragione. L'uomo nella foto ero io.»

Mi girai di scatto. Sherlock era appoggiato allo stipite della porta. Aveva occhi solo per Morrie.

«Non mi sono intrufolato mentre voi quattro eravate tutti presi dal sesso. Anche se dovreste stare attenti che non accada in futuro. Non si sa mai chi potrebbe uscire dalle pagine la prossima volta.» Lo disse lanciando un'occhiata in direzione di Heathcliff. «La verità è che sono in questo mondo da tre anni.»

«Perché non ci hai detto la verità fin dall'inizio?» chiese Morrie, muovendo la regina. Sapevo di essere nei guai.

«Perché sapevo che avresti reagito così. Ti saresti chiesto

perché non ti avessi cercato prima. Avresti sospettato di me, soprattutto viste le prove crescenti contro di te, che suggerivano un rancore personale. Vi ho osservati abbastanza a lungo da sapere che Mina avrebbe fatto qualsiasi cosa pur di salvarti, sarebbe balzata a conclusioni sbagliate su di me e avrebbe ostacolato la mia indagine.» Sherlock fece un cenno verso di me, in quella che poteva essere la sua approssimazione di un cenno di rispetto. «A quanto pare, avevo ragione su due delle tre cose.»

Gli feci la linguaccia mentre mangiavo l'alfiere di Morrie con la mia torre. «Il caso l'ho risolto io.»

Sherlock grugnì, incapace di ammettere del tutto il punto.

Heathcliff si sedette e trasalì quando si trovò un guscio d'ostrica sotto il sedere. «Come mai il signor Simson non ci ha mai parlato di te? Teneva un registro meticoloso dei personaggi letterari che passavano per il negozio. Mi ricorderei il tuo nome.»

«Simson riteneva di poter utilizzare le mie capacità uniche per raccogliere informazioni sul suo nemico, ma dovevo operare in assoluta segretezza. Se gli fosse successo qualcosa, non voleva che la mia esistenza arrivasse alle orecchie delle persone sbagliate. Ho passato gli ultimi tre anni a dare la caccia a Dracula su e giù per tutte le campagne, e non mi ci sono avvicinato quanto avete fatto voi in pochi mesi. Ma non avevo fatto il collegamento tra Kate e...»

Mi sporsi in avanti. «Aspetta un attimo. *Tu* hai dato la caccia a Dracula. E hai visto mio padre? Gli hai parlato?»

Sherlock sollevò un sopracciglio. «Non ti seguo.»

«Il signor Simson è il padre di Mina,» spiegò Morrie. «È anche Herman Strepel, famoso rilegatore medievale, nonché Omero, l'antico bardo greco che ha scritto l'*Iliade*.»

«So chi è Omero.» Sherlock si passò una mano tra i capelli

spettinati. Aveva l'aspetto dello sconfitto. «Non avevo intuito che Simson fosse l'antico poeta. Quindi tu sei sua figlia?»

Annuii.

Sherlock si strofinò il mento con una mano e si portò l'altra alla tasca. «Interessante.»

Morrie mi diede una gomitata. «Mina, mostragli l'algoritmo.»

Tirai fuori il telefono e toccai lo schermo per visualizzare le mappe di Morrie, sfogliandole per mostrare a Sherlock come avevamo capito come tenere traccia dei crimini di Dracula. Indicai la casa a Lower Loxham, segnata da una croce rossa. «È lì che siamo andati l'altra sera. Siamo riusciti a distruggere una delle sue casse di terra. Ne mancano solo quarantanove.»

Sherlock aggrottò le sopracciglia mentre picchiettava sullo schermo con le dita. Qualche istante dopo, mi restituì il telefono. Lo portai al viso per scrutare lo schermo. Undici case di Londra erano segnate da delle croci rosso acceso.

«Ne mancano trentotto.»

«Dammelo.» Morrie mi strappò il telefono dalle mani. «Che hai fatto?»

«Neanche la metà di quello che avrei fatto se tu fossi stato con me, amore.» Sherlock si strinse nelle spalle. «Ho pensato di iniziare dalla città, visto che la conosco meglio. Poi andrò a Dartmoor. Sento una certa attrazione per quel posto, e il tuo dispositivo ha suggerito che potrebbe esserci una concentrazione di casse nella zona.»

«Tu... tu hai ancora intenzione di aiutarci? Anche se...» *anche se Morrie ha scelto me.*

Sherlock tirò fuori qualcosa dalla tasca e me lo porse. Il suo volto assunse un'espressione impassibile e saggia. «Dimentichi, Mina, che ora sono bloccato qui e la mia mente si ribella all'immobilità. Datemi dei problemi, datemi del lavoro... datemi il cattivo più mostruoso che abbia mai calpestato la Terra, e sarò felice di dargli la caccia finché non sarà fatta giustizia. Sarebbe per me un grande piacere lavorare al vostro fianco. Da pari, sia in termini di cervello che di astuzia. Inoltre, ho questa per te.»

Fissai la busta che aveva tra le mani. Il bordo era ornato da disegnini e la carta aveva un aspetto rozzo e artigianale. Lo stomaco mi finì sotto i piedi.

Un'altra lettera di mio padre.

Presi la busta, con le dita che mi tremavano. «Dove l'hai presa?»

«Me l'ha data sei mesi fa. Mi ha detto che Dracula si stava avvicinando a lui e che doveva nascondersi, ma che io dovevo recapitarla a sua figlia. Gli ho chiesto se dovevo trovare sua figlia e lui mi ha risposto che sarebbe stata lei a trovare me.» Sherlock si tolse il cappello. «Se è tutto, io me ne vado. Devo prendere un treno. Non voglio perdermi il primo giorno del mio nuovo lavoro.»

E, con un ultimo sguardo prolungato a Morrie, Sherlock tornò nella penombra.

«Cosa intende per nuovo lavoro?» Lanciai un'occhiata a Morrie. «Adesso si impegna a tempo pieno a cercare la terra di Dracula per noi?»

«No. Quello lo fa da libero professionista.» Morrie mi tirò in grembo. «Ho usato alcuni dei miei contatti nel settore delle morti simulate per trovargli un nuovo impiego.»

«Non avrai introdotto Sherlock Holmes al mondo della malavita?»

Morrie rise, passandomi le mani sui fianchi fino a farmi contorcere sulle sue ginocchia, la partita di scacchi ormai completamente dimenticata. «Non vorrei mai che quel santarellino tutto ingessato mi rovinasse il divertimento. No, ha trovato lavoro presso la compagnia assicurativa di Kate come investigatore di frodi. Con Sherlock Holmes sul caso, in questo Paese nessuno più simulerà la propria morte per guadagnarci.»

Sollevai un sopracciglio. «Questo significa che la tua attività di morti simulate sta chiudendo definitivamente?»

«Neanche per sogno.» Morrie si allungò per spostare la regina sulla scacchiera, e con le lunghe dita afferrò il mio cavaliere. «Chi nasce tondo non può morire quadrato, e James Moriarty sarà per sempre un mascalzone di prim'ordine.»

«Proprio come piace a me.» Gli sfiorai le labbra con le mie. Con una mano mi prese il collo e mi tirò contro di sé per baciarmi con più passione.

«Ora che ci siamo sbarazzati dei segreti...» Le dita di Morrie mi si insinuarono sotto l'orlo della gonna, sfiorandomi la pelle con un tocco che mi accese una fiamma dentro.

«Non abbiamo ancora finito con i segreti.» Mi dondolai all'indietro per mettere un po' di distanza tra di noi. Dalla tasca estrassi un sacchetto di velluto. «È ora che tu mi parli di questi.»

Morrie prese il sacchetto, lo aprì e mi rovesciò i gioielli tra le mani. «Ho pensato che, anche quando la tua vista si sarà deteriorata, potrai apprezzare il modo in cui questi scintillano alla luce. Speravo... che potessero essere la tua luce nei luoghi bui.»

«Questi sono per me? Sono... di provenienza illecita?»

«Li ho acquistati onestamente, con i soldi guadagnati nelle mie imprese più legittime.» Il sorriso di Morrie si allargò. «Non volevo che fossero macchiati da un solo briciolo del tuo sospetto. Li avrei fatti trasformare in anelli da quel tizio di Crookshollow che produce armature fantasy. Flynn qualcosa.»

Mi si mozzò il fiato mentre giravo la mano, facendomi rotolare i gioielli tra le dita in modo che le loro sfaccettature catturassero la luce. Un raro diamante arancione che brillava di fuoco quando veniva illuminato, proprio come gli occhi di Quoth. Uno zaffiro freddo e chiaro come il ghiaccio, per Morrie, e qualcosa di profondo, nero e ipnotico, forse onice, per

Heathcliff. E per me, uno smeraldo brillante, le cui sfaccettature danzavano alla luce e mi creavano prismi arcobaleno sulla pelle.

«Cosa volevi farne?» Mi si strinse la gola. Non osavo quasi respirare.

Morrie sorrise. «Anelli. Uno per ciascuno di noi. Anche se non sapevo bene se l'uccellino ne voleva uno da mettere al dito o intorno all'artiglio. Sarebbero stati anelli di fidanzamento. Le leggi puritane sul matrimonio ci vietano di sposarci in quattro, e probabilmente una cerimonia in chiesa non sarebbe abbastanza punk per Mina Wilde. Però forse potremmo farlo a modo nostro.»

«Tu...» Mi si chiuse la gola. Deglutii e riprovai. «Vuoi sposarmi per finta?»

«Ma certo.» Morrie mi strinse le dita intorno ai gioielli. Li sentivo pesare nel mio palmo e sapevo di avere in mano qualcosa di più di qualche gemma preziosa. Avevo in mano il cuore di Morrie. «Una volta una donna saggia mi disse che noi quattro eravamo scritti nelle stelle. Ho pensato che avremmo dovuto rendere ufficiale la cosa. Doveva essere una sorpresa: avevo organizzato tutto, con vino e cucina raffinata e alcuni dei miei collari di cuoio e delle fruste, ma avrei dovuto sapere che avresti scoperto la verità, donna intelligente. Faremo di te una donna disonesta.» Morrie abbassò lo sguardo sull'altra mia mano, che mi ero portata alla tasca, dove avevo ancora la lettera di mio padre. «Prima o poi dovrai aprirla, quella lettera.»

«Lo so.» Passai il dito sul bordo del sigillo. Fissai la carta pulita, orlata da un bordo rosso così scuro e ricco da farmi pulsare la vista. «È solo che... è stata una settimana difficile, sai? Non...»

Oscar ringhiò alla finestra, distogliendomi dai miei pensieri. Accanto a lui, Grimalkin si mise sull'attenti sul davanzale, con la coda ritta come quella di un pupazzo animato.

«Che succede?» Mi infilai accanto a loro, scrutando fuori. Grimalkin scorse qualcosa nell'oscurità e soffiò.

Seguii il suo sguardo. Dall'altra parte della strada, un lampione splendeva davanti alla finestra del piano superiore della signora Ellis. *Ora non è più la finestra della signora Ellis.* I cartelli della Lachlan Construction erano appesi su tutta l'impalcatura che già invadeva il nostro lato della strada.

Una forma scura era appesa alla finestra. Il respiro mi si bloccò in gola. Assomigliava un po' a una crisalide, solo che era enorme. Oppure... oppure...

Un pipistrello.

Mentre guardavo, immobilizzata dall'orrore, il pipistrello aprì un'ala e sollevò la testa, fissandomi con degli occhietti che sembrarono chiudere la distanza tra di noi. Pur non vedendoci, scorsi la malvagità, la furia demoniaca che vi ardeva dentro.

Fui presa da un'orribile nausea. Mi aggrappai al davanzale con entrambe le mani, ansimando per respirare. Accanto a me, Oscar guaiva.

Il pipistrello aprì la bocca, scoprendo due lunghe zanne affilate, bagnate di una sostanza scura. Davanti ai miei occhi la creatura si disintegrò, le sue ali e il suo corpo trasformati in una nebbia che oltrepassò il telaio della finestra in un vortice, e turbinò nella strada di fronte al negozio.

«Mina Wilde,» una voce mi sibilò nelle orecchie, una voce che proveniva dall'interno della nebbia ma anche dalla mia stessa testa. «Finalmente ci incontriamo.»

CONTINUA

Riusciranno Mina e i suoi uomini a distruggere il più grande malvagio della letteratura e a risolvere il mistero più difficile? Scopritelo nel libro numero 6 dei misteri della Libreria Nevermore: *La morte novella*.

http://books2read.com/anovelwaytodieitalian

Non ne avete mai abbastanza di Mina e dei suoi ragazzi? Leggete gratuitamente una scena alternativa dal punto di vista di Quoth e altre scene bonus e storie extra che potrete avere con l'iscrizione alla newsletter di Steffanie Holmes.

http://steffanieholmes.com/newsletteritalian

DALL'AUTRICE

Bentornati alla Libreria Nevermore. So che è passato un po' di tempo da quando abbiamo varcato la porta d'ingresso per incontrare un gigante brontolone e adorabile, un genio del crimine soave e sfacciato, un corvo bello e gentile – per non dimenticare l'armadillo imbalsamato.

Scrivere questo libro è stato molto divertente, anche perché la ricerca è stata una vera avventura. Ho letto un libro intitolato *Playing Dead: A Journey Through the World of Death Fraud*, di Elizabeth Greenwood, e poi ho iniziato ad annoiare "a morte" tutti i miei amici, raccontando loro fatti sul business delle morti simulate. È assolutamente affascinante e, se l'argomento vi interessa, vi consiglio caldamente il libro di Elizabeth.

Ho anche partecipato a un corso di sopravvivenza nella natura, non diverso da quello che Mina, Heathcliff e Quoth hanno seguito con Sam. Solo che abbiamo cucinato meno scarafaggi. Io e mio marito abbiamo trascorso due settimane in Romania, durante le quali abbiamo fatto ricerche sulle leggende dei vampiri e bevuto molta *pálinka:* i risultati saranno in una serie futura e non in questa, perché in realtà Dracula come personaggio ha ben poco a che fare con le leggende della Romania.

Una parte del ricavato di ogni libro Nevermore va a sostegno della Blind Low Vision NZ Guide Dogs, e nel mio gruppo Facebook condivido sempre foto e video di cani guida.

Vorrei ringraziare la mia fantastica famiglia di amici scrittori, cioè i Pervertiti Professionisti, per avermi mantenuta sana di mente mentre finivo questo libro prima del mio viaggio. Grazie a Bri, Katya, Elaina, Kit, Jamie ed Emma per tutte le risate e l'affetto.

E grazie a mio marito, per aver sopportato tutta la mia eccitazione per le morti fraudolente e per avermi concesso di trascinarlo in giro per l'Europa dell'Est a guardare vecchie chiese e a mangiare troppi cavoli.

Alla prossima!
Steffanie

INFORMAZIONI SULL'AUTRICE

Steffanie Holmes è autrice bestseller di *USA Today* e scrive romanzi dark, gotici e peccaminosi. I suoi libri sono caratterizzati da eroine intelligenti e spiritose, società segrete, antiche dimore da brivido e maschi alfa che ottengono *sempre* ciò che vogliono.

Ipovedente dalla nascita, Steffanie ha ricevuto il premio Attitude Award for Artistic Achievement nel 2017. È stata anche finalista del premio Women of Influence 2018.

Steff è anche la creatrice di *Rage Against the Manuscript*: una fonte di contenuti, libri e corsi gratuiti per aiutare gli scrittori a raccontare storie, a trovare lettori e a costruirsi una carriera di scrittori rampanti.

Steffanie vive in Nuova Zelanda con il marito, la loro collezione di spade medievali e un'orda di gatti irascibili e.

Newsletter di Steffanie Holmes

Iscrivendoti alla newsletter di Steffanie Holmes riceverai una copia gratuita di *Cabinet of Curiosities:* un compendio di racconti e scene bonus scritte da Steffanie Holmes, compresa una scena bonus della Libreria Nevermore.

http://www.steffanieholmes.com/newsletteritalian
Segui Steffanie
www.steffanieholmes.com
steff@steffanieholmes.com

294